书屋断想

朱光 著

山西出版传媒集团

山西人民出版社

图书在版编目（CIP）数据

书屋断想／朱光著 . —太原：山西人民出版社，
2024.4

ISBN 978-7-203-13266-0

Ⅰ . ①书… Ⅱ . ①朱… Ⅲ . ①中国文学—当代文学—
作品综合集 Ⅳ . ① I217.2

中国国家版本馆 CIP 数据核字（2024）第 055278 号

书屋断想

著　　者：朱　光
责任编辑：张　洁
执行编辑：侯天祥
助理编辑：王逸雪
复　　审：傅晓红
终　　审：梁晋华
装帧设计：谢　成

出 版 者：山西出版传媒集团·山西人民出版社
地　　址：太原市建设南路 21 号
邮　　编：030012
发行营销：0351 - 4922220　4955996　4956039　4922127（传真）
天猫官网：https://sxrmcbs.tmall.com　电话：0351 - 4922159
E — mail：sxskcb@163.com　发行部
　　　　　sxskcb@126.com　总编室
网　　址：www.sxskcb.com

经 销 者：山西出版传媒集团·山西人民出版社
承 印 厂：山西出版传媒集团·山西新华印业有限公司

开　　本：880mm×1230mm　　1/32
印　　张：13
字　　数：195 千字
版　　次：2024 年 4 月　第 1 版
印　　次：2024 年 4 月　第 1 次印刷
书　　号：ISBN 978-7-203-13266-0
定　　价：58.00 元

如有印装质量问题请与本社联系调换

作　者

耕读立身一脉传，入仕清廉名节全。

难舍兴亡忧国是，容得炎凉乐民安。

自题小像

书屋断想

（代 序）

退休后，以自己的能力，给自己建一书屋。书屋很小，但有了自己的一个小天地，很高兴！久而思之，随撰此文。

心中有天地，书屋岂在大小；人生有境界，金银乃为俗物。老子终南山写经、释氏菩提树下传道，与腰缠万贯何事、与富丽堂皇何干。

书屋者，一人之天地也。有挡风避雨之功能，可读书、可望月、可挥毫、可品茗足矣。间鲜有孤寂远尘之虞，实为克己自省、清浊修心之备焉。

人生在世，草木一秋。何其短，何其贵。夫须臾懈怠，必如逆水行舟之撑篙折，一退而后气泄。又云：食可果腹，衣可御寒，多而何益？如若效吐丝蚕、孺子牛，与他人稍有裨益、尽绵薄之力，人生何憾耳！

书屋名曰：丹砚书屋

自撰楹联：临古今书宗魏晋

观天地道祖老庄

2018.10.10

目　录

杂　论

哲学思考

书法专论

散　文

游　记

诗　词

杂　论

为"官"之道

——识、谋、胆

官的一般解释是：在政府或军队中有一定等级以上的公职人员。在这里，我之所以把"官"加了引号，就是以示与字典上对官的注解有点区别。我认为，只要在一定范围内，有指挥权力、有支配权力，并承担一定责任和义务的人都在"官"的范畴内。不能想象领导着几百人、几千人企业的老总就不是"官"，一个拥有几千人、上万人学生的学校的校长就不是"官"。所以，我这里所指的"官"，既指政官、军官，也指商官、企官、教官等等。

为"官"之道，本不是我这样的人谈的问题。但是，看的"官"多了，见的"官"多了，也就有了自己的一孔之见。

可以说，人类社会发展到今天，"官"形成了多少年，关于为官之道的研究和争论也存在了多少年。为官的经验也是多得不能再多了，甚至，人们逐渐形成了共识，把为官之道总结为四个字：清、正、廉、明。把对官的考核也概括为四个字：德、能、勤、绩。这些对不对，非常对，非常正确。既是为官的准则，也是为官的向往。那么，是不是做到这"八个字"就是一个好官，职位就会越升越高呢？我看没有人会相信这个话。因为大家都知道，人是复杂的，官场是复杂的，社会是复杂的。从历史到现实的官场上，并不全是做到了"八个字"的人在当官。违心说话做事有之，阿谀奉承有之，装聋作哑有之，利欲熏心有之，损人利己有之，于是，昏官庸官有之，冤假错案有之，坏人当道有之等等，就不一一而论了。写下为"官"之道的题目，要再说些什么呢？

我还经常在想，有的人很年轻就当了处长，结果到退休时还是处长。举这么两个例子，一是有俩卖豆腐的，其中一个人卖了一辈子豆腐，而另一个人后来却成了金融大亨。二是有两人同时到一个学校任教，多年后，其中一个人还在当老师，而另一个却当了校长。这其中，肯定有机遇的问题，也有许多偶然的因素。但反过来讲，为什么机遇总是落到别人的身上呢，偶然为什么没有向你招手呢。我认为，这是因为每个人的修养和素质不同，在其中起了潜移默化的、关键性的作用。

人的修养和素质是多方面的，但不外乎反映的是人格和能力的情况。各种岗位、各种行业对人的修养和素质的要求是不一样的。为官之道对人的修养和素质要求也是多方面的，但主要的是三个方面，即："识""谋""胆"。一个领导者应该做到有识、有谋、有胆。一个好的领导者应该做到有大识、有大谋、有大胆。

识，就是要会识大体，会审时度势。常言说，"识时务者为俊杰"。能经常对周围人、周围事、周围环境有一个正确的判断。换句话说，只有经常做出经时间检验是正确的判断就做到了有"识"。有识是坐稳官位的基础，也是是否能提升和晋级的基础。官做得越大，对有识的要求也越高。有些高层次岗位对识的要求，甚至超过了对能力和水平的要求。官场上不乏有能力、水平的人，缺失的是真正有识的人。人都是具有自私的原始本性的，但识对自私是摈弃的。一个人的自私成分越多，这个人的识就越小。自私的人，不要妄想能做一个很有识的人；人都是看重自己荣誉的，但在个人和集体的天平上，识更倾向于集体。一个看自己荣誉如生命的人，也妄想能做一个很有识的人；人都是珍爱自己生命的，但识认为，人的生命是平等的，既要珍爱自己的生命，也要珍爱别人生命。一个把自己的生命看得高于别人的生命的人，也妄想能做一个有识的人。

谋，就是谋略、计策、办法。有谋就是有谋略、有计策、有办法。常言说，"凡事预则立，不预则废"。预，就是要做到提前想到和想好。谋，也是这个道理，知己知彼。有预测问题、面对问题、解决问题的能力和水平，并达到和实现了既定的目标就是有谋。如果说，有识解决的是为官之道的生存问题的话，有谋解决的就是为官之道的发展问题了。谋的对象是人，是事，也是物；是上级，是下级，也是同级；是过去，是将来，也是现在；是敌军，我军，也是友军；是战场，是商场，也是官场。谋，既正视优点、优势，也正视缺点、劣势；既考虑要实现好的目标、方向，也考虑事物可能向相反的方面发展。谋的关键是预测、预感，重点是用计、用策，难点是识人、用人。如果在解决谋的关键、重点、难点方面做到了有机统一，而且不仅如此，又对事物和问题的发展走向作出的判断，后来被实践证明是非常正确的话，这个领导者就是一个有大谋的人。

胆，就是胆量。能在非常复杂的情形下，作出果断的、准确的决定就是有胆。胆，是"一把手"所应具备的重要素质和条件，是拥有多少幕僚也代替不了的。有胆量和有多大胆量，是这个"一把手"区别与另一个"一把手"的分水岭。"识"和"谋"是"胆"的基础，离开了这个基础，有胆量也只是一介武夫。一位领导者有识、有谋，可不一定就有胆。胆量是一个人的秉性和潜质，虽然有些人可以后天弥补，但主要是先天的。胆的天敌是多疑、猜忌和议而不决。时机、机会和机遇不是永远等你的，更多的时候是稍纵即逝，错过了时机、机会和机遇就没什么胆量可谈了。

胆的另外一个方面，即胆量是和职务、职位、权力、责任以及义务联系在一起的，有时甚至是对等的。职务越高、职位越重、权力越大、责任越强，要求领导者的胆量要越大。如果没有准备好去承担更大的责任，最好也别去想做更大的官，因为，那绝不仅仅是害人害己的事，而是小到关系一个单位、一个集体，大到关系一个民族、一个社会的事。只有一个时时处处把肩负的责任看得比天还大并牢记在心上的人，才能最后成为一个真正的、有胆量的领导者。

2009年7月6日

做人的底线

一个人，既是自然人，也是家庭的人，更是社会的人。作为一个生命个体，肯定会受到文化的、道德的、社会体制的教育与约束。当然，这中间有些是主动的，有些是被动的。这里要说的做人的底线，更多的是从人区别与动物、人类的文明来谈的。做人有底线吗？做人的底线包括哪些呢？

一、孝敬父母。一个人不管怎样的一个偶然，有一点是无可辩驳的，那就是来自父母。即，没有父母，就没有你的存在。作为地球上灵长类、高等级动物的人类来说，懂得生育之恩、哺育之恩、受教育之恩、呵护之恩，懂得反哺不应该是什么难事吧。反之，作为一个人，连生你、养你的父母你都不懂得孝敬，你作为一个社会的人，能指望你对他人、对社会能好吗？没有孝敬父母心的人，从个体来说，就是人渣。从社会来说，就是他人的灾难。如果这样的人掌握了一定的公权力，那一定是那个社会的悲剧。古语有"百善孝为先"，就是人们把"孝"看得比"善"还重要、还要高。如此说来，孝敬父母是人的一种本能才对。

二、懂得感恩。用老百姓的话说就是"知道好歹"。一个人一生中，会经历各种各样的事，会遇到无法想象的难题和挫折。这个时候，相识的人、或不相识的人帮了你一下，让你渡过了一次难关、过了一个坎，你要懂得感恩。首先，要有感恩的意识。不要认为别人就应该帮你，就欠你的。要十分清醒地意识到，能得到别人的理解或帮助，实在是一个人之大幸。因为，在你来说是一件大事，对别人说可能就是一件闲事。"管"是人情，"不管"是本分。特别是在人生重要的几步时，别人的"管"可能是举手之劳，但这"一管"可能改变了你一生的命运。所以，别人的善举一定要铭记在心。其次，"受人滴水之恩当涌泉相报"。这个"相报"，也可能是相报当初帮助过你的那个人，也可能是尽你的力量和能力，去帮助了像你当年一样遇到困难需要帮助的人和事。将你曾得到的"爱"再传递给别人、传递给社会。第三，不思回报。做好事是一种境界，不思回报也是一种境界。

三、有恻隐之心。看到受伤的动物，看到残疾人，看到年迈的乞丐，看到恃强凌弱，你的心会不会"动"一下？如果这个"动"是出于同情、怜悯，就是有恻隐之心。否则，你就是一个"冷血动物"。孟子就曾有言曰：无恻隐之心，非人也（《公孙丑上》）。同时，还要学会换位思考，"老吾老以及人之老，幼吾幼以及人之幼"。假如你是残疾人、你是年迈的乞讨者，你对他人、对社会会有怎样的诉求呢？反观人类的进步与发展，离开互相帮助行吗？离开慈悲和怜悯行吗？有恻隐之心虽然不是人类的专利，但人类将有恻隐之心扩大到慈悲之心、大爱之心的话，重大意义还在于让战争会消失，种族歧视会消失，甚至国界也会消失，人类社会将走上真正的大同。

做人的底线，也可以说是人类的基因。人类社会向前走得越远，这些基因不仅不应该变异，而是应该完整地、永远延续下去。

2022.4.9

谈知足常乐

古人言：知足常乐。知是知道，足是满足，乐是快乐。生活中，无论从字面之义，还是其中的道理，并不难懂。然而，现实的情况是，知道的人不少，快乐的人不多。为什么呢？问题主要出在这个"足"上。"足"是一个度，是一个标准。但因为人与人的想法和追求不同，所以，这里的度和标准也有很大的不同。但不外乎，你想从精神方面得到满足，还是想从物质方面得到满足。

让我们从精神与物质两方面做一个分析：从精神方面讲，它应该属于形而上的。强调的是自我的感觉。即，我的看法，我的感觉。从物质方面讲呢，它更多地强调对生存状态的不断提升。即，现在的生存状态不错了，能不能再好些。如人类，最开始住山洞，后来住草房，后来住砖瓦房，后来住水泥房，后来住高楼大厦……换句话说，精神是永恒的、不变的，物质是不断变化的、发展的。所以，如以精神的满足为快乐，是可以和可能快乐的。而以物质的满足为快乐，是不能也不会有真正快乐的。因此，把精神上的满足放在第一位，才是知足又能常乐的本质和核心。

那么，如何获得精神上的知足呢？概括地说有五个方面。

一是高尚的境界。一个人"赤裸裸地来到这个世界，又赤裸裸地离去"，生不带来什么，去时也带不走什么。一切的一切只不过是个过程。当一个人不仅能把物质世界看透，而且也能把精神世界看透，这就是一种高尚的人生境界。产生这种境界的原因，与知识没有关系，与科学没有关系，与财富没有关系，与社会等级没有关系。只与对生、老、病、死的思考和看法有关，是人们从生老病死背后产生的觉悟。觉悟也分两种，一种是产生了消极情绪，什么也不干，什么也不想干，"坐吃等死"。还有一种是要明明白白地活着，既要坚决地"放下什么"，又要坚决地"扛起什么"。有后一种觉悟的人，是已经认识到了一个人能来到这个世界实在太偶然了；认识到了在宇宙中，地球、人类、个人实在太渺小了；认识到了人类文明进化实在太神奇了；认识到了人类还需要继续发展，责任实在太大了。并有着对生的高兴，对死的无畏，对生活的认可，对社会的适应，对知识的渴求，对幸福的向往，对做人底线的坚守。拥有这样的思想，才是高尚的境界，才是知足常乐的源泉。

二是正确的"三观"。三观，即，价值观，人生观，世界观。一个人的三观，主要是由受教育程度、周围环境、人生经历的影响而产生。在三观中，价值观和人生观似乎与引起人快乐的关系比较近些。两种观念中，哪一种观念会让人产生真正快乐呢？答案是：正确的人生观。为什么这么说呢，因为从人的本性讲，对财富的追求都是没有穷尽的。今天有了一百元，明天还想有一千元。今年有了一万元，明年还想有十万元。这种心里只想着钱，只想着对钱的无限制追求，能有快乐可言吗？人生除了"向钱看"，就没有什么别的值得去追求吗？

追求财富没有错，可这里强调的是快乐。当然，追求财富也不是完全没有快乐。当有了一百元时，快乐了，可转眼又瞄上了一千元的目标。得到一千元，刚又快乐一下，发现比自己钱多的人多了去了。新的目标、新的烦恼又产生了。与此相反，如果，把人生观与奉献结合在一起，当你"把有限的生命，投入到无限的为人民服务中去"时，人们向你投来的是敬重的、感激的目光。从这些目光中你感受到了人生的意义、奉献的快乐。你如果不只是奉献了一次，而是一辈子都在做出奉献，那么，祖国会记住你，民族会记住你，人民会记住你。无论你是工人、农民、战士，还是科学家、艺术家、文学家、政治家，都会永远地活在人民的心中。当一个人的生命活到这个份上，是不是可以这样说，他的一生，是奉献的一生、光辉的一生，也是快乐的一生。由此可见，正确的人生观是把奉献作为快乐的基点，并不求任何回报。

三是低调的选择。既然是选择，至少应该有两个选项。如，多与少，上与下，进与退，取与舍，等等。很明显，一个的表现是"进一步"，一个的表现是"退一步"。别小看这短短的"一步"。往往真理与谬误也是一步之遥。常言说，"进一步万劫不复，退一步海阔天高。"一般来说，选择了多、上、进、取，基本上属于一种不知足的态度。而选择了少、下、退、舍，基本上属于一种知足的态度。至于说，选择"进一步"正确，还是选择"退一步"正确，那属于另外一个评判的标准。只有在无数次选择前和选择后，都能低调，并"心如止水"，才是真正知足常乐的人。

四是合理的诉求。一个人是不可能"包打天下"的。"闻道有先后，术业有专攻"，"尺有所短、寸有所长"。人与社会应该是和谐相处的，人与人应该是相互依存的，各种职业应该是互补的。现实生活中，从专业讲，会做工的人，不一定会务农。会唱歌的人，不一定会做衣服。等等。每个人既有"可为"，又有"不可为"。"可为"是生存的基础，"不可为"即转换为一种交换或诉求。而合理的诉求的背后，都隐藏着一个"得、失"。你把自己种的粮食给了工人，但工人把农具又送给了你，这就是交换中的得与失。一个人的合理诉求应该是，渴望满足精神方面的诉求，比满足物质方面的诉求更重要。满足工作环境、条件，比满足食住行更重要。在一个有高尚境界的人心中，能得到社会或他人对自己能力的认可、责任的担当、价值的体现，是最快乐的事。比如，新中国刚成立，钱学森就放弃国外优越的科研和生活条件，义无反顾、冲破种种阻挠回国，参加新中国的建设事业。虽然当时中国"一穷二白"，但从"诉求"讲，精神上得到了满足，专业上得到了认可，别的方面就变得无所谓了。还有一位老科学家说，我们就是要匍匐在祖国的大地上，擦去祖国身上的耻辱！这里，这位老科学家没有讲条件，没有要承诺，没有提荣誉。唯一的诉求就是，让我为祖国服务！

五是平和的心态。苏轼在一首词中写道："人有悲欢离合，月有阴晴圆缺，此事古难全。"道出人生在世，不顺心事十有八九。在金钱、利益、荣誉面前，能不能保持一种平和的心态，同样是检验快乐、不快乐的试金石。你认为，什么利益呀、荣誉呀应该是你的，到头来你就一定能得到吗？在现实生活中，答案常常是"不一定"。因为，你是站在自己的立场上去分析和判断的，与组织的、集体的判断还是有一定距离的。人脑不是电脑，对是与非的判断，决不是"一加一等于二"那么简单。蒙冤的、受委屈的、不公平的、似是而非的案例屡见不鲜。如果换位思考后也会发现，你无论如何认真、如何公平，也不可做到"一清二白"，让人人都满意。所以，只有那些很少有牢骚、很少有攀比、很少有私利、很少有怨言，才是一种平和的心态。平和出知足，知足常快乐。

其实，知足与不知足，并没有什么对、错之分。只是说，知足是快乐的前提。你若想要感受到人生是美好的、幸福的、快乐的，一定要懂得知足。只有"知足"了，你离"常乐"就越来越近了。

2022.10.6

人性论

什么是人性？人性的本质是什么？人性是如何形成的？人性有哪些特征？人性会产生变化吗？认识人性的意义是什么？

所谓的人性，就是人的生命属性。

人性的本质是什么？中国传统启蒙教材《三字经》中，第一句便是"人之初，性本善"。这只是一种对人性本质的认识。执这种观点的，其实，只看到一个新生命呱呱坠地后，他一切的一切都需要他的母亲、或别人照顾才能存活下来。其表现出的并不是善，因为善应有为善表现的证明才对，婴儿有吗？还有一种观点，说，人之初，性本恶。一个新生命诞生后，就带着无数个欲望，这些欲望，就是"恶"的萌芽，日后必结出"恶"的果实。事实上，从新生命的角度看，求生才是他全部表现的总和。所以得出的结论应该是：人之初，人性既不是善，也不是恶，是自私。养过宠物的人，一定有这样一种感受，你养的猫、狗，平时对你无论如何温顺，一旦有食品在它的嘴下，当你接近它，它一定会表现出"护食"的行为。这就是深藏在基因中求生本能的反映，在人类则称之为自私。

我们关注的人性，并不是人之初的人性是怎样的，而是，关注作为一个社会人的人性。如果说，人之初的人性表现为是自私的，长大后呢，这种自私是不变的、还是会有所改变呢？现实生活中给出的答案是，人性也是可以改变的。那么，是受到什么影响，促进了人性的改变呢？换句话说，人性多样化的原因是什么呢？

首先，生存环境的影响。一个新生命诞生后，总有一种环境等着他。或农村或城市，或温暖或饥寒，或贵或贱等等。环境不同，周围的人或事对他的态度不同，他对周围的看法也不同。随着年龄的不断增长，于是，对真、善、美，假、恶、丑的观念和判断逐渐形成，人性也就形成了。

其次，受教育的影响。人类之所以与动物"越走越远"，这与数理化、文史哲等知识的发明、使用、传播有着非常大的关系。人类文明越发达，对人性影响就越大。在动物中，只传授一种知识——活下去。人类就不同了，除了"活下去"外，还要知道"天道""地道""人道"。更关心"活下去"

之外的未知世界。于是"自私的人性"也就慢慢地躲到了"幕后"。受教育程度的高低，拥有知识的多寡，开始对人性进行干涉，甚至改变人性。以至于人性由单一的"自私"，变得非常复杂起来，人类社会呢，也变得五彩斑斓和丰富起来。

其三，人生经历的影响。人生经历，既是一个人的生命过程，也是一个人由知之不多，到知之甚多的过程。有的人进入老年后，谈到人性时，总会这么说，"世态炎凉"，"人情淡薄"。为什么会得出这样的感叹呢，原因大致来自四个方面。

一、人生本来就是一个竞技场。资源是有限的，无论怎样划分，都是不可能做到人人满意的。甚至，你拥有了资源，他便失去了资源。你生，他就得死。无论处在那一种行业，那一个岗位，那一项荣誉面前，都是这样。在利益面前，人性的自私变得暴露无遗。

二、社会存满了规则、法则。人类社会中，有竞争的地方，就有规则、法则。有些是公平竞争的规则、法则，而更重要的是，还存在着竞争中的潜规则。规则、法则是死的，但制定和掌握规则、法则的人是活的。不同人性的人，掌握了规则、法则，其结果必然是，让有的人从竞争中看到了公平、公正，让有的人从竞争中看到了黑暗、无耻。如果一个人，在竞争中，既不清楚游戏规则，又不了解社会法则，必然会碰得头破血流，看到的一定是人性的黑暗面。

三、人贵有自知之明。人人都应该有自知之明。用老百姓的话说，自己应该知道自己是"能吃几碗干饭的"。这不仅是生存的需要，也是与他人合作的需要、社会的需要。现实是，能对自己有一个正确判断的人少之又少。由此，便产生了别人的看法与自我判断不对称的情况。比如，宋神宗在召见柳永时说，你还是去填词吧。在柳永心中向往"学而优则仕"的头上，浇了一瓢冷水。这里，既有信息上的不对称，也有对能力判断上的不对称。柳永的观点是，我既能填好词，也能当好官。但宋神宗却不这么认为。柳永的苦恼也就成为必然。生活中，这种例子不是太少，而是太多了。甚至，在一个人的一生中，遇到过不是一次，而是若干次。你不想让他们对人性产生消极看法都难。

四、人的欲望作祟。人有欲望，本来是正常的。但欲望一旦过"度"，便影响到了人性。本来

"温饱"就很好了。可"温饱"后又"思淫欲"就有点过了。在封建社会，人们早就知道"伴君如伴虎"的道理。可偏偏聪明绝顶的文种、刘伯温就装糊涂，不知道"见好就收"，老来落了个可悲的结局。他们对人性的判断还能好得了吗！

那么，影响人性改变的因素是怎样的？改造人性又从何入手呢？

其一，仍然与生存环境、受教育程度和人生经历有很大关系，能"对症下药"才是改造人性的最佳突破口。一是责任改变了人性。在责任的驱使下，人性开始起变化。把"为自己活着"，变成为家庭、他人、社会活着。有了责任便有了担当，有了担当，人性就有了变化。"利己"的心变得越来越小，"利他"的心变得越来越大。二是奋斗改变了人性。人总是要有一点精神追求的。在这种精神的指引下，人性感到了与天奋斗其乐无穷，与地奋斗其乐无穷，与人奋斗其乐无穷的意义。奋斗中，人们既看到了自己的短处，也看到了别人的长处，既感到了人与人相互帮助的愉悦，也感到了人与社会和谐共存的安全感。三是价值观改变了人性。当人们开始认识到人生的价值时，人性也会随之改变。特别是认识到"人活着需要吃穿",但"人活并不只是为了吃穿"时,人性中的另外一扇大门就打开了。四是挫折改变了人性。人生不顺心事十有八九。一生中遇到挫折或失败也是常有的事。问题是,如果挫折或失败只是人生经历中的一段过程,那这个挫折或失败,对有志向、有目标的人来说是财富。如果这个挫折或失败对人打击是毁灭的,那就是一场灾难。这样的挫折或失败,就会对人性的改变,来一个一百八十度的大转弯。

其二,文化的影响。用传统改造人性才是捷径。东西文化有很大的不同。所以,地域文化影响下的人性也是不尽相同的。东方文化的主流是儒家文化。儒家文化对人性的影响主要是:修身、齐家、治国、平天下。由此形成的社会公德,也成为人们对人性判断的标准。人性固然是非常多样和复杂的,但最后得到社会承认、民众认可的,必定是儒家文化引导下的人性。

其三,信仰的力量。让人做到自觉、自律、自谨,才是人性改造的最高境界。在人类社会中,有了教育、法律、道德等,来约束人们的行为,是不是就完美无缺了呢?其实不是,最有效、最高级、终极起决定因素的是信仰。老百姓常说的一句话叫"你能管了他这个人，但管不了他的心"。信仰的力量是无穷的。有什么样的信仰，就有什么样的人性。历史上无数的仁人志士，其所作所为、其人性，都是其信仰的结果。

分析、认识人性有什么意义呢？

从中不难看出，一、有些人的人性是与生俱来，并不曾改变过。但有些人的人性是经后天改造后形成的。而完善人性的改变是有途径的。有公德的、健康的、积极的人性，对民族、对社会、对家庭都是有益的。二、人性是复杂的。无论认识人性也好，还是改变人性也好，都要有足够的心理准备。"好的愿望，不一定能有好的结果。"三、为人性的自我改变和完善，提供了由不知到知、由浅入深、由表及里的可能。四、为如何去培植、去干预、去引导，使一个人的人性，变为一群人的人性、一个民族的人性，提供了思路。如此做下去，"功莫大焉"。

2022.10.13

谈健身

　　人类健康是社会进步的一个指标。既包含着人类进化和科技的进步，也包含着人类文明和行为改善的发展。人不仅有希望活着的追求，而且还有健康、长寿地活着的追求。

　　随着人类社会的发展，人们生活水平和医疗技术的提高，身体的健康越来越引起人们的重视。人们也越发认识到，在人的一切、包括精神和物质的拥有和享受中，健康是"一"，其他的，诸如财富、地位、荣誉等等，都是"一"后面的"零"。只有"一"的存在，后面的"零"才有意义。反之，前面的"一"，一旦消失，后面有再多的"零"，顷刻便会化为乌有。要想健康长寿地活着，人们便想到了健身。于是，健身运动也越来越受到人们的推崇。健身，是一个人的选择。说起健身的道理和方法，用一百条理由、一百种道理，恐怕也未必能够说清楚、说明白。况且，是不是懂得了健身的理由和道理就是健身的全部呢？并不是。答案是：既要有对健身正确的认识，还要有科学健身的方法，既要清楚健身必需因人而异，还要知道健身与养生的关系。

一、对健身正确的认识。用一句话说明白："行则健，劳则损。"从物理学的角度讲，任何物质都是有寿命的。从生命学角度讲，有生就有死。人身体上的骨骼、器官同样是有寿命的。从人的身体，由小到大，从幼到老的曲线看，由小到大是"长"，长，就是发展。表现在，骨密度由柔到密，肌肉由弱到强，发育由不成熟到成熟，背后蕴藏着极大的弹性和强大的修复功能；从大到老是"衰"。衰，是退化和消亡，表现在骨密度变疏松，肌肉变萎缩，发育变停止，一切走向事物的反面。最典型的例子就是，年轻时摔一跤，站起来，拍拍土就走了。到人老了时，同样摔一跤，半天缓不过神来，长时间自己也站不起来。即使站起来了，头晕目眩，脚下像踩在棉花上一样，而且，很可能已经骨折了。

行与劳，是怎么回事呢？行，讲的是要走动，要思考。这里的行，主要是针对老年人而言的。身体如不运动，肌肉就会出现萎缩。这个道理人们都很容易理解。比如，一个上了年纪的人，因各种原因在床上躺了半个多月，有一天让他下地走路，一定会腿软。腿软，就是肌肉萎缩的表现。推迟身体肌体的萎缩、身体机能的衰老，一静不如一动。那么，是不是只要动，就一定对身体的健康起作用呢？不一定。前面说了，任何物质都是有寿命的。动，是相对的，有条件的。行或动的过度便是劳，劳带来的后果，必定是对健康身体的伤害。人体最容易性变的器官是心肺、关节。一个人心肺功能，或者说心的跳动、肺的呼吸都是有定数的。激烈的运动、熬夜等，都是对生命的透支。从健身角度来说，行是必要的，但行一旦过度，就变为劳，百害而无一利。有节制的行、合理的行，就是不断地激发和唤醒人体的潜能。就好比是给轴承加了润滑剂，给瘪了的轮胎补了气。

二、承认个体差异。人与人，身体和生命的差异应该说是非常大的。从生命差异来讲，九十岁的老人满街跑，五十岁的娃儿赴阴曹。从智商差异来讲，孔子是伟大的教育家，但弟子三千，也只有七十二贤人。从体质差异来讲，有的人一次喝半斤酒，很舒服。而有的人喝二两，可能已经眼冒金星，站不起来，坐不住，甚至想去呕吐。再比如，马拉松运动，据资料表明，每次比赛都有运动员猝死的事发生。他们其中的许多人，不能否定他们平时是长跑健将，但此时此地的身体就出现了状况。所以，无论你干什么，你的参照物永远是百分之五十的人群。健身也是这样，看看身边，被人们称之为健身教练、养生专家的，不乏早早离开了人间的例子。其中一个重要原因，他们不是过高地估计了健身的作用，就是过高地估计了养生的作用，甚至过高地估计了自己的认知。同样的运动量，在他人来说，这个运动强度是安全的、正常的，可能对另外一些人来说，就是危险的、极限的。运动的"劳"不可取，用心的"劳"同样不可取。

三、健身还要养生。就人的身体健康而言，除了肌体的健康外，还有精神的健康。而精神的健康从某种意义上讲，可能对身体健康反倒起着主要作用。所以，简单地认为健身就能健康，健身就能长寿，显然是很浅浅的。世界有组织对健康长寿的调查表明，人能长寿的第一、第二的原因，不是健身，也不是有一般的不良嗜好，而是心态，是人与人相处的关系。而要达到这个目的，必须是由养生来完成的。人的身体是一部非常复杂的机器，以目前人类科学而言，人们对自身的了解不会超过百分之十。养生是一种境界。养生的关键是养心态。要尚和、尚让、尚睦、尚恕、尚简等。绝不是从什么"良方""营养""财富"中就能得到的。只有身体健康，精神也健康，才是人类健康长寿的正道。

行则健，劳则损，应该成为人们健身遵循的法则。但年龄不同，体质不同，环境不同，需要对健身的运动量和侧重面及时做出调整。把"行"的作用提升到最佳，把"劳"的风险降至最低，参之与养生，才是科学健身的精髓。

2022.10.25

谈自律

所谓自律，通俗点说，就是老百姓说的"你要学好人，做好人"。这里的学好人，就是要见贤思齐。这里的做好人，就是"不以小善而不为，不以小恶而为之"。

自律，表面上看，是指一个人行为规范的自我约束。但事实上，在人类社会中，自律会产生"蝴蝶效应"，有被放大和"传染"的可能。可以想象，一个人好了，大家都好了，这个社会的风气、社会的秩序焉能不好。所以，可以说，自律既是个人的事，也是影响他人的事，同时，还应该是值得在社会中大力提倡的事。

自律的准绳是什么？是法律，是公德，是信仰。基础是法律，就是党纪国法，生活中的"高压线""雷区"。只能遵守，不可侥幸。要明白"法网恢恢，疏而不漏"的道理。法律相对自律来说，有规定，有条款，明明白白、清清楚楚。对有自律意识的人来说不难。公德呢，我们说，党纪国法，规定的再细、再明确，也不可能面面俱到。所以，社会公德在自律要素中，占有很重要的位置。每个人总是生活在某种传统文化中。经过许多年的积淀，传统文化形成了人们认可的公共道德准则。或者说，形成了区分好人和坏人的标准。公共道德将党纪国法的监督，变成为人与人之间的相互监督。从我国来讲，两千多年来，公共道德主要是儒家倡导的"修身"那一部分。当然，人类在进步，社会在发展，要取其精华，去其糟粕。比如，要懂得孝敬父母，要懂得感恩，要有"老吾老以及人之老，幼吾幼以及人之幼"的恻隐之心。要求知以渊，治学以严，立志以恒，做人以完。退一步，或换一种说法，叫作职业操守。比如，有公权力的要清廉。做生意的要"生财有道"。当医生的要珍爱生命。当老师的要为人师表。信仰呢，这是自律的最高级。自律在信仰面前变为一种自觉。因为有信仰，才会有"先先天下之忧而忧，后天下之乐而乐"，才会有"苟利国家生死以，岂因福祸避趋之"，才会有"全心全意为人民服务"。才会出现屈原、岳飞、林则徐、江姐、雷锋等，一代又一代的英雄和仁人志士。才会头可断、血可流，视死如归。才会刀山敢上，火海敢闯。

达到自律的途径又是怎样的呢？

首先，是明辨是非。没有是非标准，也就没有什么自律可言。是非不分，自律也只能是一锅夹生饭。害己也害人。所谓是，就是正确，所谓非，就是错误。但生活中的是与非，能像"小葱拌豆腐"那样好分辨吗？从小处说"清官难断家务事"，往大里说"谁是我们的朋友，谁是我们的敌人？"如果没有标准、没有方法、没有立场，还真难判断孰是孰非。这就要求在自律的同时，补上"知识"这一课。这样才能讲能讲个明白，死也能死个清楚。还有，如出现对是非产生盲区时，宁左毋右。

其次，是坚守。坚守初心。心无旁骛。不犹豫，不彷徨。一位伟人说得好："一个人做一件好事并不难，难得是一辈子做好事，不做坏事。"自律也是如此，一时一事的自律是应该的，一生一世的自律，更是难能可贵的。自律是贫贱不能移，富贵不能淫的坚守，是与生命同生死的献身。换句话，也可以这样说："走自己的路，让别人去说吧。"自律是自觉的行为，不是做给别人看的。要有一种"人前人后一个样"的精神。但条件和环境的改变，胜利和挫折的考验，权力和金钱的诱惑，往往使过去的自律，也有可能变得苍白无力。有道是，"在拿枪的敌人面前，他们无愧于英雄的称号，但在糖衣裹着的炮弹面前却败下阵来。"善始不一定就能善终。举一个古往今来由清廉走向贪腐、且具有规律性的例子：一个人手中掌握着一定公权力时，常常会面对许多诱惑。开始时，往往是秉公执法、为政清廉。但发现身边还不如自己的人，活得一个比一个滋润、一个比一个趾高气扬时，心态便慢慢地发生变化。自律的弦，也越来越松。于是贪腐的窟窿由小变大，最后是贪得无厌，老子天下第一。什么教育，什么信仰，什么公德，什么法律等等，都成了愚弄别人的说教。终究受到了法律的惩罚，也失去了做人的最后一点尊严。

第三，自律与律人。社会上，每一个人的追求是多样性的。有的人讲奉献，有的人重贪腐；有的人做忠臣，有的人做奸臣；有的人讲公平，有的人搞投机；有的人善字当头，有的人包藏祸心。有的人公私分明，有的人先公后私，还有的人公而忘私。各人有各人的追求，各人有各人的理由。各人有各人的人生观，各人有各人的价值观。所以，自律是一种自觉。你怎么做，是你自己的选择。生活中，你不能把你的选择，强加于别人。最多只能是用你的选择去影响别人。正确的做法应该是责己以严，而待人以宽。但是，决不能由是非分明，退到似是而非，再退到同流合污。

自律的结果又是如何呢？从小处说，自律出好人，自律出成果，自律成大事，自律留美名。从大处说，自律出民主，自律出平等，自律出自由，自律也出和谐。

还是早一点自律，多一些人自律吧！它会让你上不愧对祖先，下不无颜于后人。

2022.11.1

谈爱好

　　爱好，应该是人们对精神需要的满足。爱好的概念很宽，有听觉、味觉、视觉，还有动手、动脚、动脑。等等。不一而足。但不管有什么爱好，一般来说，都是谋生之外的，或者说"八小时之外"的。由爱好转为谋生的也有，但不多。当然，还要区分是哪个年龄段的爱好。

　　每个人的需求应该说是多方面的，既有物质的，也有精神的。爱好呢，也是人生中不可或缺的一部分。人们的爱好，来自人们的兴趣。兴趣又是最好的老师，指引你向前，不断探索、不断进步。由爱好产生兴趣，由兴趣产生动力，由动力产生思考。最后，甚至由思考产生研究，由研究产生专家，也不是没有可能。

　　有爱好，是人的本能。在传统文化中，有一些地区，新生儿过周岁时，有"抓周"的习俗。大人们会在过一周岁生日的新生儿面前摆上笔、钱、印等东西，让新生儿有选择地去抓。这可以说，就是新生儿的兴趣所在、爱好所在。当然，这是新生儿一种潜意识的表现，你也可以说，是新生儿过周岁时的一种游戏。人们随着年龄的增长，伴随的各种爱好不是逐渐的消亡，而是更理性、更个性。爱好，还会随着时间的变化生根、发芽、长大。不同年龄段产生和培养的爱好，结果也不同。当人们处于成长期的爱好，可能一步步变为事业或谋生的专业，脱离爱好的范畴。当人们处于中年期爱好，会成为扩大知识面和解压的调节剂。当人们处于老年的爱好，会成为修心养性、发挥余热、充实生活的必要手段。

有爱好，是需要付出时间的。一天只有二十四个小时。一百年也只有三万六千天。无论你做什么，时间既不会等你，也不会倒流。过去的，就永远过去了。换句话说，在有效的时间里，你做了这个，就没有时间再干别的了。爱好，同样需要时间。所以，历史上有"玩物丧志"的说法。也有将工作与爱好本末倒置的人，如宋徽宗。这也告诉我们，当爱好已经影响到学习、工作、生活、事业时，要理智地、果断地，暂时放下或放弃这个爱好。因为，这时的所谓爱好，已变成了一付毒药。

有爱好，能满足人的精神生活。对于人类来

说，有获得物质和精神上满足的需求，有如鸟的两翼，缺一不可。如果追求物质的满足是针对人的生存而言的话，那么，追求精神的满足就是区分人与动物最本质的东西。换句话说，追求物质更像动物，追求精神则更像人。一个人每一天，或一生从事一种专业或做重复的工作，是十分单调和枯燥的。有爱好，会使你的生活、你的思想、你的人生经历丰富起来。精神上得到极大的满足，会使人们感到人生美好的另外一面，会产生别样的快乐和幸福。

有爱好，可以扩大人的交友圈。"人以类聚，物以群分。"有相同的爱好，会让两个陌生人相识，也会让有相同爱好的人聚集在一起。通过与有相同爱好的人相聚，你会发现一个不一样的、没有利益冲突的、有共同话题、让你放松的新天地。这也是在工作、家庭中无法得到的一种相互认知。会使人感觉到，世界更大了，心胸更开阔了，个人的价值也在更大范围得到了认可。

有爱好，可以在人生的道路上走得更远。当人们步入老年、与社会渐行渐远时，如果又处在国泰民安、衣食无忧时，有爱好，会焕发你的第二个春天。爱好，会激发你的斗志，会使你对人生有新的体验。试着想一想，人活到六十岁时，开始脱离社会，但随着科技的进步、人类文明的发展，人的寿命也越来越长了。以我国为例，一九四九年前，人均寿命不满六十岁。而现在，据有关部门调查，人均寿命已达到七十岁以上。再看看身边，八十岁、九十岁身体硬朗、生活且能自理的老人不在少数。就以八十岁为限，六十到八十岁还有二十年的时间，这个时间，与一个大学生毕业后参加工作到六十岁，差不了多少年。可以说，六十岁至八十岁是你的第二个人生也不为过。因为，无论从时间、从质量、从成熟度，一点也不比前三十年差。如果六十岁以后，每天只是吃、睡、晒太阳，是多大的可惜和浪费呀！

值得注意的是，爱好虽然是个人的事，但爱好也应有个准则，那就是，一不影响社会，二不影响他人。在文明的社会中，人是平等的，人人享有自己的空间也是必须的。如果你的爱好会产生噪音、产生危险，会带来暴力、带来破坏，会引来冲突，会引来民愤时，就要注意了。你在从事爱好前，首先考虑的不仅仅是爱好会给你自己带来什么高兴和快乐，还要考虑到你的爱好，会不会给周围的人带来不适和影响。如果，有可能会给社会带来影响，那就要慎之又慎了。从你个人理解，可能只是一项爱好的活动，但你不知道的是，你的爱好很可能已触犯法律或治安管理条例了。所以，有爱好，也是要讲时间、地点、场合、法律的。

爱好，虽然没有雅俗之分，但有安全和危险之分。有的人把爱好无意识地分为雅或俗，其实这是个误区。比如，爱好拉小提琴与拉二胡，爱好吹萨克斯与吹竹笛，爱好下棋与打麻将，喜欢旅游与喜欢书法等等，谁雅谁俗呢？由于人的精神需求不同，所以，只要能带来精神上的愉悦，就不应去说什么雅、俗。包容比争论更重要，开心比雅俗更关键。然而，爱好的安全性与危险性还是要高度注意的。对大部分人来说，应强调爱好的娱乐性，反对爱好的专业性。比如，爱好安全性高的旅游是一回事，而爱好去森林、山洞探险就是另外一回事。爱好纯娱乐的下棋、打扑克是一回事，爱好设残局、上赌局赌博就是另外一回事。把有危险性的刺激当爱好，害己，害人，也害社会。已与爱好的初衷和本意背道而驰，甚至，已不能叫爱好了。

2022.11.8

谈智慧

什么叫智慧？让我们首先看看人们所说的智慧包括哪些内容。一是辨析判断。二是指各种能力。如，认知、思维、记忆、想象、忍耐、审美、发明等能力。将这些归纳起来，智慧是不是可以这样定义：人们面对问题和矛盾，能正确判断，并给予解决的能力。

智慧与知识、文化是一回事吗？回答是否定的。智慧，最终表现为一种能力。知识呢，是指人类已知的、各种学问，属于人类已认知的范畴。而文化，是指人类一切文明进步的体现，是广义化了的知识。其中，也包含了对知识的运用。知识是人类进步的阶梯。而完成每一次"进步"的，必定是智慧。文化的形成，也是要靠智慧来完成的。这就是智慧与知识、文化的联系和区别。

智慧是如何增长和获得的呢？

首先是知识。正所谓"读万卷书，行万里路"。知识是智慧的基础，从书本中得到的是知识，从实践中得到的同样也是知识。要想不断提升智慧，就要做到通用知识一定要博，专业知识一定要深。所谓博，就是儒、释、道，文、史、哲，数、理、化，天文、地理等各种知识和领域都要广泛涉猎。多一份知识，多一份思路；多一份知识，多一份联想。"它山之石，可以攻玉"。所谓深，就是要对本专业知识烂熟于心。"知其然，又知其所以然"。没有深，就谈不上提升，就谈不上创造和创新。

从某种意义上说，别人的知识，也是你的知识。比如，在一个团队中，面对出现的一个问题，虽然最后作出决定的不是你，而是别人，但整个决策过程你是从始至终经历或参与的，所以，无论其结果是对还是错，你都能从中学到知识。

其次是目标。在一个硕大的仓库里，零乱地摆满了各种各样的零部件。你眼下，是想用这些零部件装配一架飞机？一门大炮？还是一辆汽车呢？这时，你的想法就是目标。完成目标的过程，就是一次提升智慧和对智慧给予检验与判断的过程。首先，你有装配一门大炮的想法，但没有装配大炮的知识还是不行的。其次，你不但有装配大炮的知识，又有装配一辆汽车的知识，甚至装配一架飞机的知识，就能完成装了吗？还不行。因为，这只是满足了一个首要的前提。接下来才是对你的智慧进行考验。知识有了，目标有了，接下来的是建立一个团队，然后进行任务的分解、责任的划分，以及奖惩制度、分配制度的制订等等，一系列以人为中心的工作才正式起动。这时，管好人，用好人，就是智慧最集中的体现。由此可见，将知识转化为目标是智慧的一种能力。所以，没有知识而有目标，也只能是"望洋兴叹"。有知识而无目标，就好比"无头苍蝇到处乱撞"。目标是提升智慧的台阶。完成一个目标，智慧就长一分，完成的目标越多，智慧就愈加丰富，就会有如《庖丁解牛》中"以无厚入有间，恢恢乎"。

第三要研究。智慧中表现出的能力，不是"水到渠成"的。而是反复、深入研究的结果。要透过现象看到本质，要找出其内在的规律性，要搞清楚一事物与它事物的区别。如同打仗一样，当一场或大或小的战役结束后，有心计的指挥员，总要坐下来认真对这场战役进行一次回顾和总结。哪个决策是对的，哪个环节出了问题。肯定什么，应记取什么经验教训等等。这样才可能做到"不会在同一个地方摔倒两次"。再比如，从管理层面上讲，每一条法律、每一个规定、每一项政策的出台，其实都是研究的结果。或者说，都是智慧的结果。同样，在社会科学、自然科学领域中，研究同样重要。可以说，没有研究，就没有发明和创造。没有研究，人类文明也得不到延续和发展。

第四要形成理论。将研究、实践、经验等，进行归纳、整理、提炼，并上升为理论，是至关重要的。将琐碎的、零散的、片面性的，经过抽丝剥茧，找到其中带有规律性、方向性、指导性的东西加以整理，是对智慧的又一次长进和升华。理论既是对已知的进行了一次总结，又是对未知的提供了研究的方向。既对实践进行指导，又在实践中不断得到验证和补充。而理论只有鲜活的、发展的，而不是机械的、僵化的才对智慧的提升起作用，并进一步充实智慧。将一本书能越读越薄的能力，是一个不断归纳、提炼、总结的过程，也是一个由实践到理论的升华过程。既是理论水平的提升，也是智慧的不断提升。比如，孙子将所有战争的案例，归纳、提炼、总结为"三十六计"，就是将实践进行理论化提升的结果。这种提升，无疑是一种非常高的智慧。需要指出的是，《孙子兵法》对于孙子说是智慧，但对于学习和运用《孙子兵法》的人来说，它就成了知识。将这些"知识"运用到实践中时，才是智慧反映。

第五要实践。智慧离开了实践，就成了"无源之水、无本之木"，就是"纸上谈兵"。三国时蜀国的马谡就是一个典型。换句话说，作为一个好老师，让他来讲述知识和阐述观点是合格的，但让他以实践者的名义，去运用他讲述的知识和观点时，他便是个失败者。这就是典型的是有知识、还是有智慧的区别。人们常说，"失败是成功之母"。其实只说对了一半。正确的理解是，能从失败中不断找到失败的原因，并加以克服，这样的失败，才是下一次成功的基础。这里的实践，也是这样。它既强调多次的、反复的实践，更强调实践后，一次又一次的分析、总结。"否定之否定"。无数次重复失败的实践，是无效的实践，与智慧也没有任何关系。反复实践、反复总结，才是智慧的表现，才是智慧不断提升的实践。"没有调查，就没有发言权"，是从另外一个方面、另外一个角度，强调实践的重要性，以及实践与智慧的关系。

智慧的分类，可以大致分为某个人的智慧和人类的智慧。某个人的智慧，主要表现在"修身、齐家、治国、平天下"中。在这个范畴中，可能产生的是科学家、思想家、文学家、艺术家、军事家，以及天文学家、数学家、化学家、物理学家等等。人类智慧则是指认清人类自己，认清地球、认清宇宙的能力。人类智慧，应该是人类某一阶段的集大成者。它不分种族，不分地域，不分国界，是人类命运共同体。人类智慧，最终会将人类带入到一个可以脱离外部生存环境的、是智能而不是生物的星际天体。

2022.11.17

哲学思考

意会论

人们对物质世界和人类思维的看法，除了唯物的观点和唯心的观点，还有没有其他的观点？这里提出一种新的观点，即"意会"的观点。这里"意"，是意思的意，不是"臆造"的臆。

"意会"的观点，出自人们常说的一句话："只可意会，不可言传。"

"意会论"研究和探讨的就是，对物质世界和人类思维中"不可言传"的那部分内容和东西。

首先，让我们看一下生活是否存在"不可言传"的现象：人们在解读老子、孔子、孟子时，都自谦地说是自己的学习心得，还没有那个人敢说，我的看法就是老子、孔子、孟子原本的看法。言外之意，有些内容还需要阅读者和学习者自己去感悟。因为其中有些道理是不能"言传"的，只能去"意会"。再以近代人们研究《红楼梦》为例。《红楼梦》就是那么一本书，反映的也就那么一段历史，令人想不到的是，出现了那么多学派、那么多研究成果。有些观点居然是截然相反的。有些研究的成果、研究的角度和深度，恐怕是连曹雪芹本人也是没想到的。可见是研究者掺进了一些自己的"意会"，同时，也说明了《红楼梦》中确实存在"不可言传"的内容和东西。

那么，唯物论和唯心论能解释清楚"不可言传"这部分的道理和内容吗？不能。唯心论者认为，意识决定存在。从前面的例子可以看得出，虽然存在"不可言传"的内容和东西，但它是客观存在的。从某种意义上讲，是"说得清"的，能"说得清"就肯定不是唯心的观点。唯物论又如何呢？唯物论者认为，世界是物质的，物质的东西是可以被认识的。而以上两个例子却都出现了仁者见仁、智者见智的情况，并没有形成一个统一的认识。这也从另外一个方面证明，"不可言传"的内容和东西是确实存在的，并不被唯物论所包含。这种以唯心论和唯物论为基础，承认物质世界和人类思维中，存在"不可言传"的内容和东西的观点，就是意会论观点的全部。

（一）

既然是"不可言传"的内容和东西，怎么去认识和研究它呢？

其实，"不可言传"并不代表是虚无缥缈。意会也是有主体的。如，前面举例中提到的孔子、《红楼梦》。抓住了这个主体，就是拿到了破解"意会"的钥匙。

意会的认知基础包括两个方面，即形象思维和抽象思维。众所周知，形象思维是以物质存在为基础，抽象思维是以想象空间为基础，其结果都是可以回答"是"与"不是"，或"对"与"不对"的。意会也是需要思维的，它强调的是某一个人自己的思维，而不是别人的思维和大家的思维。这一点，与唯物论、唯心论是有区别的。因为按照唯物论的观点思维，其结果应该是一致的，按照唯心论的观点思维，从主观臆断出发，肯定是不切合实际的。意会思维既重视客观，又强调是"某一个人自己的思维"。接下来，还有第二个阶段的思维，即通过"意会"，最终做出"行"与"不行"或"这么办"与"那么办"才算完成。

意会论的本质特征是什么？一个是它的偶然性；一个是它的唯一性。

所谓偶然性，是指这个意会是在必然基础上的偶然性。人总是生活在复杂的环境和充满各种信息的包围中，每个人的人生轨迹也是千差万别的。在相同的情况下，做出一般的判断，可能有许多人是相同的，要对"特殊"问题做出判断，如，对感情的判断，就不可能是大众的。退一步说，大众的判断也不一定就正确。这就是意会的偶然性。由此可见，意会的偶然性和一般意义上的偶然性也有很大的不同。这里的偶然性，指现实中虽然存在，既可能是正确的，也可能是错误的。这种对与错，在当时特定的环境和条件下，各有各的理由，各有各的分析、判断的前提和佐证。

所谓唯一性，是指无论判断的对与错，只能做出一种选择，这种选择必然是唯一的，非此即彼。正所谓鱼和熊掌不可兼得。比如，对实行一夫一妻制的国家，一个公民只能选择一个异性作为自己的配偶。不可能说："两个好，我都要。"

（二）

当然，无论是偶然性，还是唯一性都离不开判断这个前提的。从一般意义上讲，判断是决策的前提和基础，判断只是对有关情况和信息做分析，判断本身不产生后果，决策才产生后果。而意会论的观点却认为，它承认判断和决策的因果关系，但更强调各自的独立性，即决策会产生后果，判断同样会产生后果。先说意会所特指的判断会产生后果。用两个例子来说明：水壶里放上水，底下加热，水就会产生蒸气，这是自然现象，但瓦特观察这种现象加上了自己的"意会"，就发明了蒸汽机。苹果熟了，就会从树上掉下来，这是自然现象，但牛顿观察这种现象加上了自己的"意会"，就提出了万有引力定理。用一个三段论来表示：自然现象+意会+研究=新发现。这里的"新发现"就是判断的结果。可见，有的时候，"不可言传"的那部分道理和内容，才是改变人们思维、命运，改变社会进程，推进科技进步的关键。

决策肯定会产生后果。决策无论对一个人来说、一个企业来说、一个国家来说都是非常重要的。对一个人来说，人们常说人生关键的就那么几步。对企业来说，生产同样的产品，几年后，有的企业发展了、做大了，有的企业仍在求生存，有的企业却破产了，这其中一个最重要的原因就是决策出了问题。对一个国家来说，对一个时期的工作重点的决策，很可能把这个国家或民族引向辉煌或引向灾难。决策的前提一般都是有客观依据的，但决策时对决策后的发展趋势，却存在"不可言传"的不确定性。

（三）

意会不是简单的臆会，要做出正确的"意会"的判断和决策，必须遵循以下三个实践原则为基础。

一是意会必须以承认人的个体差异为基础。它认为，作为一般意义上的人是没有差别的，都是一个脑袋、两只胳膊、两条腿。但作为社会的人，差异就非常的大、非常的明显。比如，同样在孔子门下学道，成为弟子的不过三千人，成为贤人的也不过七十二人，能在《论语》里留下名字的只有颜回、子路、子贡几个人。这种承认个体差异的态度，就是实事求是的态度。

二是意会必须以承认人的潜能为基础。就以现阶段人类科学成果而言，还远远没有穷尽对地球及宇宙现象的认知，甚至，就对人自身的研究也仍在一个发展的过程中。但是，没有对现象的认知做出解释，并不等于它不存在。如人的潜能就是其中的一部分。生活中有这样的例子：一个战士在冲锋时遇到一个沟壑，一跃而过。但战斗结束后，来打扫战场时，看到自己当时跳过的沟壑却吃了一惊，原来那么宽那么深，现在让他无论如何鼓足勇气去跳，也是跳不过去的。还有，说的是一条船在茫茫的大海里被大浪掀翻了，几天过去了，无论人们怎么想，船上的人都不可能有生还的可能了。可不知过了多长时间，人们却在一个海滩上看到一个飘浮的人，而这个人就是那个船上的其中一人，居然后来被救活了。新闻媒体还报道，一个被诊断为植物人的病人，几十年后居然苏醒过来。等等这些，用目前人们已掌握的科学知识都是无法解释的，但这些事实在生活中却是不争的事实。这种承认人的潜能的态度，就是尊重客观实际的态度。

三是意会必须以承认科学技术是不断发展的为基础。科学技术发展的过程，是人们对自然和社会不断认识、不断利用和不断发展的过程。这个过程永无止境。意会离开了科学作基础，就成了无源之水，无本之木，就陷入了唯心主义的桎梏。

（四）

人们学习和了解意会论观点的意义在哪里？意会论的核心价值在哪里？主要表现在三个方面：

一是承认在人类的思维判断中，确实有"意会的东西"存在。这个"意会的东西"就是人与人的思维判断，当面对相同的事物，既可能作出相同的判断，也可能作出不同的判断。在这个方面，对人的判断尤其典型。比如，对秦始皇、对曹操的研判，几千年都过去了，现在有一个让所有人都接受和同意的观点吗？可能还没有。康熙应该是一位很聪明的皇帝了，可怎么在对和珅的使用和判断上就出了问题呢。在普通人当中同样有这样的例子。如，介绍对象人的看法与找对象人的看法，有时候比较接近，但绝大多数的时候却大相径庭。

二是意会论存在于唯物论和唯心论中，但又有其自身的独立性。其独立性表现在用唯物论和唯心论无法解释的那部分东西。比如，当两个同样优秀的画家，面对同样的风景作画，最后的作品无论在色彩上、风格上一定是迥然不同的。同样，当两个诗人对着同样的景物，诗兴大发，在认真思考、反复推敲后，写出的诗绝对不会相同。再比如，喜欢书法的人都在学习王羲之，但学到最后，王羲之还是王羲之，你还是你。当代著名作家马烽在介绍他的写作经验时就说，我也说不清，如能说得清，肯定有许多"马烽"的作品问世。他还说，如果真的能把写作经验教人，我会先教给儿子，他肯定也是优秀作家了。原因就是有不可言传的东西在作祟。

三是帮助人们解开思想上的困惑：即"为什么是这样一个结果，而不是那样一个结果"。真理存在于大多数人之中，还是存在于少数人之中？实践告诉人们，普遍真理常常存在于大多数人之中，而特殊真理常常存在于少数人之中。人的苦闷常常来自于想不通：一件事情的判断、一个问题的结果明明应该是这样的，但现实却告诉你的是另外一个结果。这其中的原因，既有站在大多数人一边的不理解，也有站在少数人一边的不理解。于是当你用唯物论和唯心论都无法解释时，用意会论来对待时，你会觉得很简单。原因就在于对一件事情的判断、一个问题的处理最终是人，不是物。既然是人，那么他的思维在作出判断时，可能是唯物的观点做主导，可能是唯心的观点做主导，也可能是意会的观点在做主导。

2014.5.20

认知论

作为一个健全的人，在任何时候，都是有想法的。在说话、做事时，总会受到一定因素的影响，这个因素不是别的，就是认知。

认知，从字面上解释较为简单。认，认识。知，知道。其实不然。人的认知，关乎人生的顺逆、福祸、成败、生死。一句话，一个人的认知，就是这个人的一切。如，同样是卖豆腐，有的人，一卖就是一辈子。而另外一个，在认知的不断引导下，几易初衷，经过几代人的努力，成为明末清初晋商的代表人物。

先让我们了解一下认知。

首先，认知可分为有限认知和无限认知。有限认知表现在一个阶段、一个判断、一种选择上，总是与"入世"联系在一起的。如，秦朝的李斯，在他的认知中，产生了"仓鼠"与"厕鼠"的认知，又由"仓、厕鼠"，想到人生平台的重要性。于是，他跑到秦国，经过努力，并得到秦始皇的重用，飞黄腾达，官至宰相。可以说，这是他在人生一段时间里，对自己今后命运的认知和选择。这是一次有限认知。后来，秦始皇病死沙丘，面对赵高的一派胡言，这次，李斯对自己命运的认知也做出了判断，但这次的认知让他后悔终身并遗臭万年。最后被赵高所害。这又是一次有限认知。那么，无限认知呢？常常表现为一种思想、一种态度，一种人生，总是与"避世"联系在一起。如，"老子西游""竹林七贤""傅山入道"等，可以说，他们都是无限认知的体验者。

虽然，有限认知与无限认知不能简单地用"对与错"来评判，但认知后，必然是带有结果的。

其次，认知的产生来自实践，但实践只是认知的初级阶段。认知首先来自实践，或者说来自各种社会活动。有直接的，也有间接的。如没有这种认识、积累、思考，认知就是无源之水，无本之木。就是赌博，就是撞大运。

随着新的认知产生，新的矛盾也随之产生。当认知后产生矛盾与纠结时，才是能否做出正确判断的关键阶段。进与退、去与存、生与死，这种矛盾的纠结，可能是一刹那，也可能是一段时间。当一种认知战胜另外一种认知时，既是矛盾解决之时，也是分出红与黑、清与浊、良与莠的结果之时。比如，面对金钱、荣誉，有的人表现出让的态度，有的人表现出争的态度。面对问题、困难，有的人表现出回避、畏缩不前的态度，有的人表现出要解决、迎难而上的态度。在重大是非面前，"苟利国家生死以"的人有之，"先为自己打算"的人有之。

第三，认知反映的是智慧，而非知识。为了说明这个问题，先将智慧与知识的概念加以区分。知识，是对人类历史上一切实践进行再现，具有先进性、科学性。常言道："知识是人类进步的阶梯"。从另外一个角度看，知识是针对人们的记忆而言的。当然，聪明的人还会对知识进行归纳、整理。比如，一个历史学教授，他可以把一段历史讲得深入浅出、条理清晰、趣味横生，甚至不失为一名合格的历史学家。但是，让他用历史知识来思考现实问题，便出现顾此失彼、漏洞百出、贻笑大方。说个真人真事的例子。在中共的历史上，曾有一个自称是马克思主义者的人。他在讲述马克思关于革命的理论时，可谓头头是道、令人称赞。然而，他在撮取了党的最高领导权后，面对风云变幻的现实，却处处碰壁。一会儿"左倾"，一会儿"右倾"。差一点将中共的命运断送。

智慧就不同了，说到底，智慧是一种能力。当然，智慧离不开知识，也离不开实践。但有知识、有实践，并不等于就有智慧。正所谓"努力不一定能成功，但不努力绝对不会成功"。人们在获得知识或实践时，还需要加以消化、加以思考，才有可能产生智慧。在智慧的指引下，认知才会产生巨大的作用。可见智慧离认知更进一步。当年，毛主席"四渡赤水"的神来之笔、《论持久战》中惊为天人的论断，可算是认知和智慧的完美结合的典范了。当然，也有反面教材。如，袁世凯"八十三天"的称帝闹剧、汪精卫当汉奸的"卖国求荣"、蒋介石在抗战胜利后的"打内战"，也是其"认知和智慧"生出的另外一个畸形儿。

第四，认知不曾须臾离开，一直在你身边。一个人一生中"关键的几步"，并不是这个人人生的全部。当为人子、为人夫、为人父、为人臣时，当为人女、为人妻、为人母时，面对人情、面对时事、面对社会，认知都会让人们做出这样或那样的判断和选择。于是产生了社会阶层，贫富差别，人生百态。于是产生了人间悲剧、喜剧、悲喜剧。

认知还会像传染病一样，影响身边的人。现实生活中，还有这样一种现象，父母是搞文艺的，其子女中也有若干从事了这一行业。父母是搞教育的，其子女中也有若干从事了这一行业。这中间，除了社会因素之外，认知的遗传、认知一致性，也是形成这种现象的一个注释。

认知还会产生"同性相吸、异性相斥"的作用。人们常说"物以类聚，人以群分"，不也在说明，如果认知接近或相同，是很容易互赏、互乐，走到一起的。一个党派、一个团体、一种宗教，甚至一个民族不都是这样的原因形成的吗？

第五，认知是人的头脑中各种观念的反映。其实，人们常说的"三观"，即价值观、世界观、人生观，只在众多观念中占很小的一部分。此外，还有历史观、财富观、艺术观、宗教观、择偶观、婚姻观、家庭观、择业观、教育观、敬老观、养生观、崇德观、尚义观、重情观等等。当人们处在各种观念的包围中，面对不同环境、不同需求、不同问题时，认知也未必相同。当出现二选一、甚至多选一的情况下，由于认知的局限、观念的干扰，有的人极可能造成"一失足成千古恨"的遗憾。

如何提高认知呢？

既然涉及"提高"，就要遵循"向高处走"。这个高处，可能是由村到县的高处，也可能是由小学到中学的高处；可能是非重点行业到重点行业的高处，也可能是职务调整的高处。但无论你对"高处"是否有认知，你都要毫不犹豫地去选择。"一个高度一重天"。在那里，你会发现一个不一样的、甚至全新的世界。高度的提高，又会带来认知的提高。认知的提高，也可能又有提高到另外一个新高度的可能。

既然涉及"提高"，就关系到如何不断"充实自己"。比如，一个农民，他对所种植物的认知和对气候、节气的认知是一回事，但他对文学的认知，对政治、社会的认知就是另外一回事。同样，一个在校的学生，对知识的认知是一回事，对现实的社会认知却是另外一回事。"人的正确思想是从天上掉下来的吗？不是，只能从社会实践中来。"这个道理，与认知的提高是相同的。不要希望睡一觉，做一个梦，看一本书，"与君一席话"，认知就一定会提高。即使这次认知对了，并不能说下次的认知也会对的。两次、三次的认知对了，也不能说，你在第四次、第五次的认知也一定是对的。认知之间有联系，但没有因果关系，也没有必然联系。在政界、官场不乏这样的例子。从一个平民、一个书生，在几十年的努力中，每次在重要关头表现出了正确的认知，步步高升、直步青云。然而，地位变了，认知也变了，本应保持晚节，却银铛入狱。

在不断"充实自己"的同时，还需要向"高人"求教。这个高人可能是一位阅历丰富、学富五车的人，但更多的时候是一种态度，能听得进别人的话，能礼贤下士。无论怎样聪明的人，其认知都是具有一定的局限性的。"闻道有先后、术业有专攻"，"三人行必有我师焉"说的都是这个道理。

既然涉及"提高"，就涉及如何理解"人生意义"。有限认知与无限认知，就是两种认知、两种人生观的具体反映。一般来说，人生观选择是个人的事，别人不必、也无需过多地说三道四，也很难说谁对谁错、谁优谁劣。老子的"出世"观、孔子的"入世"观，自古以来，都不乏很多的粉丝。

每一个朝代、每一个年代，众多的人都属于芸芸众生的范畴。回想一下，中国历史上，两千多年的封建社会，共出过二百多个皇帝，但一般人能记住几个呢？还有留在人们言谈话语中的文学家、诗（词）人、书法家，又有几个人呢？反倒是，生前声名鹊起，生后寂寂无名的大有人在。从历史长河看一个人，真是太渺小了。"达则兼顾天下，穷则独善其身"，倒也不失为一种洒脱的人生。

既然涉及"提高"，就涉及"思想境界"。境界，是一个人精神的追求。有境界的认知，把精神自由看得高于一切，表现为一种脱俗。换句话说，是一种脱离了低级趣味的、高尚的认知。应该说，与财富、地位、贵贱、等级，没有太多联系。雷锋就是个很典型的例子。雷锋精神、雷锋的认知，正如周恩来总理题词的那样："憎爱分明的阶级立场，言行一致的革命精神，公而忘私的共产主义风格，奋不顾身的无产阶级斗志。"也可以说，雷锋的境界是，脱去了世俗的凡衣，解下了金钱的镣铐，无视现实的骨感，乐于助人的奉献。

2023.8.28

书法专论

书法笔法论

人们习惯上把书法艺术有法的"法"，概括为"四法"，即：笔法、字法（结构）、章法、墨法。在这四法中，笔法是基础，是本质，也是核心。元朝赵孟頫说过一句非常有名、近似乎真理的话："笔法千古不易。"这里的"笔法"，是囊括了篆、隶、楷、行、草诸体的。有趣的是，从每一种书体成熟后，笔法就再没改变过。

书法的笔法和汉字的笔画，自从铅笔、钢笔在中国的推广、使用和普及后，便出现了误区。有的人认为，书法的笔法就是汉字的笔画，汉字的笔画就是书法的笔法。造成这种误区的原因是，认为都是写汉字，无非是工具不同罢了。其实，这中间有本质的区别。书法书写的工具是毛笔，毛笔的笔头制作材料是动物毛，是圆锥体，所以，也印证了汉代蔡邕的一句名言："毛笔唯软则奇怪生焉。"其他的书写工具，诸如钢笔等，是不具备这样一种功能和艺术性的。现在有许多人，钢笔字写得很好，然后，把钢笔换成毛笔，在宣纸上任意挥洒，就认为是书法，就称书法家，其实是不妥的。应该肯定，用钢笔能把汉字写好，对学习书法是有一定帮助的（从掌握汉字的结构方面讲是有相同之处的）。但工具的转换，不能带来艺术的转换。用钢笔书写有它自身的规律和要求，同样，用毛笔书写也有它的规律和要求。所以，将钢笔换成毛笔书写汉字并向书法靠近时，必须清楚书法的笔法、字法、章法、墨法，就成了绕不过去的思考和实践。

书法笔法与使用其他工具进行汉字书写和汉字图画（美术字），最本质的区别是：书法的笔法具有强烈的艺术特征，如，千变万化，不可复制等。当然，用其他工具进行汉字书写和汉字图画，也是有艺术成分的，但它有规律可循、可复制、形式单一等。它属于另外一种艺术门类，是不能与书法艺术混为一谈、相提并论的。

赵孟𫖯说："学书有二，一曰笔法，二曰字形。笔法不精，虽善犹恶，字形不妙，虽熟犹生。"

书法的笔法指的是什么？粗略地说，就是构成"永"字的八个笔画（侧、勒、努、趯、策、掠、啄、磔），再加上"戈钩""竖弯钩""卧心钩"等笔画的起笔、行笔、收笔的统称。从一般意义来讲：侧不贵卧，勒常患平，努过直而力败，趯当蹲而势生，策仰收而暗揭，掠右出而锋轻，啄仓皇而疾掩，磔矿楚而开撑。

书法笔法的核心是什么？用两个字概括就是："线、质。"

什么是书法的"线"呢？一是含有"起""行""收"笔法的线。现在，"书法有法"已逐渐成为人们的共识。而构成"永"字的八个笔画及其他笔画，首先面临的是如何下笔的问题。即，起笔的笔法。以楷书为例，起码应知道有"尖入""切入""蹲入""逆入"。有了"起"笔，下一个动作就是"行"笔。按照字的结构，应该知道用"中锋""侧锋""转折"的笔法。当书写完这一笔画时，就遇到了"收"笔，应该晓得用"顿笔""按笔""揭笔""挫锋"等笔法完成。到这时，才算完成了一个字中的一个笔画，才能算是一个有笔法的笔画。

二是笔笔活，有"象"的线。东晋王羲之的启蒙书法老师、著名书法家卫铄在《笔阵图》中说："横如千里阵云，隐隐然其实有形；点，如高峰坠石，磕磕然实如崩也；撇，如陆断犀象；竖，乃万岁枯藤……"唐朝蔡希综在《法书论》中说："屈折之状，如钢铁为钩，牵掣之踪，若劲针直下。"颜真卿在著名的《张长史笔法十二意》中说："令每一平画，皆须纵横有象。"可见，不论从那个角度来阐述或形容，都可归结为"笔笔活"，笔笔皆有生命。

三是笔笔不同，有"变"的线。清朝冯班曰："点不变谓之布棋，画不变谓之布算。"三国钟繇，为什么会被后人尊为小楷的鼻祖，那是因为他笔下有"万笔不同"的变化和造诣。东晋王羲之为什么能成为书圣，除了他是中国书法史上伟大的变革者、集大成者外，他还有一个"万字不同"的本领。正因为如此，书法才走进了艺术的殿堂，使许多爱好书法的人趋之若鹜，欲罢不能。笔笔不同，在墨迹上的表现主要是粗与细、直与弯、轻与重、迟与滞、疾与涩、顿与挫、提与按、转与折等。笔笔不同的另外一个含义是不可重复。还以王羲之为例，在他写的《兰亭集序》中，有二十多个"之"字，但没有一个笔法是雷同的。从目前能看到的无论是帖、碑，还是刊印的法帖，"王羲之"三个字，没有一个是相同的写法，变化之丰富令人惊叹。

四是情感外化，有"情"的线。笔法的线虽然是书法艺术最小单位，但它却有着"皮之不存，毛将焉附"的作用。所以，"线"的感情，也是书者感情的外化。书者受到笔下文字内容的影响，"线"也会有所表现。如，书写"大雄宝殿"笔下的线，一定是沉稳的、肃穆的。写《兰亭集序》，笔下的线一定是流畅的、飘逸的。写《祭侄稿》，一定是愤懑的，字字血、字字泪。当然，并不是说，随便一个人，拿起毛笔恣意挥洒，就能通过手中的笔把你的高兴、你的快乐、你的悲伤，一句话，你的情感在字里行间表现出来。那是需要很深很深的书法功力的，也是需要人生的历练和修养的。否则，书法岂可以称之为艺术！

有了"线"，还只是得其形，由"字形"到"神采"，即有"线"到有"质"。线质由技而进乎道，是一个艰苦的过程，是一件活到老、学到老的事。换句话说，是一生的事。

一、反复锤炼的"线"，与描摹的"线"有本质的不同。反复锤炼的"线"，是一个人通过不断学习、不断思考、不断实践后得到的"线"，犹如"锥划沙""屋漏痕""折钗股""印印泥"，是融化在肌肉记忆和举手投足中的"线"。而描摹的线，是临摹的线，是"照猫画虎"的线，是亦步亦趋、未曾消化和理解的线。就如武术，有真功夫的师傅，一招一式，反映的是功夫；而徒弟，一招一式，反映的是花架子，是套路。同样姿势的出拳，师傅出拳的力量是五十公斤，而徒弟的出拳，可能只有五公斤。这怎么可以同日而语呢。

二、要有笔，还要有墨。唐朝张怀瓘在《评书药石论》中说："若筋骨不任其脂肉，在马为驽骀，在人为肉疾，在书为墨猪。"宋朝苏轼有一句话，也是对这个观点最好的诠释。他说："书必有神、气、骨、肉、血，五者阙一，不为成书也。"其实都在说一个道理，有笔，只是有了线，有了形，但要焕发出神采，还是要依靠墨来完成。只有笔和墨的完美结合，才会有好的线质。大家都知道"墨分五色"。换句话说，只有把墨的五色在书写的线中完美地表现出来，才能将书法的艺术性迸发出来。东晋卫夫人早就说过："多骨微肉者，谓之筋书，多肉微骨者，谓之墨猪。"要想写出理想的线质，只了解了笔的性能、性格，还是不够的，还要择墨，还要择纸，还要择时。唐朝孙过庭《书谱》中的"五乖五合"是经验之谈，不能不引起足够重视。

三、"质"如其人。众所周知，每个人的指纹是不一样的。其实，在现实生活中，每一个有文化的人，写出的字也是不一样的。引申到书法上，并不是说，不一样就是书法。书法首先是技术，所以，没有经过书法技术的学习和训练，无论你写得如何有个性，也不是书法。这就像任何体育竞赛，它都有一个共同遵循和认可的规则一样，书法的规则就是笔法、字法、章法、墨法。书者只有进入到一定层次水平的书法，才能用"质"如其人来评价和理解。唐朝虞世南说"心正则笔正"。清朝傅山说"做字先做人，人奇字自古"。翻开历史上书法大家的字看一看，你会发现，皇帝书写的线质与臣子书写的线质不同，当大官书写的线质与当小吏书写的线质不同，忠臣书写的线质与奸臣书写的线质不同，有骨气人书写的线质与软弱的人书写的线质也不同。当然，线质不同，其风骨、气韵、神采就迥然不同了。

再说，一个书法家的线质会不会退化呢？回答是肯定的：会。一是不可抗拒的自然规律。人老了，体衰了，手抖了，智力下降了，这时书写的线质能不退化吗？还有另外一个原因，那就是自身原因了。即放松了对书法艺术的继续学习、继续思考、继续研究。有些人的书法进入某一个阶段、某个层次时，便自大起来，迷失了方向。追名逐利之心，超过了追求艺术进取之心。传统的、经典的"东西"，在他的笔下越来越少。技术的"东西"，越来越多地被他自己的"东西"所代替。大有船到码头车到站的意思。当年被奉为圭臬的经典，现在已变为他眼里的破展，当年被他崇拜得五体投地的人，他现在要与那人平起平坐了。仿佛他已是当代的王羲之，当代的张长史了。其实这是一种无知的表现。不妨拿出他现在写的相同文字内容的书法作品，与他二十年前写的相同文字内容的书法作品作一比较，明眼人一看，平心而论，除了线条透露出增加了一些流滑、俗气，并没有什么进步，甚至是倒退了。其书法艺术退化的本质，就是线质退化了，还能是什么。

2022.5.2

书法字法（结构）论

中国书法为什么能成为一种艺术，一是缘于文字本身，即中国的汉字是以表意为主的，其字形、结构千变万化。二是缘于书写的工具是毛笔，"唯软则奇怪生焉"，从而使艺术表现和艺术抒情的载体有了可能。无论书写的是一个字、还是一幅字，都可以让人见字生情或见字生意。

书法的字法是建立在汉字结构基础之上的，同时也是建立在笔法之上的。清朝徐谦就说："结体者，叠笔成形之法也。"所以，书写时尊重汉字与尊重汉字结构是书法字法的先决条件。其次才可以谈融入笔法、融入形势、融入情感的艺术加工。随意地、无法则地、无根据地肢解汉字，或将书写与汉字割裂开来，都是与书法无关的。

书法字法的核心是什么？借用康有为的话说："盖书，形学也。"把"形"再扩而大之，就是"形、势"。

所谓形，就是构成书法的点画、线条、空间布局及表现形态，属于技术层面。东晋卫夫人说：

"每为一字，各承其形，斯造妙矣。"可见，书法的字法是要将汉字转换为新的形象，写的还是那个字，但"此字"非"彼字"，是已完成了由日用汉字加入了线条审美的转换。

本来之形。书法是写汉字的，而文字的演变都赋予汉字一个"形"。所以，书法字法首先是写汉字之"形"。众所周知，学习字法，大致分为"独体字"字法和"合体字（兼偏旁、部首）"字法。"独体字"可因字赋形，这里且不论。关于"合体字"就不同了。合体字如按照印刷体来说，应该都是"方块字"，但如果书法将汉字都写成"方块字"，其艺术性会大打折扣。于是，在其汉字结构，即左右结构、左中右结构、上下结构、上中下结构、各种框结构等的基础上，因书法字法变化出宾主结构、上覆下结构、下承上结构，变化出穿插、揖让、参差、向背等，使"方块字"变成了"多边形字"，进而使汉字产生俯仰向背有情，左右映带有致，回环使转得势，上下承盖得宜，萧散连断得趣（清朝翁振翼语）。这就有了艺术的美感，又可概括为四美：即，偏旁合体之美，笔画交构之美，间架独立之美，形体多样之美。需要引起特别重视的是，汉字的偏旁（部首）在书法字法中占有很重要的位置。要充分认识其书法规律。如，左偏旁在书写时注意左放右收；右偏旁在书写时注意右放左收；上偏旁在书写时多宜小而紧；下偏旁在书写时多宜大而宽等等。完成好一个字的偏旁，即完成一个字的三分之一了。

艺术之形。指书写汉字时，加入了艺术规定和艺术要求的成分。一是大小。汉字在书法的结字中，不再是一般大小的"方块字"，而是根据视觉艺术的要求，结字要有大有小。唐朝张旭说："巧为布置，称为大小。"姜夔在《书法正传》中还就如何大、如何小提出了要求："大者不失缜密，小者不失宽绰。"欧阳询也说："小展令大，大蹙令小。"如同格律诗中的"平、仄"，产生了律动感。二是方圆。结字时运用使转、翻折等笔法，使汉字有方有圆，是打破"方块字"的又一法。康有为说，书法之妙，尽于方圆。并进一步指出，方用顿笔，圆用提笔。提笔中含，顿笔外拓。中含者深劲，外拓者雄强。圆笔用绞，方笔用翻。圆笔不绞则痿，方笔不翻则滞。正书无圆笔则无宕逸之致，行草无方笔则少雄强之神。姜夔也说，圆者规体，其势也自理，方者矩形，其势也自安。清朝杨宾说："字以方为体，圆为用，方为骨，圆为肉。故学者必先方后圆。"可见，方圆使汉字增添了或俊逸或雄强之感。三是形象。汉字是如何通过毛笔完成其艺术形象的呢？唐朝孙过庭在其《书谱》中，总结为"执""使""转""用"四字真言。即，执，谓深浅长短之类是也；使，谓纵横牵掣之类是也；转，谓钩、环、盘、纡之类是也；用，谓点画向背之类是也。如何理解钩、环、盘、纡呢？就是：钩，要钩得有微妙变化；环，要圆得空白饱满，有张力；盘，要空间切割有大小、主次之分，状要富于变化；纡，在迂回过程中，线条两次出现之后能够明确肯定。赋予汉字有了生命之感。四是法则。在中国书法史上有关结字法则的论述很多。如传为唐朝欧阳询《结字三十法》，就可以说是有关书法结字规律的经典之作。此外，人们耳熟能详的，如"均匀法则""空灵法则""中宫紧收法则"。还有现代人从艺术门类中引申的，如"十字法则""黄金分割法则""矩形法则"等等，极大地丰富了书法结字艺术之感。

符号之形。指书法对汉字的夸张、变形、减

省。符号之形，不是为形而形，而是服务于书法审美的一个重要部分。在篆、隶、楷、行、草的五体书法中，除楷书少有符号之形外，其余四体中，皆有符号之形之可能。

这里的夸张，一是指疏密的夸张。即将一个"均匀有致"的方块字，用疏、密加以改造，增加其艺术性。其原则是，疏取风神，密取苍老。当疏不疏，自成寒气；当密不密，必至彫疏。二是指收放的夸张。打破原有汉字字形的布置。原则是，"收"胜"放"则拘，"放"胜"收"则流。放而不流，收而不拘。

这里的变形，一是指因字变形。篆、隶、楷、行、草，因书体不同，字的结构也随之会发生变化。二是指形外之形。书法的本质是笔法、线条的丰富与变化。一字之中，不宜出现两横画都相同的笔法、雷同的线条，不宜出现两捺没有变化的笔法等。

这里的减省，一是笔画的减省。如，汉字"木"中的一撇一捺，在行、草书中变为了一个"钩"。二是由改变笔顺带来的减省。如，汉字的"绞丝旁"，在草书中变成了一个像"子"的符号。

三是约定俗成的减省。因书体不同，减省的程度、多少也不同。写的是同一个字，但写出来的字，已经是书法约定俗成的一个符号了。甚至很难找到你所认识的那个汉字的影子了。特别出现在草书中居多。明朝韩道亨编的《草诀百韵歌》中，将历史上许多对汉字的减省进行了归纳整理。如"三口代言宣""七红便是袁"等等。

有形就有了势，但书法中的形与势，应该说不是同一个层面的东西。书法字法中的势，指的又是什么呢？势是由形而引发出之神，是形之最动人之处、触目惊心之所在。有一笔之势，也有通篇之势。形是技，势是艺。势是形质与神采的本质，是艺术层面、精神层面。

一是气势。即当一个字或一幅字出现在你眼前的、扑面而来的气息。用一些词来比喻，如阴柔或阳刚、遒媚或雄强、生硬或古拙、轻滑或老辣等。这些词一看便知是形而上的，是只可意会不可言传的。有时候，势的气息，是书写者可以设计和预测的。但这要求书写者有高度的书法技术和长期的书法修养。正所谓"十月怀胎，一朝分娩"。否则，"种之龙种，收之跳蚤"，意外的事也会常有发生。

二是形势。即当你在一个字或一幅字前驻足，得到的是一种较理性的感觉。用一些词来比喻，如学养、传承、风格、个性等。会突然想到的一个词就是，是否"学书有源，字如其人"。被揣摩、被审示后，就是形势的结果。这里需要特别指出的是，任何人的个人风格都是一个设计加追求的过程，也是一个否定之否定的过程。某人的书写具有什么样的风格，也不完全是书写者自己说了算，评论者眼中的风格才是这个人的书写风格。

势，不应有美丑、好坏之分。是否具有艺术的美，才是势的本质。如戏剧中有生、旦、净、末、丑，才叫完备，并不能说只有旦角好，丑角就不好。旦、丑角不过是一种艺术分类罢了。从一个字的"势"到另外一个字的"势"，从一个书写者笔下的"势"，到另外一个书写者笔下的"势"，"百花齐放"才是春。当然，好的"势"，必须是"形"后之"势"，必须是"技"后之"势"，必须是有"学养"之"势"。

2022.5.27

书法章法论

首先要明确一个关系，即书法章法与审美的关系。它们之间的关系，应是形式与内容的关系。换句话说，书法的章法是为书法的艺术美服务的。其原理与其他艺术是有相同之处的。如，格律诗的平仄、对仗、粘等，是形式，它要为诗的内容服务，可以因意破格，而不应因格破意。绘画也是如此，笔墨（色）都是为结构、造型、写意服务的，离开了绘画者要表达的思想、意境、内容，笔墨（色）将毫无意义。

其次，章法，有广义与狭义之分。广义章法，包括四部分：书体、形式、题款、钤印。狭义章法，指某一幅书法作品的谋篇与布局。下面，主要论述狭义的章法。

一、楷书章法

楷书章法总则：有行有列。独立说。对称美。

一般意义上讲，楷书都是写在各自独立的方格中。所以，每个字也就字字独立，上下左右都是对称的。从历史的角度看，以实用为第一要求。如，石刻的石碑、墓志铭。所以，名人效应就成为楷书章法的重要组成部分。正所谓"字如其人"。肃穆、遒劲、雄强、婉约、正大、文气等等成为评价好的楷书及楷书章法的代名词。

二、行书（小草）章法

行书（小草）章法总则：有行无列。大小说。错落美。

为什么把小草书法也归入行书一类呢，原因是小草书法绝大部分是字字独立，偶有一两个字连写。这一种书写与行书有相同之处。

一般意义上讲，行书（小草）作品，有行无列，字与字之间有大小、疏密之分。但具体到每一幅作品，从章法方面来讲，还是各有各的气象和个性的。甚至同一个人的书写，因情绪、环境、气候、笔墨等诸多因素的不同，书写出的书法作品会有很大差异。这就较楷书章法有了更多审美的、艺术的、个性的、韵味的品评和欣赏。

行书（小草）章法的审美是建立在传统上的。离开传统说审美是很难使人信服的，因为，在一百个人眼里，就有一百个曹操，在一百个人眼里，就有一百个哈姆莱特。所以，拿传统作标准，就是一把尺子，一幅书法作品是否具有美的感觉，就拿传统这把尺子量一量。中国人对美的最高评价是中和。换一种说法叫不激不厉。说通俗一点，就是不管你写的什么内容，看上去要让人舒服。不要产生躁、怒、苦、丑、残等不良反应。

行书（小草）章法的艺术性，主要现在以下几个方面：

一是笔法的丰富性。主要围绕点、横、竖、撇、捺、钩、折展开。比如说，一幅书法作品中有若干"头点"，因章法的需要，或上下、左右关系的需要，书写者可能写出不同笔法、不同形状、不同距离的"头点"来。同样是偏旁，也会因在不同的字中作偏旁而写出偏旁的变化来。

二是字的结构的多样性。因每个字在一行或若干行的位置不同，同样一个字，每出现一次，因章法的需要会有字形或大或小、结体变形等的区别。

三是牵丝映带的自然运用。牵丝映带是行书（小草）区别于楷书的最大特点。有一种说法，学习行书时要解散楷则。主要是针对楷书的起笔、收笔而言的。在行书中，一大部分的起笔、收笔被牵丝映带所替代了。当然，牵丝映带也不是出现在所有字，或所有上下关系的字之间。牵丝映带在改变字势、行势的章法方面有着决定性的作用。有行、有驻也更符合了行书（小草）艺术的要求。

四是大小疏密的合理性。行书因为去掉了"方格"的桎梏，所以，字形的大或小有了一定的发展空间，字与字之间的距离也变得自由，因字赋形的艺术表现更为突出，使得有行无列也成为必然和可能。这种"自由"造就了行书（小草）点、线、面章法的形式。

五是经典传统的继承性。书法是写字吗？不是。要不，为什么中国一千多年以来，那么多人都是用毛笔写字，被后世称为书法家的不过百余人，称为公认的顶极书法大家不过几十人呢。书法是艺术，是艺术就有它存在的土壤、存在的合理性、存在的规律性，这些共同形成了这门艺术的经典及传承的全过程。大家都知道，书法行书的鼻祖是王羲之。传为王羲之所书《兰亭集序》被世人称为天下第一行书，这就成为行书中经典中的经典、法帖中的法帖。一切行书中的规律、规则、要求、艺术、成就等等，都可以从里面找到启示和答案。《兰亭集序》的章法，同样被后来人奉为圭臬。拿着毛笔在写字、写自己，还是在写书法、写艺术，对照一下，基本上一目了然，泾渭也是很分明的。越是认真临帖，越是长久浸淫在书法的学习和思考中，这个问题就越明白、越清楚。

行书（小草）章法的个性，就是书者"排兵布阵"在行书（小草）中的外在表现。每个书法家，无不带有各自鲜明个性。个性的笔法、个性的结体，最终必然导致个性的章法。王羲之书写时的内撅，王献之书写时的外拓；苏轼的"石压蛤蟆"，黄庭坚的"死蛇挂树"，米芾的"刷字"，既是其书法面貌外在的表现，也是其书法章法个性的表现。艺术就是个性。当然这个个性，不是无法无天的胡涂乱抹，不是"任笔为字，聚墨成型"，而是"从心所欲，不逾矩"。个性是建立在艺术之上的。个性书写在前，个性章法在后。没有坚实的艺术含量做基础而谈个性，那还是艺术的门外汉。因无知，所以无畏。再者，重复前人，也不是个性。熟悉中国书法史的人都知道，书法这门艺术经过一千多年的积淀发展，许多个性的路，已被前人都堵死了。

说你学得像某某人，还不是对你个性的认可和肯定，只是认为你的书法作品中有经典和传统的基因，只有再向前跨上一步，才可能体现出"人人心中有，个个笔下无"的个性来。比如，同是唐朝人，张芝的狂草与怀素的狂草就是个性突出、章法迥异。一看便可分辨出各自的面目来。

行书（小草）章法的韵味是很特别的，是书写后的反证。换句话说，书写在前，韵味在后。行书（小草）章法的韵味也是在作品完成后反映出来的。行书（小草）章法的韵味是受那个时代书风影响的。历史上有这样的说法：说，晋人尚韵，唐人尚法，宋人尚意。每个书法家无不带上那个时代的烙印。从"韵味"这个词就能看出来，一件书法作品进入人的眼帘后，让人体会到的是"味"不是"物"，是"意"不是"象"。韵，是一种律动、节奏。从行书（小草）章法的韵味角度说，就是上一笔与下一笔，上一个字与下一个字，这一行字与那一行字内在的关系。味，是一种气息，是书者书法功力、审美、学养等综合素质的外在表现。从俗的层面上看，"那些字"让许多人看着很舒服、很愉悦。达到了这个层面的大俗，也是大雅。从雅的层面看，就是能否得到公认的书法大家的认可。从元明之前的书法功能来看，只是文人、士大夫的"余事"。是一小众圈的交往。所以，一件行书作品雅与不雅，是由这些人的"法眼"判定的。这就有了另外一个标准，即书写者与欣赏人之间，有一个共同对书法水平认知的一个平台、一个标准、一把尺子。换句话说，就是在对书法作品优劣评判问题上，有了一种对话的可能。"韵味"是看不见的，但是能感觉到的。所以，说到"韵味"，也可以说是形而上的东西。于是，有人把对书法"韵味"的褒贬区别为仙气、逸气、文人气等等，和匠气、山野气、市井气、匪气等等。这些感觉，同样适用于对行书（小草）章法的韵味的判断。

三、草书（大草、狂草）章法

草书（大草、狂草）章法总则：无行无列。矛盾说。自然美。

制造矛盾，扩大矛盾，解决矛盾，达到和谐。这个矛盾即是上下关系的，也是左右关系的，还是整个书法作品的文字、线条、黑白、律动等等方面的。比如，在一个字中，笔画有疏密、转折、轻重，有揖让、穿插、参差，有长短、曲直、横竖等。把一个字中的这些矛盾大而化之，就成了这一行与下一行，以至下一行与下下一行，再回过头来，下下一行与第一行，以至整个作品前后左右、方方面面的关系，通过再升华为艺术性、观赏性、传统性、个性等，最后达到高度和谐和统一，此时既是完成了这幅书法作品的章法，也是完成了一件书法作品。

众所周知，草书（大草、狂草）是书法皇冠上的明珠，是书法人毕生为之追求和奋斗的目标。但是，大家也知道，草书虽然还是在写汉字，但与楷书的汉字完全不同，是已经符号化了的汉字。汉字的实用性功能性在大大减弱，取而代之的是丰富线条的、抽象的艺术性。由于一般人不认识上面的字，又看不懂线条要表达的含义，再加上对书法艺术本身缺乏足够的知识和了解，所以，虽然草书（大草、狂草）是书法艺术的"高、大、上"，而现实中却是离大众越来越远了。

也有人说，艺术本身就是小众的。草书（大草、狂草）不被一般人了解和认识，说明草书（大草、狂草）正在走进艺术殿堂本身。

把矛盾说拆开来，如何从艺术角度、观赏角度、传统角度、个性角度去认识草书（大草、狂草）的章法呢？在说明这个观点之前，先要搞清楚草书（大草、狂草）的章法，为什么要从这幅书法作品的艺术性、观赏性、传统性、个性联系在一起？它们之间有没有关系，有哪些关系？

首先，草书（大草、狂草）是艺术，这一点已不用质疑。那么草书（大草、狂草）艺术性与其章法是什么关系呢？用一句话说，就是草书（大草、狂草）艺术等于其章法。

书法是黑白的艺术，是线条的艺术。形成黑白、和形成线条是由笔墨完成的。于是笔墨与章法共同构成了草书（大草、狂草）的艺术性。所以，离开笔墨谈章法和离开章法谈草书（大草、狂草）艺术性都是不对的。

从艺术角度分析。一是笔墨。笔，指笔法。墨，指墨法。赵孟頫曾说过这样的话"笔法千古不易。"这里的"不易"应理解为"不变"。而不应理解为"不容易"。所以，无论是楷书、行书、草书（大草、狂草），其笔法是相同的，只是表现的形式有所不同罢了。比如，有的明显，有的含蓄。但墨法就大不同了。楷书和行书，很难将墨的"五色"发挥得淋漓尽致，而草书（大草、狂草）却是要将墨的功能发挥到极致。墨色与意在笔前所谋划的章法合二为一，是草书（大草、狂草）章法的重要表现形式之一。

二是节律。节，是节奏；律，是律动，是规律。节奏在书法中指的是行笔的快慢、提按、转折、涩滑、拖拽等形成不同的线条或线质的变化和流动，解决的是一个字、局部的章法问题。而律动，是书者内心对正在书写作品完整章法编排的外在表现。就如一个作曲家，面对一首歌词，赋予它或舒缓、或高昂、或低吟的曲调，整首歌里有高有低、有快有慢、有呼有应一样。再比如写一首五言或七言诗，里面的平仄同样是一种律动的表现，将平仄的律动运用到草书（大草、狂草）的章法中，就是殊途同归的艺术的相似性。同样，把做文章的起、承、转、合，运用到草书（大草、狂草）的思考上来也是完全可以的。所以，人们也把草书（大草、狂草）艺术称之为"无声的歌""无律的诗"。

三是画面。草书（大草、狂草）给人的第一映像，一定是满纸"云烟"，而不是写的什么字。"云烟"构成了整个书法作品的"画面感"。草书（大草、狂草）的"云烟""画面感"主要是靠"墨分五色"产生的。毛笔软的特性和它的吸墨性，使得在书写时笔蘸墨的饱干、速度的快慢、提按的瞬间变化，留在纸上的墨痕出现了浓、润、湿、渴、枯的丰富变化，或重、或轻，或柔、或刚，或粗、或细，或长、或短，有了"形"，有了"象"，有了"势"，有了"画面感"。草书（大草、狂草）必须有画面感，但不是所有画面感都能产生美感。产生美感，才是书法作品画面感的追求。有人说，书至极是画（中国画），画（中国画）至极是书。可见前人很早就认识到书画同源，书画同理的关系了。借鉴画（中国画）的谋篇布局、经典的构图，经过思考，计白当黑，阴阳平衡，和谐致理，再转化为书写时的笔墨、节律，久久为功，一幅极具画面感的草书（大草、狂草）章法才会跃然纸上。

四是韵味。韵味是由书法线条的律动产生的。草书（大草、狂草）比行书更直接、更外露。同样需要观者有一定的对书法艺术的认识和书法知识的了解。换句话说，就是在书法的艺术领域可以对话。因为韵味的体验是形而上的，所以，同样一幅书法作品，每个观者所感觉到的"味"是不一样的。还是在行书章法中说的那几句话：有人把对书法"韵味"的褒贬区别为仙气、逸气、文人气等等，和匠气、山野气、市井气、匪气等等，对草书（大草、狂草）同样适用。

五是气势。表现在书法的面貌和张力上。一般来说，一件书法作品，给人的第一印象是面貌，这个面貌就是由其直观的章法，即虚实、黑白、远近等构成的。第二印象才是张力。或小家碧玉、或文质彬彬，或山东大汉、或山村野夫，或堂堂正正、或尖鼠猴腮，等等，都是一种面貌，而这种面貌的背后必然带着一种气息，有让人想走进的，也有让人想迅速离开的。人们常说，第一印象很重要。而在书法上，给人第一印象的就是气势。只有喜欢它，才会爱上它。只有留住人的眼光，书法作品背后的东西，让别人慢慢认识和了解变为可能。吸引人的气势、宏大的气势是修为的结果。与做作的气势有天壤之别。正所谓，造景是一回事，天然造化是另外一回事。

其次，草书（大草、狂草）有法，同样是不用质疑的。也用一句话说，就是小法与大法的关系。

草书（大草、狂草）有法是书写文字时的小法，把这种小法大而扩之，变为一幅草书（大草、狂草）作品的法，就是其章法。

从书法有法的角度来分析。可以概括为"四有"。即有法则，有传统，有继承，有性情。

具体来讲，一是有法则。这里要求的法则，即是指一般意义上的法则。如笔法，同样也是草书（大草、狂草）的根。但更重要的是指草书的草法。在草书（大草、狂草）中，绝大部分的字已符号化。但这种符号，是约定俗成的，而不是任由每个人去胡写乱画的。这一点对写草书（大草、狂草）的人很重要。

二是有传统。在中国一千多年书法草书（大草、狂草）的历史上，真正被认可的草书（大草、狂草）大家也没几个人。如东汉的张芝，唐朝的张旭、怀素，宋朝的黄庭坚、元代的吴镇、明朝的祝允明、徐渭、王铎，清朝的傅山。这些人留给后世的草书（大草、狂草）作品就是"传统"。也是"取法乎上"的"上"。这个"上"既是书法有法的"上"，也是其章法的"上"。离开"传统"，离开"上"，任何的草书（大草、狂草）都是无源之水，无本之木。

三是有继承。有传统叫"要学习传统"。有继承叫"要运用传统"。学习的目的全在于运用。由"学习传统"的临摹，到"运用传统"的创作是需要大智慧的。许多人都有过这样的困惑，临帖临得很像，也很到位，可自己再创作一件作品时却感到没用上多少。这是怎么回事呢？两方面的原因：一是不动脑子、不思考。临的注意力全在像与不像上。照猫画虎，一笔一画地描。全然没有先读帖的预备动作。读帖即是读文、读字，也是读法；即是看，也是通过时空与作者对话。读帖越深入，花费的思考时间越多，才能发现你要的"东西"，发现一些章法的规律性，发现一些使你拍案而起的"顿悟"。也只有把这些收获变为你自己的东西时，到创作时谋篇布局——章法，才能游刃有余。二是要提前谋划，意在笔前。这点也很重要。老人们有一句话叫"发愁了的，比做了的多"。可见无论在做任何一件事时，总要思考再三，谋划再三。更何况你在进行艺术创作呢。当然，提前有想法是一回事，创作中因时、因情会出现新的情况是另外一回事。习武的人都知道，"打架忘了拳"。这个拳，就是平时习武的套路。那么，因为实战中用不上平时习武的套路，就不要进行平时的习武训练了吗？肯定是不对的。书法章法的"运用传统"也是一样，只有你已经掌握了许多的传统章法，你在创作时才可能既有意在笔前的谋划，又有在创作过程中的随机应变，甚至写出你个人的面貌来。一件草书（大草、狂草）作品中有没有传统，懂行人一看便知。而吸收或运用了多少传统的东西，则成为衡量这幅草书（大草、狂草）作品的重要标准。

四是有性情。性情或个性，是草书（大草、狂草）的生命。书法作品只有先使自己感动，然后才可能感动别人。所以，理性的草书（大草、狂草）创作的作品，远没有率真的、洒脱的、随情绪变化的、瞬间感情流注笔端的、忘我的草书（大草、狂草）创作的作品感动人。在这种创作状态中，程式的章法、设计的章法统统被抛入脑后，进入一种无法无天的、自我陶醉的、恣意挥洒的气象中，其章法也达到"无欲佳乃佳"的境地。

总之，历史上传统经典的书法，是书法传承的"活水源头"，又犹如巨大的宝藏，所有书体的章法同样蕴藏在取之不尽的宝藏中。

2021.11.12

书法的"五弃"与"五守"

学书法、写书法是一件修性、修为、修心的事。活到老，学到老，永无止境。

学习书法，有这么一种现象，有的人写了一段时间、或十几年，进步很大，崭露头角，大有迈向书法家行列的势头。可又过了若干年，别人看他写的书法时发现，只是用笔更熟练，线条更圆滑。而书法的气息，书法的韵味，书法的冲击力却没增加多少，书法水平不升反降。于是，固步自封之有之、找不到前进方向之有之、恨铁不成钢之有之、口吐莲花笔下难以称是之有之，江郎才尽的颓势日渐明显。虽不愿、也不想退出书法舞台，但最终还是被人慢慢遗忘。没有进入人书俱老的新天地。

下面，开一剂药方，与书道中人商榷。

这个药方叫"五弃""五守"。先解释一下。为什么是弃与守，而不是守与弃呢？只是因为，这个药方是开给已经写了几年或十几年的书法人。换句话说，既然已经是书法人，所以，无论在书法理论，还是书法实践等方面都有心得，有的身后也不乏"粉丝"。在这种情况下，首先确定他们应该丢掉什么、放弃什么。这样，先腾出"地方"，有了新的"空间"，然后，才能再放进什么东西。常言说："道日损。"书法如果也是"道"的话，就是在寻找"道"的过程中，只有用减法，才能接近"道"。但放弃已有的一些东西时，不能稀里糊涂，本来是倒脏水呢，结果连婴儿一块倒掉。于是，就有一个留下什么、守住什么的问题。放弃固然必要，守住呢，同样重要。守住了，就是"苟日新"。只有不断增加应"守"的东西，书法才会有新气象，书法才会有新境界，书法才可称之为有创新的艺术。

一曰："乏"与"法"。要弃乏守法。书法的第一性，就是书法有"法"。这里要丢弃的"乏"，是乏味。我们吃东西时，遇到缺盐少醋就会有乏味的感觉，看文艺作品或影视剧，近似千篇一律、漏洞百出、常落俗套时，同样会有乏味的感觉。究其原因，无非是单调、重复、简单。缺少了阅读和体验后应有的共鸣、意外和快感。这种乏味，同样存在于书法之中。然而，只有明确什么是书法的"法"之后，才能找出造成乏味的原因。书法的法，讲的既是书法的一般规则，也是书法艺术的本质所在。所以，在这两点上越明确，去"乏"就越主动、越明白，去"乏"就越彻底。如果这样说还有点抽象的话，可用"师古人"，去理解。师古人，就是从经典中找答案。

二曰："俗"与"熟"。要弃俗守熟。黄庭坚有句书法名言，大意是：书法唯"俗"难医。这里，一是指有人把书法写俗了。一是指一旦有了俗病，就很难医治了。现实生活中是不是这么一回事呢？还真的存在。当一个人写了几年或十几年书法后，运笔上，从不流畅到流畅；结字上，从不稳当到稳当；章法上，从无想法到有想法；墨法上，逐渐提高了对笔、墨、纸的掌控能力。这时候，俗就开始露头了。这时，书法给人的面目就是"千人一面"，万字雷同。再加上不懂书法的人在一旁叫好，于是，俗字、俗气、庸俗，便在你的笔下蔓延开来。再走下去，将是一条不归路。这时，"熟"就成了克"俗"的良方。苏东坡说："退笔如冢未必珍，读书万卷始通神。"批评的就是有些写书法的人，他们认为书法就是写字，而没有认识到"字外功"的重要性。所以，这里的熟，一是指对书法笔法、字法、章法、墨法，由不熟悉到基本成熟的过程。二是指对历代书法理论、历代书法大家及其代表作的认识、了解、熟知的程度。三是指对"笔墨当随时代"的理解和思考。四是指要博览群书，文史哲、儒释道都要涉猎。这种"熟"的程度和境界是无止境的。"熟"的越深入，对"俗"就越是深恶痛绝，对"俗"就越是看得清清楚楚。

三曰："作"与"拙"。要弃作守拙。这里的"作"，指做作。首先应该明确一点，任何艺术（品），都不能有做作的痕迹。书法艺术也是一样。当写字时设计欹正、写行时设计摇摆、通篇时设计章法、墨法，这样做，还是处在写书法的初级阶段的表现。其实，设计也好，谋篇布局也好，都是必要的。但要求是，不留设计的痕迹。那么，是不是顺其"自然"就可以了呢？也对，也不对。因为，这里的"自然"大有讲究。这么说吧，画中国写意画的人都知道，无论是画山水，还是画花鸟鱼虫，都要深入到大自然去做大量的写生，叫"师造化"。但在创作时，却不能把大自然的景物等，照搬到画面中来。画的是山，是水，是花鸟鱼虫，但已不是曾看见写生那座山，那条河，那些花鸟鱼虫了，而是经过画家目识心记、心里的、人格化后的山，人格化后的水，人格化后的花鸟鱼虫。所以，书法若流于自然，最多只对一半。更为重要的是可能滑入"任笔为体、聚墨成形"的深渊。所以说，"自然"还是需要的，关键是这个"自然"应该是书法人认可的"自然"才对。这就需要医治"做作"的良方："拙"。这里的拙，不是笨拙，是朴拙。笨拙，是真的丑陋、难看。朴拙是"熟而后生"。办法只有一个，要舍得花时间，肯下死功夫。然后在笔法、字里行间，透出饱经风霜和岁月积淀下的古朴与朴拙。拿线质与神采做前后对比，可从中看出，前一个是"初出茅庐的少年"，后一个是"历尽沧桑的老人"。越看越有"故事"，越看越引人入胜，便是拙之始。

四曰："媚"与"美"。要弃媚守美。媚，即，妩媚。用在一个女子身上，是赞美。但表现在书法中，媚，就是贬义词。指的是在书法的点画、提按中，处处有点过头，有点"搔首弄姿"的嫌疑。真理与谬误只一步之遥，好与坏也只在一念之间。本来，环肥燕瘦各有其美，无可厚非，但东施效颦就让人看着反胃。所以，这时要把什么是"艺术美"

进行深入理解，什么是书法美认识清楚。艺术的美和书法的美是相同的。艺术的美，含形式的美、图案的美、节奏的美、音律的美、线质的美等等。这些，同样可以作为衡量书法美的标准和内容。从发现美到运用美，由小美到大美，再到表现美。书法艺术之树才能常青。

五曰："书"与"抒"。要弃书守抒。这里的"书"，指书写。即，表现的是书法的初级功能，写的目的是让人识文断字。书法是写字吗？回答一定是肯定的。但写字就是书法艺术吗？回答却是否定的。所以，认为把字写工整、端正、正确，写的横平竖直、清清楚楚，就是好书法，一定是书法的误区。文字是书法的载体，书法离开文字就不能称其为书法，这一点，是不容置疑的。但任何艺术，如果没有情感的注入，没有生命的状态，也不能称其为艺术。能利用手中可掌控的笔、利用笔"唯软奇怪生焉"的特性、利用章法的"满纸云烟"、利用"墨分五色"的奇幻，抒发胸中之情、心中之意，书旁人不能之态，才是表现书者的精神之所在。永远匍匐在古人脚下，亦步亦趋、没有情感的表达，写得与古人多么像，也是"书奴"。书法的抒情性，还是区别是写字还是书法、是此书家还是彼书家、是文人之书还是匠人之描摹的分水岭。这里的"抒"不是指手上的功夫，而是一种"浩然之气"。换句话说，要有中国人的精神、民族的自豪、文化的自信、做人的担当。

　　真的，有时放弃比坚守更痛苦，方向比努力更重要！

2022.10.2

学习书法系列诗

劝　学

学书魏晋是其源，化古临读两不偏。
板凳坐的十年冷，其中门道自了然。

临　帖

临帖尤如拜高僧，始于无我炼此身。
师承一派多门入，得道高低看慧根。

读　帖

读帖助临常相伴，如觉古人谓汝言。
眼观心到多审视，奥秘藏于毫厘间。

笔　法

笔法不易起行收，真传悟得岁月稠。
回归自然师造化，腕下风流在千秋。

字　法

字法随情注笔端，张驰有度个性添。
千人千面乃世界，百花百态是春天。

章　法

章法堪为一世功，非技非法与道通。
计白当黑识玄妙，阴阳虚实古今同。

墨　法

五色能绝万象图，如诗如画如音符。
烟云漫卷惊天地，只教书家望穷途。

临转创

学书贵在历寒暑，每到用时知不足。
集字集派能炫技，融通集学始为书。

尾　声

做人学书是一家，师心化古个性加。
文哲兼史可入境，技艺至道永无涯。

2020.8.3

散 文

雄鸡赋

盘古开天地，混沌万物生。一身聚五德，名号曰司辰。一唱星月散，再唱日东升。三百六十五，日日不落空。万物常更替，吾辈从一终。任凭乾坤大，听我启白昼。

2017.1.31

注：五德：首带冠，文也。足搏距，武也。敢斗敌，勇也。见食相呼，仁也。守夜不失，信也。

事有凑巧，将此文寄好友段江涛。谁曾想，他曾于2012年1月也写过同样内容的诗。附录于后。《咏鸡》：引颈高歌唤日出，昂首阔步走江湖。两翅清秀英姿爽，一身正气雄气足。砥喙砺爪勤劳作，粗沙碎石亦裹腹。生就肚小难容邪，赤冠堂皇真丈夫。

好友张先跃

张先跃是我从上幼儿园至小学七年级（当时的教育实行的是小学至初中七年一贯制）的同班同学。他出生于1958年"大跃进"时期，所以，他当时的名字叫张先跃。"跃"在我们当地的读音是"yao"，所以，他自己一直写自己的名字时，都是张先跃。到后来，参加了工作，知道了"跃"这个普通话的读音，他是否将"跃"改为"耀"，就不得而知了。

最早对他的记忆是上幼儿园时。有一次，上课铃响了，但班里的同学还在乱哄哄的大喊大叫，老师都走进教室了，还没安静下来。直到同学们用眼神互相示意、看到老师才慢慢安静下来。待同学们都坐好后，老师平静地说，谁还没说够？上讲台来再喊一下。同学们听了，都知道老师在说气话，声色凝重了起来，有的还低下了头。突然，一个同学站起来，噔、噔、噔，几个大步走上讲台，一转身，当老师和同学们疑惑不解的时候，这个同学扬起脖子"哦"的大叫一声，又匆匆回到自己的座位坐好。全班同学"轰"的都笑了，把老师也逗笑了。他就是张先跃。

上小学时，我们家住中堡，张先跃家也在中堡住。学校在南堡。我上学时，总要先路过张先跃家。在一个班相识久了，互相都有了了解。知道了我的父母亲同他母亲都在供销社上班。那时，我的母亲常提醒我，不要与那些捣蛋的孩子玩。他的母亲也常常防着先跃，怕"跟坏人学坏人"。但我俩在一起玩，两家的母亲既认可也放心。所以，在学校是好朋友，每天上学下学、休息放假也是形影不离的好朋友。那几年，我只要没事就去他家，用老百姓的话说"把人家的门槛也快踩平了"。

我一直觉得，张先跃是一个天资很聪明的人。上三四年级时，大街上、学校里贴满了大字报。我不关心，也不去读。他就不一样，几天没见，见面后对看大字报的内容津津乐道。他家那时还有《人民画报》，他居然对当时的中央领导人也能说出个一二三来。甚至有一本厚厚的宣传林彪的书，他也在看。要知道，我们当时还只是十来岁的娃娃呀。张先跃是个小书迷。假期里，我俩常相跟着去学校图书馆借小人书看。一段时间里，我家正好放着一本厚厚的《岳飞传》。有一天，来我家时他看到了，就什么也不管不顾地看起来。天慢慢黑了下来，他母亲来叫他吃晚饭了，他答应了，就是不动身。过了一会他母亲又来催了，他还是嘴里说，马上、马上。我母亲看他这样，说，就在我家吃了吧。他却一再委婉地拒绝。我说，外面都看不清字了，回屋里在电灯下看吧。到后来，我们在院子里聊天，他一个人在屋里看书。也就在这个年龄，我从他嘴里第一次听到了刘备的上五员大将是"关、张、赵、马、黄"，第一次听到了"杯弓蛇影"的成语故事，第一次明白了印在硬纸箱上那些酒杯、雨点等是"易碎""防潮"等的含意。

由于"文化大革命"运动，教材原有的系统性、连续性都被打断了，到了大约上到六年级时，看他写的作文，让我认识了"迄""夙"等一些字。记得，当时有个叫郑学文的语文老师，看了我们交上去的作文后，到再上课时，唯独对张先跃写的作文赞不绝口。并说，张先跃的作文就像他的名字一样，"一马当先"。

毛主席"五·七"指示发表后，学校为了让学生"以学为主，兼学别样"，开设了课外学工、学农的兴趣组。张先跃与我商量，咱俩是学木匠，还是学泥瓦匠？可能是他征求过父母的建议，提议学木匠。我说行。于是在放学后和假期里，我俩就去原来上幼儿园的那个院子里，跟上学校的张三喜师傅学起了木匠。先后来这里学习木匠活的共两批。我们是第一批，五六个人。后来又来了一批，几个人？忘了。但在后来一年多的时间里，印象中，坚持学下来的只有我们俩，再多也不会超过四个人。这段时间，在张师傅手把手的教导下，用刨、用锯、用斧、用凿的本领都掌握了些，对卯榫结构的认识、制作，有了亲自的实践。到后来，张先跃为自己结婚打了立柜，我为自己结婚做了门，往太原搬家时又做了床。可以这么说，这门手艺只有我俩后来用上了。

放暑假和寒假后，是我俩最快乐、最开心的时候。当时的假期作业就是一本印好的作业本，一天一页。所以，每天疯玩就成了消磨时间的方法。晋祠是一个有着两千多年历史文化的古镇。当年周成王把弟弟叔虞封到这里。古建筑、古碑碣文物璀璨；周柏、唐槐古木森森；宋塑、楼、台、阁、榭争奇斗妍；晋水清澈千年不老。晋祠公园各种花卉四季开放，池塘、假山、亭楼俯首皆是，且具有典型的北方园林特色。在全国也占有一席之地。我们经常在这样的环境中玩来玩去，耳濡目染后能受到什么影响、什么教育是自不待说了。

记得有一晚上，我俩在看露天电影时碰上了。不知是因为放映的是看过的、还是都不感兴趣的影片，忽然有了一块去晋祠庙里去溜达的想法。

晚上的庙里十分的幽静。虽然有淡淡的月光，但白天里看到的各种色彩都隐退了，所有的树都是黑的，所有的建筑物也是黑的，偶尔微风吹来，周围树上的叶子，发出"哗啦、哗啦"或清翠或低沉的声音。再往里走，便听到难老泉水"不舍昼夜"的流水声。最后，我俩在"真趣"亭旁留住了脚步。这里是难老泉刚出水的地方。"真趣"亭建在它的右边、高出水面约三米。看着身边鳞波闪闪的奇幻，听着那永不停息的流水声，在如同梦境一样的月光下，感觉是那么的恬静。

我俩虽然后来都离开了从小生长的环境、甚至几十年后再未曾有结伴重游晋祠庙的机缘，但我俩在一起，谈起童年、谈到晋祠，都会不约而同地提到那个晚上，那次的印象。

我们也玩当时在孩童中流行的东西。如，滚铁圈、打"不改（坨螺）"、打胖猪、滑冰车、弹玻璃球、拍"元宝"。再大一点后，看一些当时能收罗到的、有头无尾、无头无尾的、几万字、几十万字的各种小说。还有就是打乒乓球。

那时，在学校每个教室门口，都有一个砖砌的乒乓球台，一下课，同学们"轰"的一下跑出去抢台子。没抢上的排队。放假期间，学校唯一的木结构的乒乓球台永远都是被大年级的学生霸占着。我俩有幸在西门外的牛奶场找到了"新大陆"。那是一间没有门窗、坐南朝北的大房子。乒乓球台子就放在这里。虽说是牛奶场的，但我们去时，从来没人管，也没人过问。当时，我拿着的是父母亲给姐姐买的、中间没有海绵层的"大刀（直板）"，张先跃用的是他父母给他买的、没有上过漆、只有薄海绵、没有胶皮面的"横拍"。那段时间，在这里让我俩好好地过了一把打乒乓球的瘾。

记得当时，不知看了谁写的一篇"泰山看日出"的散文。那时也在暑假里，有一天，我俩萌发了在清晨、站到晋祠庙里最高的地方看日出的想法。好像当时约好的时间是早晨六点半去吧。

前一天晚上，我回到家也没有给父母说，到第二天早晨时叫醒我的话。结果，我还在睡梦中，父亲说，先跃敲咱们院的大门呢，说约了你。这时我才清醒过来，一边说坏了，一边急忙穿衣服，也顾不上解释。跑出院门，与先跃一路小跑进了庙里，又一口气登上了朝阳洞（当地人称七十二圪台），再沿路向上，一直跑到最高处才歇下来。

凭栏向东远眺，这时，太阳光虽然还不晃眼，但太阳已经升起两米多高了。没有看到太阳从地平线升起时的景色，先跃对我的埋怨是少不了的。但很快，我俩的心思就回到了对这次看日出的初衷上来。太阳黄里透着白，像一个镶了银边的大盘子，透过远处的雾霭、近处的树梢，一点一点地上升。我俩都摒住呼吸，谁也不说话，两双眼睛直勾勾地望着太阳升起的方向。一会儿的工夫，随着霞光越来越亮，周围也退去了最后一抹晨意。至于在太阳升起之前，整个东方是什么颜色，这些颜色是怎么变幻的，太阳是怎样神奇地跳出地平线的，或者是因为观日出的时间已经太晚，或者在此地本来就无法领略观日出的美景，其实已经不重要了。重要的是，这次观日出，激发了我俩已孕育了长时间、或那个年龄段许多人都会有的对知识、对人生、对事业的冲动，并一下子爆发了出来。那言辞、那情绪、那豪情我俩还真有点不让古人。记得还盟誓，今后要这样、今后要那样。最后，还拿出随身带的铁器在身后的青石碑上刻下了一些文字。

虽然，开始只是一次看日出的文学体验，但从那时起，我俩感觉一下子长大了，第一次感到自己是个男人。第一次感到自己肩上有一种莫名的责任和使命。毫不夸张地说，我对人生的醒悟正在从这一次观日出后开启的。

小学毕业后，正好赶上晋祠办中学的第二年。那时，上高中也是要考试的。我们同学中年龄大一点的，已有去参加工作的了。我俩双方的家长的态度很开明，说，只要你们想上学，我们就一直供下去。考试前的一天，先跃很认真地说，这次考高中的内容里，一定会有解释"纲举目张"的题。我听了，但并没当回事。待考试时，往考卷上一看，真有。傻眼了。后悔没听先跃的话。如果提前认真记一下、背一下，不过十几个字就说清楚了。这下完了，写了半天也没抓住要害。

当时，晋祠中学是不是根据考生的成绩分班的不知道，实际情况是张先跃分到了五班，我被分到了六班。虽然这两个班是同一排、同一个屋檐下，但毕竟不在同一个班了。可能是到了这个年龄的男孩子独立性更强了吧，我俩在这段时间无论上学还是平时，都碰不上几次面。我只听说，他后来是五班的化学课代表。

好像是在第一个学期的暑假里，张先跃跟我说，"去年，我曾跟别人干了十几天组装自行车的活。这两天，我妈说，供销社又有一批自行车需要组装。她就把这活揽下来了。我一个人干太累，你愿意不愿意和我一起干。"我说，"干可以。可是我没干过，不会呀。"他说，"我教你就会了。"我说，"那行。"

第二天，我准备了两样工具，第三天就同张先跃一起到北堡仓库组装自行车了。张先跃告我一箱几辆，一次组装几辆、组装的先后顺序等，我便上手了。他主要负责上辐条、上里外胎。第一天，他先干完，然后帮我。从第二天起，便是我先干完去帮他。上辐条时，要安许多辐条上的帽，因没带手套，两三天下来，拇指和食指的指肚上的皮就磨没了，钻心的痛。但每天痛也得干呀。几天后，连晚上做梦，都是在安幅条的帽。这活最后是圆满完成了。换来的劳务费，成了我有生以来第一次贴补家用的收入。

后半年（当时高中学制是两年），学校组织了一次全校范围的（共十一个班，每班约五十人左右）文学创作大赛。那时，我喜欢自由诗，张先跃热衷于小说。他写完小小说后，我看了，认为写得不错（什么内容、什么情节记不起来了）。我们都投了稿，结果是张先跃创作的小小说获得一等奖。我呢，"名落孙山"。

高中毕业后，有一段时间在家里等着办插队手续，没什么事。当时，晋祠供销社根据当时的形势，正准备出一块墙报。内容有了，可是让谁来完成上墙的事，一时没有合适的人选。张先跃的母亲是个很有心机的人，知道我俩曾在高中时出过墙报。可能是她主动向社领导推荐的吧，再者，我们都是供销社的家属子弟，是被父辈们从小看着长大的，所以就同意让我俩来干这件事。接下来，我们又是画报头，又是设计版面，又是用毛笔抄写。几天的时间，就在一张乒乓球案上折腾。贴出去，大约是四米长、五米宽吧，粗一看还真像那么回事。

（二）

接下来，我返原籍在晋祠大队插队。张先跃在晋祠供销社办的农牧场也算插队了。再后来，我顶替父亲在晋祠供销社参加了工作。张先跃得到了招工指标到太原化肥厂参加了工作。

按说，我俩在人生的道路上应该渐行渐远了。但又一个机缘巧合，我俩又住到一起了。大概是参加工作后第四年的夏天吧，自己突然感到，还每天晚上和父母睡在一个炕上有点不舒服了。

那时，母亲早在离我家不远处买了一个约二十平方米的房子，且已空了几年。我就提出来要一个人去那里住。父母也同意。刚住了一两天吧，不知张先跃的母亲从谁嘴里听说了。就跟我说，先跃现在也是一个人在旧家住，你如果愿意，不如同他住到一起。你俩是多年的好朋友，在一起，互相都有个关照。我当时想也没想就把行李搬到了他家。我在我的床头挂了一个条幅，内容是自己的自作诗。张先跃在靠床的一面墙上，用隶书体抄了陈毅元帅的诗。诗的开头是"莫伸手，伸手必被捉"。慢慢天气变冷了，先跃的母亲经常过来，帮我们照看火炉，怕我们冻着。

有一天，张先跃给我说，有两张电影票，电影的名字叫《未来世界》，美国片，是太化俱乐部的票，你去不去。我说去。太化离晋祠约有十来公里的路。看了这部电影后，完全颠覆了我对现代科技的认识。情节记不得了。但科幻的情节中对未来机器人的设想，真是不看不知道，一看吓一跳。当时的电影中，已经有了"人脸识别"技术。把机器人分为四百型、六百型等等，从表面看，与真人一模一样，但其实是机器人。大有未来机器人战胜人类的感觉。

到我结婚时，市场上的物资不像现在这么丰富。记得需要一个放洗脸盆的架子，于是想起了张先跃，知道他在企业工作帮着做一个，也不是太难。就给他说了。在我结婚前，他便把放洗脸盆的架子送到了我家。

我父亲去世时，当时天气虽不太热，但也不算凉快。那时在农村还没有出租冰棺的。邻居说，许多人家遇上这事，都是找关系到太化搞一点干冰，放在死者的周围。我又想到了张先跃。听说，他当时已经是太化党办的主任了。给他说了后，没多长时间，干冰就送过来了。

有这样的朋友真好！

这也是为什么我在回忆往事的时候，想把与张先跃相处的点点滴滴写下来的原因。做一个永久的纪念。

2022.4.20

岳　父

岳父去世快十年了，这是一篇早该完成的回忆。

岳父，名叫孟福有。从我记事起，他就是晋祠供销社的主任。那时的供销社还是在计划经济体制下。一个镇的供销社，在当时那算是响当当的全民所有制的商业部门了。人们的日常生活用品，"上至绸缎、下至葱蒜"，哪一样、哪一项也离不开供销社。自行车、手表、缝纫机，在当时更是非常奇缺的商品。在一个有着十几个自然村的集镇上，供销社从事的是计划经济体制下的独家生意，日常用品所需要的各种票（券）的兑现（只有粮食供应除外），无一不在这个供销社。现在回过头来，可以想象一下，一个拥有许多人、许多家庭离不了、离不开的紧缺商品的供销社的主任，在当地人们眼里是何等风光！我的岳父就是一位掌握着这样权力的人。

因为当时我的父母都在这个供销社工作，所以，"孟主任"这个大名早已如雷贯耳。他是父母的领导，所以我们做子女的，也一直对"孟主任"心存敬畏之心。可能是父一辈、子一辈吧，在从小到大的十几年中，在街上也有当面碰上的时候，但从来没有说过一句话。

时间到了我顶替父亲参加工作的1977年。因我被安排在供销社办公室工作的关系吧，与"孟主任"见面的次数就多了起来，但由于当时"孟主任"忙着全面负责新商场的建设，大部分时间在工地或忙着采购各种建设物资、材料等等，除了在每月盘点时，各门市部、各分销店报表，需要"孟主任"逐一审查、签名时才多见到他的身影。见面时也只是我向"孟主任"问声好，"孟主任"总是微笑着点头就过去了。

后来，新商场已建成并投入使用。从商场后面的楼梯，上二层便是供销社后勤办公的地方。在二层楼道北，有一个大的会议室，在会议室放着一部二十八英寸的黑白电视机。当时自己年轻、又在办公室工作，所以领导把管电视机房的钥匙交给了我。别小看了这把钥匙，当时还没有改革开放，整个镇上有电视机的单位也没几个。附近居住的人们，特别是年轻人，遇上电视节目里正在播自己喜欢看的电视剧，那是每天都要去找有电视的地方去看的。

一个很偶然的机会吧。有一天晚上，我吃过饭，不知什么原因，比平时稍晚了一会。走进楼梯时已听到许多人在说话，快上到二层时，一转身，看到二楼的楼道里已站满了人。突然，无意中看到一个身材适中、穿一件翻毛半大衣、气质很好的年轻女孩。瞬时，眼前一亮，心里"咯噔"了一下。过后，向别人打听，是"孟主任"的女儿。那个时候，我的年龄已经是二十三岁了。当时政府刚颁布了新婚姻法，社会上也过了提倡晚婚晚育的时期。可能是出于对"孟主任"女儿的爱慕吧，从那以后，有事没事就往"孟主任"家跑。后来，又找了住在东门外一个姓郝的、已经是过来人的老街坊，去帮自己去"孟主任"及她母亲那里传送信号。但所做的这一切的一切，在时间的推移中并没有任何反应。

就在这种情况下，发生了推进这件事的可能。一是当时晋祠供销社由于各方面的工作做的突出，被上级评为"学大寨、学大庆"的双学先进单位。《太原日报》《山西日报》等新闻单位先后派人来采访报道。外地、外省的供销系统也派人来"取经"、参观、学习。也不知当时是我们供销社的那位领导与《山西日报》工商部建立了较好的关系，工商部派记者住到晋祠公社的招待所撰写报道的稿件。我呢，又被派为联络员和学习新闻报道的小学生。一来二去，人与人熟了。就在这时，工商部主任来了，可能是想为了给供销社培养一个会写材料的年轻人吧，在私下里，郝润德书记就向工商部主任提出，可不可以让朱光去你们报社学习学习的事。主任当时表态：可以吧，但解决不了住宿的问题。当时，市供销社陪同《山西日报》一同来的杨春林一听，很热情地说，来我们市社吧，不就是在办公室加张床吗，市社领导也会同意的。于是在此后半年多的时间里，自己就到《山西日报》工商部学习去了。

还有一件事，也发生在这个时间。我院的邻居（也是亲戚）娶了一位王郭村的姑娘，正好这个姑娘既是我高中时的同学，又与"孟主任"的爱人是姨表亲戚。可能是我的母亲曾向她提过我的婚姻大事及想法吧，她很认真也很热情地多次上门去提亲。这时，我又得到了"幸运之神"的眷顾。在共青团太原市委工作的高巨斌的提意下，在时任《山西日报》工商部副主任柴沛霖的帮助下，经时任共青团太原市委书记金银焕书记首肯，再经过考察了解，我的工作正式调团市委了。"孟主任"家也终于松口了，答应下了这门亲事。

当时，在镇上乃至整个南郊区，能坐上一辆专车的领导也没几个人，而岳父是其中之一。但岳父对自己要求很严。记得我们结婚前，我方的总管去岳父家商量第二天娶亲的事，说到娶亲要找一辆小轿车的困难时，岳父家的态度很开明。并说，你们也不要为找小轿车为难了。我的，他们也不能用。两家离的不远，让他俩相跟上走过去吧。（不仅岳父让我俩这么做，过了两年左右的时间吧，岳父的大儿子结婚去娶亲，也是骑着自行车把新娘带回家的）到现在，当我每每想起这事，我仍十分感激岳父、岳母的开明和大度。

孩子出生后不久，爱人的产假也结束了。她的工作单位是金胜供销社。我们一家在供销社后的一个院，借了别人的一间很破、很旧的房子住着。半年后，爱人在金胜村租下了一户村民的一间房和一个厨房，算是过上了较正常的生活。当时我俩都年轻，又没什么社会经验，但岳父默默地、悄悄地忙了我们一个大忙。

当时，太原的户籍管理规定，只有所辖的城区的户籍算太原市城市户口。换句话说，不在城区的只能算当地户口。我们俩的户口，当时在晋祠派出所，就属南郊区户口。我当时是既无知也不懂。但岳父比我俩想得周全、想得长远的多。有一天，岳父突然说，我把你们的户口迁到金胜派出所了（当时金胜派出所属河西区公安局）。岳父也再没说什么解释的话。我也没想到这迁户口里有什么玄机。可别小看了这次户口迁移，后来我的工作调山西省委组织部工作，在第二年组织部给分了房，在迁户口时才感到，如果不是岳父有先见之明，将户口及早迁移，否则，即使有了房，迁户口还真是一件很难、很难的事呢。

再后来，市场经济的浪潮席卷全国，退职的、辞职的、停薪留职的、"下海"做生意成了当时的时髦。这时，同我一块下乡扶贫的队员告我，他的一个同学也开始做生意了。我出于好奇，抽空一同去了他的同学家，又是聊天、又是询问，很是投机。可能是我无意中在岳父的耳边提过这件事吧。

有一天，岳父打电话说，"正好有点时间，你说的那个人，我想去见一见。"我问："哪个人呀？"岳父说："就是你上次回来说，你见的那个做生意的。"我说："好。"

在夜色中，岳父匆匆赶来。我领着去了那个队员的同学家。那人正好在。当时聊了什么，记不起来了。只记得岳父从那个同学家出来，很严肃认真地围绕"小心"呀、"慎重"呀嘱咐了一番。从此，我再也没有与那个队员的同学有任何的往来。后来我体会到，当时岳父对这件事那么上心，是有着良苦用心的，怕我年轻莽撞走错路，"一失足成千古恨"。

时间在不停地走，岁月也慢慢地变成了往事。岳父到退休年龄了，可是在上级领导的一再挽留下，他又多干了几年。

退下来后，岳父仍是不愿意闲下来的人。和他相处时间长了，你会感觉到他十分重亲情。在亲情面前，自己是吃苦、是委曲、是受罪全不在乎。20世纪90年代，单位又给我分了新房，将近一百四十平方米，较十年前的房，大了近八十平方米。装修开始后，岳父说，你俩平时工作都忙，装修的事也顾不上。我就住到正在装修的家，帮你们招呼着点吧。我听了，真是十分的感动。冷静一想，可不能让岳父遭这个罪。为什么？岳父不仅是当了几十年的领导，掌过权，而且十分受人尊重。再者，装修的家甲醛味特别大，没有床，还得睡地铺，三顿饭岳父怎么解决？所以，最后我还是坚决地回绝了岳父的好意。

相处许多年，有没有对不起岳父的事呢？还真有那么一件。岳父退下来，经过一段时间的适应和调整后，还是不想坐在家里养老。有意无意中透出想找个什么干的事。于是，有一次见了在农信社工作的朋友，因在过去交往中知道他在社会上朋友很多，托他帮个忙。他当时也没细想，随口说，行呀！我给帮着联系一下。回到岳父家，我就把这个情况告诉了他。过了一两个星期吧，又回到岳父家。聊天中，岳母微笑着说，上次，你丈人听说你帮他找个活的话，他把行李和日常用品都准备好了。我一听就明白了，是在问，你答应帮忙的事，怎么这么长时间了也没个反应？我赶快给岳父、岳母解释，我只是说让那个朋友帮着打听，还没办到去什么单位、做什么事的程度。岳父马上微笑着帮我打圆场，说，没事，没事。后来，我又紧催了几次农信社的朋友，但总是无果。这事办的，总有一点对长辈言而无信的成分。每每忆及，仍觉得内疚不已。

岳父平时总是话很少，总是默默地、不求回报地为别人操心，默默地、不求回报地为子女做事。他留给人们的、留给子女的只有爱、都是爱！这种大爱，也成为后人对岳父的全部记忆。

2022.5

露天看电影

　　小时候，在农村老家，晚上最幸福的事莫过于有一场露天电影可看了。

　　现在回想起来，这也实在是上天对我的恩赐。为什么呢？因为我出生在一个离省会城市不太远的一个古镇上。在20世纪六七十年代，一个村与一个镇相比，在许多方面都还是有较大区别的。不要说它是镇政府的所在地，有晋祠庙、有晋祠公园。在其他方面，如全镇最大的商场在镇上，全镇唯一的肉店、饭店、照相馆、修表店、镶牙店、定秤铺、裁缝铺也在镇上。再说露天电影院吧，也是全镇唯一的。

　　当时，晋祠镇的露天电影院在晋祠的南堡街上。我每天上学都会路过。院子东西长、南北窄，地面基本上是平的，可容纳上千人看电影。电影院门的大小与普通人家的门差不多，连门扇也没有。在电影院门口的左边、约一米多高的地方有一个一尺见方的小孔，晚上如有电影，这里便是卖票的地方。白天这里就是一个随便什么人都可以进去的空院子。印象中院子的东面是一排砖券的四、五间窑洞房，是存放电影设备和工作人员上班的地方。

我记忆中第一次看电影大约是六七岁的时候。那一天晚上吃过饭后，是父亲领我去的。还未到电影院附近，已经能听到人们高大的说话声，不太亮的路灯下，聚集了许多人。看到这么多人吵吵嚷嚷，我心里有点害怕。父亲要去买票，让我放开他的手，可我还是有点犹豫。一会儿父亲挤进了人堆。再过一会儿，父亲向我走来。又拉起我的手说，"走吧，我们进去吧。"在父亲的带领下，我也壮着胆子向电影院挤满了人的方向挤去。门口有人不停地吆喝，"把票打开！把票打开！"随着父亲递上手中的电影票，我也随父亲、随人流进了电影院。这时电影还未开映，再往前走，看到东面墙上，从上到下挂着硕大的白色幕布。人们都集中在幕布前，能看到的都是人们的背影，黑压压的一片。

幕布亮起来后，电影就开映了，很快人们也安静了下来。父亲抱起了我，我看到幕布上映出的画面。我记得是一部儿童片，但演的什么内容全然记不得了。可能是我还小、个子也太矮吧，待父亲胳膊累了，放我到地上时，我只能看到半个幕布。所以，有了这次看电影的经历后，再没有了当看到街上贴出放映电影的海报后去看电影的冲动。在电影院看露天电影，印象中也是唯一一次。

等到了七十年代后期，中国的电影事业有了很大发展，公社可能也有了一定的经济实力，电影的放映，真正地放到了露天公共场所——四楼河。也就是当时车辆修造厂、后来的公社门前。

当时，在本村看一场露天电影并不是件容易的事。在镇上放映叫公映，但如果哪个村想让去放映，那是要花钱的。当时，一般的村，集体经济并不富裕。所以，当有什么新电影要上映、看到贴出的海报时，会一传十、十传百。当天黑下来时，周围村的男女老少就会三三两两聚集到公社门口等着看电影。等到自己长大后也知道了，这时候，还是许多青年男女有正当理由、去见面和幽会的最好借口。

看电影是件好事。所以，无论春夏秋冬，人们好像从来没有对天气热或冷有什么怨言，冷了，人们就穿厚点，热了，就穿薄点，热情从来没有减过。那时，住在离公社门口近一点的人们，会早早地把自己家的小凳子拿出来，放在离幕布较合适的地方。一排又一排地摆好。这当然是看电影的最好做法。我呢，则不然。那时，谁家的孩子也是散养，到四五岁时大人就不太管了。一则，那时谁家的孩子也多，少则三四个，多则五六个。说实在的，要管也顾不过来。再则，当母亲的都会教导大一点的孩子，出门后要看好小的。如出了问题，轻的一顿呵斥，重的一顿拳打脚踢。所以，每当这个晚上有电影，吃完饭，大人们还在忙着收拾，孩子们呢，早已与年龄相仿的约上，跑了。我就惨了，在相邻的两个院里没有一个与我年龄相仿的男孩子，不是大就是小。所以，自己常常成了"独立大队"。也可能有性格方面的原因吧，从来没有想到去约住在一条街上的好朋友。

等到电影开映了，人们都会去专注幕布，所以，加上天黑，要在这时看到一个很熟悉的面孔也不是一件很容易的事。我经常会在一个地方看一会，或者因为前面的人走过来挡住了视线，向旁边挪一挪，或者不知什么原因，去另外一个地方再看看。现在回想起来，在露天电影院曾看了无数部电影，但没有一部电影是在一个地方完整看下来的。

也可能是自己很愚钝吧，甚至对《南征北战》《地道战》《地雷战》《平原游击队》等等，那个时代人们耳熟能详、甚至连台词都可以从头到尾背诵出来的又老、又经典的影片，我却是在五十多岁后，通过上互联网，重温这些影片才搞清楚故事情节的。

除了小时候在老家有在露天看电影的记忆外，等我到了市里工作，有一年，去阳曲县泥屯镇白家社村下乡开展农村联产责任制工作，又有了一次在靠山沟的村里去看露天电影的经历。

那天晚上映电影的村，并不是白家社村。而是从村西出去，再走三五里外的另外一个村。

那时，白家社全村还没有一台电视机。

晚上吃过派饭，房东老郭看时间差不多就问，去不去看电影？我当时对看电影本来也没有多少兴趣，现在为看个电影还得走上几里路？本来不想去，可又一想，这不正好是一次在农村看电影的体验吗。于是调动起情绪，随老郭出发了。

在微弱的月光下，脚下的路还是可以看清楚的。路面也就一辆汽车那么宽，完全的土路。出了村，路的两边都是庄稼，还能看到和听到旁边的小溪流水的声音。河里有的地方浸泡着一小捆一小捆、比树枝粗一点模样的东西。我好奇地问老郭，他说，是人们家泡的麻秆。

在那个时间里，三三两两的人，走在这条弯弯曲曲的路上，或远或近，一路上有说有笑。偶尔也有几个手电筒的光向周围晃来晃去。我想，大家一定觉得，在一个空气凉爽的晚上，去邻村去看电影是一件很开心的事。

在回来的路上我想，这已经是八十年代了，可在偏远农村，看一场电影居然还与老家六十年代差不多。可见，农村与农村的差距还是很大的。再说呢，中国十二亿人口中有八亿农民，所以，无论如何，农村的发展与进步，才是一个国家最应该关心和关注的呀。看来，这个社会不改革还真不行啊。

2022.6.26

在草原

　　七八月份在北方，是骄阳似火的季节，在这个季节去草原旅游或度假是一个不会错的选择。

　　我曾在这个季节，两次去草原。与在大海边同样的感觉是放眼望去，都是一望无际的寥廓，不同的是这里还有牧民的热情招待。

　　一走进内蒙古，让我一下子喜欢上的是奶茶。

　　早餐时，无论在宾馆还是饭店，饭桌上早早已放上了一个大大的暖瓶，开始以为里面是水，也不去管它。等几个小菜上桌后，服务员即提起暖瓶，往每个人前面的碗里倒。这才发现倒出的是灰不灰、白不白的液体，一问才知是奶茶。过去在散文或小说中提到过，在草原有喝奶茶的习惯，可奶茶是什么颜色、什么味，并不知道。今天总算看到了，也能喝上一口了。于是我急切地端起碗，小口浅浅地抿了一口。感觉是，温度不高，正合口，有奶香和茶香的混合味，还稍稍有点咸味，在舌尖上留下乳汁醇厚的感觉。在后来的旅行中，证明了当地人的一种说法，即早晨喝了奶茶，在整个上午，你都不会有渴和饥饿的感觉。虽然，每个宾馆和饭店的奶茶口味有所不同，但效果是一样的。

我第一次去草原，目的地是锡林郭勒。下午出发，告别了喧嚣的城市，汽车在你永远也不知道哪里是尽头的大草原上走啊、走啊。越往草原深处走，你会觉得天越来越低，山也被越来越不太高、但很广大的丘陵代替。铁丝的围栏在道路的两边时隐时现。在广袤的草原上，有些马、牛、羊没有时间观念、游闲地啃着草或卧在草地上。地上绿色的草，前后左右都连成一片，随着汽车的前行，像大海的波浪，起起伏伏。

忽然，在公路前面传来男人们高亢、拖着长音的呼叫声。只见五六个年轻的骑马人，扬鞭跃马向汽车方向跑来。汽车这时也放慢了速度。车上的导游告诉我们，这是当地人对尊贵的客人表示热烈欢迎的仪式。并又告诉我们，一会儿下车时，牧民姑娘还会向你们敬上"进门酒"。当我还没有反应过来是怎么回事时，这些人，打转马头、在汽车前来了个三百六十度的转圈。接着，走在汽车前，领着走了一百多米，离开了公路，向右一拐，向沙石路走去。又走了约二三百米，汽车被领到了一个木头搭的门前停了下来。门的两边没有标语，但装饰在门楣上红色、绿色的小彩旗在迎风飘扬。这时，车上的人，心态也不一样。有的人急切地希望感受一下内蒙古人好客的热情，还有些人怕喝酒，行动就很是迟疑。我属于后一种人。其实，正像有的地方接待什么旅行团一样，接待的人也很清楚，先下来的一定是重要领导或重要客人。所以会特别热情、特别认真。这时，我的感觉也是这样。

我还没下车时，就听到先下车的人在当地接待人的欢呼中，老实地按当地喝酒的习惯，接过牧民姑娘敬上的酒，伴随着周围年轻人的大笑声、"噢、噢、噢"喊叫的起哄声，大口喝下。在经过十几个人后，大门口的热情温度也就降了下来。等我下车后，接待的人已陪前面旅客走出去很远了。姑娘们、小伙们也像已完成了任务一样，下车后，你喝不喝酒已经无所谓了。其实，我要的就是这个结果。

我随着大伙向草原深处走去。听说下午有几个景点要看一下，但由于我在队伍的后面，并不知道什么。走着、走着，行进在羊肠小道上的队伍也越拉越长。

前面出现了几个蒙古包时，引起了我的好奇。毕竟，蒙古包过去只在电影、电视剧中见过，真正的亲眼看到、甚至可以用手去触摸它，这还是第一次。眼前的蒙古包是白色的、圆形的，面积并不大，中间高、周围低。门的高度可能只有一米五左右的样子。路过了几个蒙古包，门都开着、包里都有人。猛然，我产生了想进去了解一下真正的草原蒙古包、看一下当地人平时生活的真实场景。于是，路过一个开着门的蒙古包，我便离开队伍，一低头、钻了进去。

　　看到正对着门摆着一个约二尺见方、一尺多高的小方桌，席地而坐着四个人。见我进来，他们即放下手中的筷子，说，欢迎！欢迎！来喝口酒吧。我的脑子一直是进了蒙古包，里面一定是蒙古包的主人或蒙古人的概念。所以，你既然进了蒙古包，如果主人让你喝酒，你能不喝吗？从小处说，是你看不起人家，从大处说那可是民族问题了。我双手在胸前一合掌，赶紧说，谢谢、谢谢。可就这会儿，其中的一个人已拿起酒瓶。将一个能放一两酒的杯子斟满，举起来，递给我。并说，来、来、来。我不能不接。可接了，又不能放回去。只好又说了句谢谢，一扬脖子，一口喝干了。再看，玻璃酒瓶上写着"草原白"。我正准备开口与他们搭讪，不料其中一个人说，我们是山西的，也是来旅游的。一听这句话，我意识到刚才那杯酒是喝"错"了。原来眼前的这个蒙古包，并不是当地人生活中的蒙古包，而是为了开展旅游建的"蒙古包"。这下，我再也没有坐下来了解其他情况的兴趣了。再说了声谢谢，一转身便钻出了蒙古包。出来后我追上了大伙，说了我去蒙古包的经历和尴尬。大伙都笑了。并问道，你知道"草原白"是什么酒吗？我说，只觉得特辣。他们说，这是一种高度酒，当地人送它一个外号叫"闷倒驴"。这时，酒劲真的上来了，整个脸烧得发烫。

夜幕慢慢降临了，天上下起了蒙蒙小雨。我们回到旅游团安排的"蒙古包"。稍做休息，再出来时，我忽然感觉到大草原真美呀！

这时，天色稍暗但还不黑，远处天的浅黑蓝色，与起伏的、地面的黑蓝色连在一起，四周闪烁着、照明的、点点的微弱的灯光，脚下是生长着近一尺高、墨绿墨绿、根根向上的草，在蒙蒙细雨的滋润和微风的吹拂下，那么美丽，脚踩上去，仿佛踩在厚厚的地毯上。周围是那么安静，没有一点吵杂的声音。气温是那么的适宜，空气是那么的干净、清新。站在那里，真的你什么也不用做，也不想做，什么也不要在你的脑海里，只是抬起头，闭上眼睛，做轻轻的深呼吸就够了。这时，整个世界也好像只属于你一个人的了。

晚上的安排，是这次旅游的重头戏——吃烤全羊。

吃烤全羊，既可以说是吃一种美食，也可以说是感受一种文化。吃烤全羊是有仪式的。首先，系着红绸子的烤好的全羊被放在一个很大、很大的桌子上。这个桌子摆在大餐厅的中央，周围约共有七八桌，五六个人围一桌。可能是在草原深处吧，大厅的灯光还是有些昏暗。爱热闹的人，被接待方邀请到离烤全羊最近的一个桌子。随着仪式的展开，整个大厅就被哄哄哄、哄哄哄的声音笼罩着。可能只有在烤全羊附近的人才清楚是怎么回事。一会儿是叫声、一会儿是笑声。偶尔能听清楚的是"喝""喝""喝酒"的劝酒声。后来，我们坐在外围桌子边的，也分到烤全羊的一部分。好吃吗？肯定好吃呀。但什么味，不知道。因为当时的热情气氛，感染着大厅的每一个人。大家注意力都不在吃上，而在烤全羊的附近发生着什么。当然，在这种情况下，爱热闹的男人也难免出点笑话。第二天我就听说，有一位广西的男同志，在开吃烤全羊还没多长时间，就被灌酒，喝"高了"。当时就被送当地的卫生所去打点滴了。

第二次，有机会去的草原是呼伦贝尔大草原。可能是那一年干旱、雨水少吧，即使走到了草原深处，地上的草还是很稀疏，草秆很硬，草秆上的叶子短短的。草地的颜色不是绿色的，而是发青的。周围的温度还算适宜，但吹来的风是干干的。那么具有地方特色的欢迎"仪式"在这里没有感受到，取尔代之的是骑马等一些收费的活动项目。当然，呼伦贝尔大草原是很大、很大的，也不排除我去的是此"呼伦贝尔大草原"，而非彼"呼伦贝尔大草原"吧。

虽然两次去草原的感觉不同，但如果有机会，我还会去草原。特别是想走进草原当地一户或几个蒙古包，与他们攀谈，听他们的故事，与他们一块吃肉、喝酒。期待继续去寻找我心目中的、最感动我的那个大草原。

2022.6.28

自行车

现在的家庭，对家里是否有一辆或两辆自行车已没有什么概念了。但在我小时候，谁家里有一辆自行车，那可像现在谁家有一辆汽车那么重要、那样必不可少。

在20世纪六七十年代，我家有一辆八成新的"永久"牌、二八大架自行车。因为骑得少，又很少雨淋日晒，放的时间一长，父亲还是会很认真地擦拭一遍，看上去锃光瓦亮的。有时，父亲还会从商店买上两个红、黄、绿相间的、像粗粗的猫尾巴一样的东西，圈回来系在前后轴（也有人叫葫芦）上，看上去就像给马配了新马鞍，又鲜艳、又好看。

有一年的暑假，我正是十来岁的年龄，因姐姐比我大四岁，已经到了该学骑自行车的年龄。

看着姐姐在打谷场上小心翼翼地学骑自行车时，在偌大的场上还有和我年龄一般大小的孩子们，也在大人或哥哥姐姐、甚至几个人同时用一辆自行车的朋友帮助下，已经开始学车了。于是，我也有了学骑自行车的想法。本来也想用这辆"永久"牌自行车学，可是，一是姐姐要用它。二来是自己年龄还小，怕自己力气不够，把自行车给摔坏。怎么办？我开始搜肠刮肚地想，突然想到在厨房堆放杂物的最高处，有一辆不知放了多少年、锈迹斑斑的烂自行车。

想到就去找。等费了很大劲，把这辆自行车从杂物中拿下来放到院子里、靠在核桃树下才看清，这辆自行车像是一辆日本产的"洋车子"。典型的特征是车把是一种 u 型、不太宽的平把。它确实很旧了：自行车被长年腐蚀产生的铁锈手接触到，就"刷、刷、刷"地往下掉。把手的地方，是用已经变色、又有裂纹的薄塑料管套着。一个脚蹬，是用一块中间捅了洞、小的、长方形木头代替。前后外胎一个是红色橡胶，一个是黑色橡胶的，在长长的裂缝处，是用麻线缝在一起。整个车上看不到一点点油漆的影子。找来打气筒，居然还能打起气来。我兴奋起来，就是它了。先是擦洗，接着是上油，再来是调闸。从这时起，算是有了一辆属于自己的自行车了。后来我就用这辆又破又旧的自行车学会了骑车，并用它，完成了我的童年在马路上、公园里与小伙伴们快乐、刺激的骑车梦。

转眼，到了上中学的时候。这时，我已是一名会骑自行车的"老手"了。开学后，我依然是每天骑着它，去三四里地以外的晋祠中学上学。有一天中午回家后，我又把它靠在核桃树下，父亲路过时，不经意间看到，自行车的中筒与横向的鸟筒连接处是断的（其实，我从杂物堆找出来、开始学车时就是断的，只是我没说罢了）。但父亲看到了问题的严重性。可能，以我家当时的经济状况，买一辆新自行车也是没问题的。可当时买自行车是要"券"的。没有"券"，光有钱也没用。再一个考虑就是，一般情况下，谁家孩子要娶妻结婚了，大人们才会通过各种关系，找一个买自行车的"券"。像我一个上高中的孩子能有辆自行车骑就不错了。所以，父亲的做法是，将这个老掉牙的自行车推到四楼河附近的修车铺，给人家讲，这个自行车上能用的留下来，不能用的，就用修车铺现有的配件，"装"出一辆自行车来。

几天之后，我们再去修车铺，一辆在我看来"崭新"的自行车摆到了我们面前。推回家再仔细一看，整个车架是新的，车把是新的，挡泥板是新的、前后外胎、幅条是新的……只有前后钢圈是旧的、前后"葫芦"是旧的，脚蹬子一个是新的、一个是旧的，还配上了车锁。这一下，算是"鸟枪换炮"了。我没想到的是，此后，这辆自行车陪了我近三十年。

现在回想起来，和这辆自行车真是有太多的经历和记忆了。上高中天天骑着它就别说了，插队时，去家远一点的地里去干活骑着它，生产队分粮食、帮母亲去粮店买粮骑着它，姐姐上班报到，帮姐姐驮着行李骑着它，在供销社工作下乡骑着它，到了市里、省里，每个星期往返五十多里路回老家骑着它，爱人怀孕，带上爱人去检查骑着它，每年正月里去姑姑、舅舅、姨姨家拜年骑着它，补"文凭"去学校上课骑着它。儿子五六岁时，为了节省四角钱的汽车票钱，风里、雨里、雪里还是骑着它……脏了，我擦擦它。胎破了，我给它补好。幅条断了，我给它换上。闸皮磨薄了，我给它换上新的。它再也没有进过修车铺。

自从有了自己的自行车后，我再没碰过家里那辆"永久"牌自行车，也没有想过别人家的孩子骑的是什么牌子的自行车、是新车还是旧车、是"中国车"

还是"日本车"。甚至结婚时给爱人买了辆新车，许多年，我也从来没有骑过一次。

逗乐的是，近三十年里，不仅是我骑着它，它也曾"骑"过我一次。

那是上高中第二年的暑假期间。班团支部书记安排我和一个叫李玉明的去汾河东刘家堡乡洛阳村搞一个同学入团的外调。去时，我们对路线不熟习，绕了一个大大的圈。搞完外调材料后，经询问当地人知道，从村西出去，顺着土路一直往前走，会走到汾河边，那里有船在摆渡，船票也不贵，比来的时候绕一个大圈子近多了。我俩当时就没了主意。因为年龄还小、又不是经常出门，但走近道对我们很有诱惑，虽然是夏天的下午，但原路返回，一是向西走，太阳会一直正面晒着你，二是回去天一定会黑下来。于是我俩决定走近路。

出了村，一直向西走，并没遇到什么人，好在前面终于看到了汾河。我俩下自行车，看到河面有四五十米宽的样子，一根粗粗的绳子横在汾河的东西两头，河水就在脚下、由北向南缓缓流动。有一条大船，在离脚下二三十米的地方停着。为什么不过来？靠了岸，我们也好上船呀。我们向船上的人喊话，船上的人也在向我们喊着话，可是在空旷的田野、在汾河水流声中，谁也听不清谁在说什么。我俩正着急，不知该怎么办时，从后面过来一个骑自行车的中年人。他骑到河边下了车，很麻利地捲起裤腿，扛起自行车就下河了。我俩看着他下河，也知道了怎么才能上船。中年人下河后，并不是直线向船走去，而是好像用脚在摸索着向前，一会儿向左、一会儿向右。河水最深时也只淹到他接近膝盖的地方。看来水并不是太深吗。我俩也学着那个中年人捲起裤腿，扛起自行车下了河。用脚摸索着前进时，感到脚底并不是平的，而是坑坑洼洼的。这就是那个中年人为什么一会儿向左走、一会儿向右走的原因，就是怕踩进那些深坑中。脚也不可在一个地方久留，稍停下，就会感到河水在慢慢淘走你脚下的沙子，不经意中脚往下陷。经过提心吊胆、小心翼翼地行走，终于走到了船前。这时也明白了船为什么不能靠岸的原因。船开动后，亲身感觉到了什么叫湍急的河流，以及那根粗粗的、长长的、横跨东西两岸绳子的作用——那就是系船的绳子上有一大铁环，套在那根绳子上，无论水多大、多急，船也不会被漂走。

后来，我到省里工作，上下班还是它陪着我。直到我被组织上调整了工作单位和职务，有了车接车送时，这辆自行车才算正式退役，在一个车棚中歇了下来。

　　后来，——其实也就没有了后来。现在，年龄大了，每当对过去的经历和往事有所回忆时，也常常会想起它——陪伴我许多年、像我的孩子、也像我的朋友、忠实而坚强的那辆自行车。

2022.7.1

过　年

　　过年的习俗在中国已流传了几千年了。但据有关资料表明，中国历史上曾出现过几个过年的时间。当然，确定为每年农历正月初一为过年日，是二十世纪初的事。应该说，也是有些年头了。

　　过年，象征着每个人都长了一岁。过年是团圆的日子，过年也是一年到头走亲戚、串门子密集的日子。在20世纪五六十年代，还是穿新衣服、吃几天带荤、腥饭的日子。

　　我出生在20世纪五十年代末。太小时候的过年已找不到一点记忆了。最早有过年记忆的是20世纪六十年代初的那一年。

　　吃过早饭的姐姐和我，被父亲、母亲，领到对门院子的二爹家。一进门，便看到二爹家正对着门的躺箱上放着一个深黑色、油亮的木盒子。木盒子约一尺多高、六寸多宽、深三寸。里面放着一个比木盒颜色更深、木质更细的一个牌位。木盒子前面有酒盅，酒盅里倒满了酒。有香炉，香炉里正燃着香。周围的盘子里摆满了各式各样的供品。

先是两家的大人依次上香、磕头。接下来，是两家的孩子们从大到小上香、磕头。站起来后，母亲和二妈会把已准备好的"压岁钱"递到每个孩子的手上。记得那年，每个孩子都得到了两毛钱。每个孩子上香和磕头时，表情还是很庄重的。可拿到"压岁钱"时，便还了小孩子的本性，举着钱，笑着、跳着跑出去了。我呢，也是其中的一个。

"文化大革命"开始后，一破"四旧"，这些过年第一天的头等大事就被取消了。

在孩童的年龄是最期盼过年了。

腊月初八，家家户户早晨就要吃各种豆类和着煮的"腊八粥"。条件好的家庭，还会放上一年吃不上一两次的白糖或红糖。条件差的，也会往里面放点糖精。这对于一年四季，每天早晨吃玉米面的孩子们来说，算是换了换口味。

随后的几天，家家户户又忙着一年仅一次的"炒货"。好像是祭什么神。就是将黄豆和玉米放到盛有沙土的铁锅里，放到火上炒。这样炒出的黄豆和玉米又酥又脆。这几天，孩子们的嘴里、衣服口袋里，装的准是这些东西。

再过几天，镇的马路上便会出现卖"琉璃圪

嘣"的挑子。"琉璃圪嘣"是玻璃制品，紫红色、巴掌大小。样子就像用薄纸糊了口的小喇叭。把"琉璃圪嘣"放在嘴上，轻轻地一呼一吸，前面像纸一样薄的玻璃就会发出"圪嘣、圪嘣"清脆的声音。这是一个极易碎的玩具，大人们也知道，就是几分钟高兴的事。但因为价格低廉，又经不住孩子的死缠烂磨或者也有个面子问题吧，许多大人还是会给小孩子买的。只是，买了，一会儿吹破了，又不敢吱声。被大人发现了，又少不了一顿呵斥，"告诉你说别买，非要买。你看吹破了吧。还不如用这些钱买些醋呢"。

随后的几天，人们的生活节奏越来越快。男人们的头等大事就是理发。民间流传的一句话叫"有钱没钱，剃头过年"。

那时，过年洗澡是一件非常奢侈的事。周围十几个自然村中，只有镇上有一个不大的公共澡堂。另外，干部疗养院、工人疗养院、晋祠招待所也有洗澡的条件，但没有相当的关系是进不去的。爱干净的女人们会千方百计，挤出时间去洗个澡。

剪窗花也成了这几天老奶奶和小女孩们的最爱。大家会把上一年剪过的窗花，从书本中或炕席下拿出来，作为"样子"。然后，找来一个与"样子"大小差不多的白纸，用水打湿，贴到一块平平的木板上，将"样子"贴到打湿的白纸上，再找来一个煤油灯，把灯芯挑大，点着。把贴了白纸和"样子"的木板，拿到火焰上烤。燃烧冒出的黑烟把打湿的"样子"全部熏黑、等纸基本烤干后，就可以把煤油灯拿开。轻轻地把"样子"揭下来时，"样子"通过烟熏的黑与白，便印在了刚才下面的那张白纸上。这就是再剪窗花的"样子"。邻居之间、朋友之间、甚至亲戚之间，会将好的窗花"样子"传来传去。等过年前将房屋打扫干净，撕去旧窗户纸，换上雪白的新窗户纸时，剪的窗花就该登场了，形状有圆的、长的、方的，图案有猫、虎、牛、鸡，还有各种花卉。

　　家家户户在年前做同样准备的是蒸馍馍、做年糕（我们当地叫油糕）、包饺子了。因为那时，买花卷或馒头是要粮票的。而粮票只有镇居民才有。广大的农民，为了在过年时或年后接待来"拜年"的亲戚方便，年前会用一年节省的白面，自己在家蒸好多好多的馍或蒸些玉米面的窝头，也会做许多许多的油糕。那些年，在我们当地农村吃的都是用蒸熟的黍子面包上各种豆泥和枣泥做的油糕。（还有是包胡萝卜馅儿的捏成角形状的叫"菜菜糕"。不加馅儿，将黍子面揉成条状，再切成半厘米厚薄的片，叫"切糕"）

还有一件让家家户户忘不了的事，就是买年画。在20世纪七十年代，大部分人家会买一张毛主席的标准像，将去年买的那张换下来。有条件的，再买上一对或两对八个"样板戏"的剧照年画。在大年三十晚上，张贴起来，家里过年的气氛一下子会变得喜庆起来。

贴年画，也是我和姐姐吃过晚饭最爱干的活。这面墙上贴什么、怎么贴，这个角高了，那个角低了，都是姐姐说了算。

那时，过年前几天和过年后几天，放鞭炮和看放鞭炮是男孩子们的最爱。甚至大男人们也参与其中。小孩子们一般买一毛四分线一包、一百响的鞭炮。然后，撕去包装的红纸，再小心翼翼地把红红的小炮一个一个拆开，放到衣服口袋里。找一支香点上，想放炮时，从口袋里掏出小炮，胆子大点的，会将小炮拿在手里，用小炮的捻对准"香"点着后，在捻子发出"刺、刺、刺"的声音中快速向高处抛去，看着小炮在空中爆炸。胆小的，会把小炮放在不太高的台子上或塞进墙缝中，点燃后跑开，转身再看和听小炮炸得粉碎的情景，从中得到乐趣。大人们就不这样玩了。他们一般会买"二连炮"，或更粗更大的"麻炮"。为了显示自己胆儿大，会用一只手的拇指和食指轻轻地把"二连炮"或"麻炮"竖起来，捏住最上面，再用另一只手中正燃着的香烟，将炮捻点着，一伸臂、一侧身，手中的"二连炮"或"麻炮"会瞬间爆炸，飞上天，紧接着在二三秒后在空中发出第二声爆炸。也有的大人为了好玩，买上一包小炮后，撕去包装一下子整鞭点燃。于是，近一百声、密集的爆炸声，带着火花、烟雾、尘土响成一片。当最后一个小炮炸响后，周围的小男孩们会一拥而上、瞪大眼睛找那些没爆炸的"瞎捻"小炮。有时会找到一两个，大部分情况下都是一无所获。"瞎捻"小炮的玩法是，从中间一掰两瓣，找一支燃着的"香"，对准黑色的炸药点着，点着的炸药会发出火焰和"刺"的声音。

大年三十的晚上，家家都要"守岁"的。我们当地把"守岁"叫"熬年年"。但实际上，在当时每家过年前十几天就很忙活了。像我们家，父母都是镇供销社的双职工，越是过年过节越忙。到大年三十下午四点，所有商店和门市部都关门后，才回家做过年的家务事。记得那几年，当父母亲把第二天吃的饺子包好，把凉菜做成半成品，等一切停当时，已经是晚上九点多钟了。那时，没有收音机、没有电视，加上又累又困，真正的"熬年年"是不可能的。做母亲的还要将全家明天穿的新衣服等准备好。"熬年年"也就是象征性地坐一坐、聊聊天，就准备休息了。我呢，有那么几年的大年三十"熬年年"，是在二爹家同他们全家打扑克中度过的。

等过了零点，我回到家临睡前，总忘不了与母亲说上一句，明天早点叫醒我，我要早点放炮呢。母亲总是答应着。然而，从记事起到长大后的许多年，在大年初一的早上，母亲一次也没叫醒过我。开始还有些埋怨，后来就习惯了。

等我长到十七八岁时，每年过了零点或大年初一一早的放鞭炮，就变成了一种仪式。因为我是家庭中唯一男孩，放鞭炮消晦气就成了我的任务。而这时，母亲总会不忘叮咛一句，"放几个炮，有个意思就行了！"我也曾像其他胆子大的男人们一样把"二连炮"拿在手中去放。经验是，捏"二连炮"的手上最好戴上手套，轻轻捏住即可，手掌与"二连炮"最好成九十度角，手臂宁可放低、不可抬高。这样，第一次爆炸并产生向上的推力时，才不会伤到手或身体。

从正月初三开始，便是接待亲戚、晚辈给长辈"拜年"的高峰了。那时，最高档的交通工具就是自行车。我的一个表哥，去舅舅家拜年，一个自行车上居然带着四个孩子。那时，无论路途远近，中午一定会留在长辈家吃饭的。当我长到十四五岁时，与亲戚家往来的事，便落到了我的肩上。每年正月也是这样。母亲会提前准备好我去见姑姑、舅舅、姨姨家的礼物。当然，母亲从路上的安全考虑是不会让我一个人出远门的。所以，那几年我总是随二爹家的哥哥、姐姐们一起出门。出发前，母亲还会再叮咛几句。她每次都会把我们送出门，直到看着我们的身影完全消失。一般情况下，我会随哥哥、姐姐们先到三姑家。下午，他们就返回家了。我呢，再去不太远的四姨家拜年。在四姨家住上一两天，到初五、六，同四姨家的孩子们一起返回家。整个正月的活动才算基本结束。

现在来看，每年正月里，晚辈给长辈"拜年"的民俗文化，其实也是中国传统文化的一部分。因为，一年里，大家各忙各的，谁也见不上谁几次面，甚至一次见面的机会也没有。拜年，实际上也是亲戚之间必要的情感要求。通过晚辈的上门拜年，正是了解娘家情况，兄弟、姐妹家里各种情况的最好时机，也是亲戚们之间保持亲近的"桥梁"和"纽带"。

2022.8.15

晋祠庙

位于太原市南二十五公里的晋祠庙，是一座神奇而古老的庙。

晋祠庙的由来，可以上溯到周成王时代。相传，有一天，还同是年龄都不大的周成王与弟弟叔虞在大殿前玩耍。周成王随手拿起一片刚刚飘落下来的桐叶，递给弟弟叔虞说，我封你为唐王。这本来是一句玩笑话，可被当时在场的起居官记录了下来。随后，这位起居官将此事报告给负责起草圣旨的大臣。当起草好的圣旨让周成王过目时，周成王笑了。说，我当时不过与弟弟说了句玩笑话而已。但起草圣旨的大臣严肃而又认真地说"君王无戏言"。周成王也拗不过大臣，只好将一句玩笑话变为现实。于是叔虞离开了当时的国都，来到了数百里之外的晋。再后来，他的后代来到晋水源头之畔为他立祠。这里就是此后延续了三千多年也未曾再更名的晋祠，还有伴随它的晋祠庙。

之所以说晋祠庙是个传说，实在是因为年代太过久远了。但晋祠庙已经存在了三千多年是不容质疑的。有一株据当代科学测定，树龄在三千两百年左右的柏树为证。这株柏树位于圣母殿北二十多米远的地方，树身粗一米五左右，由北向南成四十五度斜躺着，约二十多米长，一年四季仍绿叶常青。当地人称它为"周柏"。附近还耸立着一通大石碑，碑文为"晋阳之柏第一章"，由誉满天下的书法家傅山所书。不仅如此，庙里还生长着数株汉槐、唐槐、明银杏树。它们的树身，要三四个成年人手拉手才能抱住。至今，生命力还是十分的旺盛，到了夏天，郁郁葱葱。

正因为历史久远吧，晋祠庙里产生过无数的神话传说和故事。"剪桐封弟"就不说了。还有"圣母"的传说，"水母娘娘"的传说，"铁人夜走"的传说，"朝阳洞"的传说。还有"张郎为百姓争水跳油锅"的故事，"太原公子李世民晋祠起兵"的故事，"李白游晋祠"的故事，"尚书王琼"的故事，"慈禧夜宿待凤轩"的故事，等等。至今，仍在当地口口相颂、代代相传。

晋祠庙在宋朝得到了一次大的扩建和修缮。恢宏、肃穆，具有皇家气象的"圣母殿"，及宋塑"圣母"、众多"侍女像"，都是当时顶极艺术工匠的巅峰之作。流传到现在毫发无损，已成为我国保存最为完整、艺术价值和历史价值极高的国宝中的国宝。

圣母殿的型制之奇特、规格之高，在全国现存的古建筑中是不多见的。为一尊"圣母"制殿，其高，无与伦比，其大，天下无双。门外大殿下两尊五米多高、执兵器守卫的"哼""哈"二将，无疑是海内外泥塑武士的翘楚。而殿前八根粗大的立柱上，盘着张牙舞爪、生动逼真的木雕龙，更彰显出皇家圣地不可侵犯的威严。

时间到清朝晚年，在当地乡绅和朝廷的支持下，晋祠庙又得到了一次华丽转身。

晋祠庙是具有北方风格的、令人叹为观止的园林建筑。中轴线由庙门——水镜台——会贤桥——对越坊——金人台——献殿——渔沼飞梁——圣母殿组成。其他的建筑，分布在中轴线左右约五百亩的土地上。在圣母殿前水上建的"十字"桥，有一个非常好听的名字叫渔沼、飞梁，被认为是世界古建筑史上的奇观。而献殿的"斗拱"，又被专家认为是中国古建筑的集大成者。汩汩的难老泉水，从圣母殿南侧五十米左右的地下喷涌而出，水温一年四季保持在摄氏十八度，经张郎塔边的十孔桥流出。其中，七孔水由西向东而下，经水镜台前向北，约五六十米后向东，一百米后再向南，从庙门北向东流出。三孔水则向南流去。上千年以来，丰沛的难老泉水，水质清澈、甘甜。既是当地人祖祖辈辈的生命之水，也是浇灌晋阳大地千亩稻田、万亩良田的生存之水。

这里楼台阁榭不缺，雕梁画栋齐全，桥池塘泉应有，山丘石洞尽有，亭院祠堂如星罗棋布。而到处可见的匾额、到处可见的楹联、到处可见的碑刻，仿佛在向人们述说着它的前世今生。其中，最具帝王气派的，是李世民亲笔行书勒石的"晋祠铭"；最具诗情画意的，是谪仙人李白的诗句："晋祠流水如碧玉"、"百尺清潭写翠娥"；最具书法美学价值的，是"难老""水镜台""对越""三晋名泉"匾额。一个个都曾是名重一时、声名远播。

这里，还是儒、释、道共处的一个场所。在圣母殿南侧一百米远是"塔院"，无疑是佛教圣地。在圣母殿北侧约五十米是"三清阁"，当然是道教的三尊。而进入晋祠庙门的北侧，倚水而建有"文昌宫"，是孔孟弟子朝圣的场所。其实呢，还远不止这些。这里还建有供奉晋祠始祖的"唐叔祠"，供奉王氏始祖的"子乔祠"，供奉药王、真君、龙王的"三圣祠"，供奉阴曹地府之王的"东狱祠"，供奉武圣关羽的"老爷庙"，供奉"八仙之一"吕洞宾的"吕仙阁"，供奉中国建筑的祖师爷的"公输子祠"，供奉满足百姓求延子嗣的"苗裔堂"，供奉治理汾河有功的"台骀庙"……其包容性自是不待言说的了。

我常想，晋祠庙就像一个偌大的宝库，无论你是干什么的，有什么样的兴趣和爱好，有什么样的欲望和想法，甚至，你就是一个匆匆的过客，只要你进了晋祠庙，只要你留心，那些意料中和意料外的东西，总是俯拾皆是，又常常令你怦然心动。

而当你蹲下来，用双手掬一抔清凉的难老泉水喝下去；当你在月光下一个人在圣母殿前度步；当你走近贞观宝翰，在唐太宗"晋祠铭"前驻足；当你在朝阳洞最高处，依栏向东远眺，你就一定会对世间百态、人生意义得到于平时不一样的心情与感悟。

2022.8.20

晋祠公园

——我的童话世界

——我的童话世界

当人随着年龄慢慢老去时，对童年的回忆和少年时的片断，会在不经意间出现在脑海中。同时，对自己提出反问，我是谁？我从哪里来？

而当我想到这些，常常会感谢上天对我的眷顾。因为，人的出生地是无法选择的，而我的出生地实在是太好了。从小就生活在有历史、有文物、有传说、有古迹、有山水、有花木……的环境之中。这较之于出生在山区、乡村，甚至城市的孩子们来说，不知道要好上多少倍。较早地见到了和接触到了、许多人只有在成年后，甚至一生中都不曾看到的景物和经历。而晋祠公园就是我儿时的童话世界。

晋祠公园地处晋祠镇东，晋祠公路西，北邻赤桥村，南靠晋祠村百亩良田。占地面积要比晋祠庙大得多。我家的位置在晋祠镇中堡街一号院。出了大门向西一百米，是晋祠镇南北向的主街。而向北走，上一个小坡，便是晋祠公园的西边。这条路也

162

是我们去晋祠公园最便捷的路。

听父亲讲，晋祠公园在新中国成立前是军阀的私人花园。新中国成立后收回国有。晋祠公园这个名字，也是从那个时候确定下来的。到20世纪六十年代中叶，经过园林部门和园艺师们的努力，园林的建筑，及树木、花卉的拥有量都达到了一个高峰。这个时间也正是我十岁左右，父母对我的人身安全刚刚放手，而我正急着去探索外面的世界。于是，我童年的许多时间都在晋祠公园中度过。晋祠公园使我的童年变得神奇而美丽，仿佛在童话故事中长大一般。

每年阳春三月，在空气清新的早晨，或太阳刚刚落山的黄昏，我会被无意中，从一阵微风中带过来的空气中，嗅到一种淡淡的花香味，好像在提醒："啊，今年的丁香花又开了。"

晋祠公园种植的丁香树林，就在我们家的房后。南北长、东西短，占地约一亩地的样子。丁香好像属灌木科，树干不粗，高不过三米。丁香花以白色和白紫色为主。正像它的名字一样，花朵小小的，一簇一簇，开在树枝的顶部。大部分是四瓣，偶尔也有开五瓣的。早上和晚上，花的香气会更浓郁些，清香而典雅。上前一步，凑过鼻子对着盛开的花，深深地吸上一口气，整个身体马上会有一种被花香洗过的感觉，非常惬意。

等在丁香树林中绕过几个圈、走神时，又一种花的名字会跳入我的脑海，它就是玉兰花。

在我们当地，一年中开花最早的，其实是玉兰花。玉兰花在晋祠公园有两株，长在"北大厅"的南面。树高约三四米，花瓣大而洁白，形状呢，有点像荷花。玉兰花，其实应该叫玉兰树，先开花后长叶。可能是由于玉兰花的位置离我家较远，或许是玉兰花盛开时没有那么浓郁的香味吧，许多年里，我都会误了看玉兰花开得最美丽的那几天。

随后是桃花红，杏花白，藤萝花紫，迎春花黄，槐花香，椿树花腻，牡丹花富贵，芍药花烂漫，大丽花多姿，美人蕉花热烈，蝴蝶花妖娆，一个赶着一个，开满了公园的各个角落，让人们目不暇接。

在这个春暖花开的季节，十来岁的我们，最喜欢的要数自作"柳笛"了。当柳树开始泛青，在刚刚长出嫩芽时，折一截柳枝。细的，如现在吸饮品的软管，粗的，也不能超过铅笔的直径。然后，一只手握住柳枝，用另一只手的拇指和食指，从前到后均匀地加力、一点一点地拧。如果柳枝的皮被拧破了，这截柳枝就算废了，要再找一截柳枝。方法如前，感觉到柳枝的皮与中间的木芯分离时，长度在两寸、三寸处，用锋利的小刀，在柳枝皮上转一圈，小心地将柳枝的皮与木芯脱离，把空筒的柳枝皮的一头压扁，在柳皮外面一二公分处，把绿皮削去，"柳笛"便做好了。放到嘴上下唇间，轻轻吹，柳笛便会发出仿佛如笛子的声音。柳笛细，吹出的声音尖而高，柳笛粗，吹出的声音闷而沉。手巧一点的小伙伴，还会用锋利的小刀，在柳笛上切出几个小孔。吹时，手指按住或放开，柳笛便发出改变节奏的声音。淘气时，还会在一个完全没有防备的小伙伴的耳边，使劲吹一下，吓人家一下。然后，带着有点耍了小聪明、占了别人一点小便宜的兴奋，急速地跑开。

随后，是摘槐花，打"榆钱钱"。把它们放在嘴里嚼，别有一番滋味。

再过几个月，便相约几个伙伴去"打杏儿"。杏儿还是绿绿的。放嘴里咬一口，让你酸的直流泪。

有人说，晋祠是块风水宝地，而晋祠公园可以说占尽了地利。晋祠公园有水，无处不在。或小河、或小渠、或小溪，到处可见。人造瀑布、池塘更是巧夺天工。无论在哪看到的水，都是清澈见底，鱼虾不缺。可以这么说，水既是晋祠公园的灵魂，也是晋祠公园夏天的代名词。

夏天，也是公园各种树木和花卉枝叶最茂盛的时候。柳树、杨树、松树、柏树、榆树、合欢树、泡桐树、法国梧桐树，还有好多叫不上名字的树木，遮天蔽日。这里实在是避暑和乘凉的好地方。

那时，刚学会骑自行车的我，每天都像骑着战马的军人一样，驰骋在上坡、下坡、或直或弯的公园的人行道上。

偶尔如果能约上几个年龄相仿、有相同爱好的好朋友，便马上展开一场攻守对打的"弹弓战"。

弹弓，在那个年代的男孩子中，可以说人手一个。弹弓的"子弹"一般是从地上随手捡起的小石子。也有用家里和煤泥的黄土和成泥，再用手揉成像玻璃球大小，在太阳下晒干当"子弹"的。我们开战的战场就是公园里的伏龙假山，两三人在山上守，两三人从山下攻。那是真的用弹弓对着人射击。弹弓打出的"子弹"，打在身边的石头上或树上发出"啪、啪"的声音，从耳边穿过时，会听到"嗖、嗖"的风声。可以说，这种游戏紧张而刺激。所幸，曾玩过多次，并没有一个小伙伴受伤。所以，大人们都不曾知道。

在20世纪七十年代初期，晋祠公园曾发生过一件轰动周围几十里，甚至上百里的大事。那就是"铁树开花"。之所以能产生那么大的影响，其实与京剧《智取威虎山》中，李勇奇的一句台词"铁树开花，枯枝发芽"有关。人们把"铁树能开花"与"枯枝能发芽"并列去看。所以，铁树开花的消息一经传开，本来那时夏天较安静的公园，一下子变得人山人海，而且持续了近半个月的时间。许多的人只为验证一句话："铁树能开花吗？铁树开的花是个什么样子？"

可能也在这一年的夏末吧，我生平第一次，也是到目前唯一一次看到了"昙花一现"。

大约在一个傍晚，不知谁从外面回来，说，公园花窖（当地的土话。准确地说应该叫温室）的昙花要开了。大家都知道"昙花一现"的成语。可谁也没见昙花开花是什么样子。于是，两个院里有兴趣的男女老少，不约而同地去了花窖。进了花窖的院，沿人行道两边摆满了大大小小的花盆。花盆里的花或开着、或没开。再向前走二十米，人们都围在这里不走了。我也走近去看，只见左手边有两个直径在一尺多的大花盆。花盆中长着一株六七十公分高、叶片像"令箭荷花"的花。叶片上已有两三朵正在开着的花，还有两三朵含苞欲放。未开花的花蕾的外形，有点像硕大毛笔的头，已开的花有大人们手掌大小，纯白色，有五六个花瓣，形状如"兰花指"，婀娜而多姿。随着时间在观赏中流走，已盛开花朵仿佛慢慢地失去了力量，先是花梢向下垂，接着，整个花朵像是被抽去了筋，耷拉了下去。身边的园艺师告诉大家，从花开到花谢，大约三四个小时的时间。当时，我正处在绘画兴趣最浓的阶段，所以，那株正在盛开的昙花，永久地留在了我的速写本上。

当秋风吹起，人们不断地一件一件开始往身上加衣服的时候，从茂密的树林中，会传来或远或近、或高或低、或连或断，有节奏的蝉鸣声，此起彼伏。因为蝉发出的声音近乎"绵鸣——绵鸣——绵"。所以，当地人给它一个俗名"绵鸣虫"。这于南方的蝉发出"知——知——知"的声音有很大的不同。

　　在这个季节，打枣和捡银杏果，成了我们在公园玩耍的又一趣事。

　　晋祠公园的枣树并不多。巧的是，在我们房后、靠近公园由西向东的主路边，就有一棵。这棵枣树在这里已有些年头了。树身的直径有一尺多粗，树高有五六米的样子。树身不知什么年代被坚硬的东西削去一半。这个季节，树上结的枣，有的有了一点点的红色，但大部分还是青圪蛋。但我们等不下去了。黄昏后，公园的职工下班了，我们几个小孩子在地上捡起一些不大不小的石头，朝树上扔去。打着了，树上便掉下枣来，小伙伴们一轰而上去抢。接着再扔、再扔，直到扔累了、天黑下来。每次还是有收获的。多则十几枚，少则五六枚。已经有点红色的枣，自然会等不急，马上被我们吃掉。而剩下的那些全绿色的青圪蛋，会装回去，放到砖砌的火台上，找一个碗将枣扣住。等到第二天早上，绿而硬的枣就被火台产生的温度烤软了。放进嘴里，软软的，虽然不像成熟后的枣那么甜，但别有一种风味。

　　捡银杏果就是另外一种方法了。公园的银杏

树，长在公园的北边。它的左边是几株又粗又高的核桃树，右边是东西方向通往晋祠镇的柏油公路。树身直径已近两尺的五六棵银杏树，每棵相距三米左右，沿公路一字排开。可能是因为银杏果有微微的毒性吧，成熟后，公园并不组织采摘，而当地人也对它敬而远之。但它毕竟能吃，所以对我们这些十来岁的小孩子还是有一定诱惑的。银杏果外包着厚厚的青皮，成熟后的银杏果会自然掉下来。但皮在腐烂的过程中，会发出很臭的气味。人们捡银杏果时，会用一只脚轻轻踩住，在一边稍稍使劲，将银杏果从包着的果皮中挤出，再放到清水里洗干净。这时的银杏果是雪白雪白的颜色，形状和大小像极了现在人们吃的"开心果"。吃法呢，我们一般会交给大人们，他们会将银杏果倒进铁锅里，再放到火上去炒。当银杏果在锅里噼噼、啪啪爆裂时，银杏果就熟了。一般要趁热吃。先去掉壳，再去皮，就是绿绿的银杏果肉了。口感不软也不硬，稍有一点点淡淡的清香。大人们会紧得提醒你：一次吃，不要超过十个，否则就会中毒的。

晋祠公园的冬天是寂静的。但在我们小孩子眼里并不缺少浪漫。那时北湖已经多年没水了，但冬天的南湖，就变成硕大的天然滑冰场。那时，穿着冰鞋滑冰的不多，坐在冰车上滑冰的不少。每当我拿上自制的冰车出门，被母亲看见了，她总会严肃而又严厉地高声呵道："别去湖里去滑啊！"从小听母亲话的我，从来没有一次去湖里滑过冰车。但偶尔在岸边看别人滑冰是有的。从别人嘴里，我认识了什么是花样冰刀，什么是速滑冰刀。

在那几年，我与一个好朋友，永远是在一个固定的地方玩滑冰车。

在公园主道的南面，有一个约五十米长的缓坡。这个坡，夏天是铺了水泥路面的小路。到了冬天，因为从上面不断有水顺着路面向下流。天冷后，路面上的水结成了冰，一个天然的冰坡就形成了。坐在冰车上向下滑，既有速度带来的快感，又有用左右手握着"铁柱"，校正方向的技术感。上坡有点费力，但可以锻炼人的意志和吃苦精神。玩的时间长一点，我俩都会大汗淋漓，可以看到对方从帽子边升腾的热气，好像整个脑袋都在燃烧。

那个年代，镇上大部分人家睡的都是土炕。一般人家在冬天，为了节约煤炭和取暖，总有一个地火与土炕相连。地火会将燃烧的烟和做饭时剩余的热量通过土炕，土炕就有了温度。

但每家在天冷后，由厨房转入家中做饭的时间不一样，家里要想暖和点，又舍不得生地火，于是用烧柴暖土炕就成了那个季节各家共同的做法。捡柴火，或路上碰上柴火捡回家，也是许多勤快人随手做的事。

在我九岁那一年的冬天，晚上刮了一场大风，父亲和母亲聊天说，公园里肯定又有不少干树枝被大风吹下来了。说者无意，听者有心。第二天一大早，我准备了些细绳子，推起我自做的"独轮推车"向公园走去。这时的外面，虽然没有太大的风了，但还是冷得要命，没走多远，脸和手就麻木了。南湖边去的人多，北湖较偏僻，虽然离我家稍远一点，我想了一下，还是选择了去北湖边。一路上，遇到不少已捡了柴往回走的人们。他们或扛着柴，或拖着柴，看上去很累，但脸上都透着很有收获感的表情。等我到北湖时，岸边和周围，粗一点的、大一点的树枝已经没有了。但长长的、小拇指粗细的干柳枝并不少。我一边走，一边捡，一边"装车"。顺着湖岸转了一圈后，整理了一下，捆成一捆，居然也有六七寸粗。在回家的路上，我抬头挺胸，俨然像打了胜仗，凯旋而归的战士。

　　在冬末如赶上下了一场大雪，去房后的槐树林滚雪球是很开心的事，当然，也成为对这个冬天最后的记忆。这时，天气仍然很冷。随着新一年的即将到来，地温也在上升。下雪后的两三天，雪不像冬天的雪是发酥的，而是有点粘。我们会先用双手把雪捧起来，握实了，形成一个鸡蛋大的小球，放到厚厚的雪地里，弯着腰，用手将小雪球推来推去。雪球开始由小变大。滚到像篮球大小时，就不必弯着腰了，只要用一只脚给它力量，往前滚就行了。再滚下去，雪球会迅速增大。它所到之处，甚至会将地上的泥土也会滚上去。雪球的直径达到八九十公分时，一个人的力量就已经滚不动了，要两个或三个小伙伴一起来滚。当大伙都满头大汗，又有一阵寒风吹过来时，才依依不舍地朝各自的家跑去。

　　就这样，我送走了童年的一个又一个春夏秋冬，而又在晋祠公园里留下了一个又一个童年的故事。我已经有二十多年没有再走进晋祠公园了。据说，公园已发生了很大的变化。但对我来说，童年时的晋祠公园，才是我认为最好的、最美丽的、童话般的公园。

2022.9.1

老家饮用水的变迁

人类在自然进化中，大部分的族群都是依水而居的。这一点很好理解，人的生命离不开水。

随着人类社会的进步和发展，由于人们生活在或城市、或农村、或山区的条件不同，获取饮用水的方法也不同，有用自来水的，有用河水、溪水的，有用井水的，还有用泉水的等等。

晋祠村的由来可能也是这样。晋祠人依山而居，但一个重要原因，是山脚下有一眼清澈甘甜、且流量非常大的泉水。当地人给这眼泉水起了一个非常合乎它"年龄"的名字——"难老泉"。晋祠人祖祖辈辈在这里繁衍生息，靠的就是这眼泉水。

在20世纪的近五十年间，我亲身经历了老家饮用水的三次变迁。

难老泉水由西向东和向南流去。流淌了上千年还是上万年，目前还没有明确的考证。

到了二千多年前的春秋晚期，这一片土地属智姓的封地。到了一个叫智伯的人继承祖业后，为晋祠做了一件好事，就是将向东漫流的泉水，用开渠的办法，使河水变成了渠水。为了纪念这个渠的开挖和改造，这条渠被后人称之为"智伯渠"。当地人因口语习惯，把"智伯渠"叫"河"，或叫"北河"。小的时候，父亲就曾将智伯及智伯渠的故事讲给我听。渠还在那里，但二千多年来，是否又经过怎样的重修和改造就不得而知了。

我家的位置在这条河的正南方向，约二百米的距离。在我有记忆后，家里饮水、用水，都是父亲用两只很沉、很大的铁桶挑回来的。到了我长到十一二岁时，邻居家一般大小年龄的孩子们，就有的开始帮大人们，一个人去挑水，或两个人去抬水了。经姐姐提议，在一天傍晚，姐姐和我也开始给家里抬水了。

姐姐看着我比她年龄小吧，抬水时，她总是将水桶在扁担上的位置向她身边挪一点。

可能，毕竟是男孩子吧，过了一段时间，我便瞒着姐姐和父母，借了邻居家相对而言又轻、又小的铁皮桶和扁担，自己一个人去挑水了。去的路上很兴奋，稍走快一点，前后两个桶左右晃动，于是，只好用双手抓住一前一后挂着桶的、长长铁钩的柄。到了河边，刚才的新鲜感便完全没有了。怎样用手抓住铁桶的梁，面对水流特别急的河，把桶放进河里，打上水、且不要因为水桶进水太多，连桶带人被拉下河里成了问题。想了很久，最后还是把心一横，迈出了"第一步"。说实话，对一个十一二岁的小孩子，从水流很急的河里用水桶往上提水，还真是件危险的事。

刚开始，每个桶只敢盛半桶水，但是就这样，对肩膀来说，还是大大超过了它的承受能力。挑起来，走几步，肩膀就会感到特别痛，腰也直不起来，脚也没有了走稳当的力量了。两只手抓着扁担，竭力配合肩膀保持两个桶的平衡。再咬牙走几步，便踉跄地弯腰，放下桶歇一歇。这样，走走歇歇，一会儿就累得满头大汗。虽然，仅两百米的距离，中间还是休息了六七次，才把水挑回家。父亲知道后也没说什么。母亲有点心疼，也只是说，挑不动就少挑点。并没有制止我。而姐姐呢，以后再也没有抬水的责任了。

从此，担水成了我分内的事。这时，河渠又得到了改造。从晋祠庙门北出围墙后的水渠，以涵洞的形式被完全覆盖了。而在人们原来洗衣挑水的地方，由原来的土坡，改造成为长十五米左右、宽三米五左右、高两米左右，用石头和水泥砌的、北面是墙、南面是台阶的样子。春天、夏天、秋天在河边，放下桶去提水时，由于河水由原来三米多的河床，变为一米五左右的河渠，流水更急了。打水时，把扁担一边的桶先摘开放一边，两只手一前一后抓住扁担，稍弯一下腰，将还挂在扁担钩上的水桶慢慢往水里放，当由于受水的浮力使水桶躺平、向流水方向漂走时，把水桶往身边一拉一放，水即进入桶内。然后，将扁担放在臂弯，身体直立，顺势将水桶提上岸。另一桶水的提水，是再重复操作一次。挑水的时间长了，慢慢就习惯了。但到了冬天，台阶完全被洒下的水结成了冰，在特别冷的时候，甚至台阶上看不到一点水泥的台阶，完全成了冰坡。不要说挑着水向上走，就是空人走，也很容易被滑倒。每到这个时候，无论上台阶，还是下台阶，我都会全神贯注，辨别脚下微弱被滑动的感觉，适时做出调整。或进一步，或站稳、看好后再重新迈出。

后来，自己家也买了不大不小的铁皮水桶和扁担。

到了十四五岁时，我也开始学着大人在河边提水时，不必将扁担从肩上拿下来，也不必将一只水桶先放一边了。而是用双手抓住扁担上挂着水桶的铁环，把腰弯下，待水桶里装满水后，脚、肩、手共同用力，便把一桶水提上岸来。这时，也不用将扁担的钩与盛满水的桶分离，而是直接向河里放下另一只水桶，当打满时，利用杠杆原理和平衡原理，把腰一挺，两桶水便挑在肩上了。扁担在肩上稍做前后平衡的调整后，便可上台阶。这时，无论是腰还是腿上都有力气了，肩膀也变得麻木起来。走在路上，右手轻轻地搭在扁担上，左手也可随着步子的大小，前后甩去。扁担也会有弹力地上下起伏，又快又省力。俨然很神气的样子。挑在桶里的水，也不知从什么时候起，已经变成满满一桶水了。

那时，不知什么原因，每年水利部门总会有那么一、两次关掉通往北河的水闸。这时，生活在晋祠中堡街和北堡街的人们，就必须进入晋祠庙，到水镜台前一处的地方挑水。这里本来不是人们平时挑水的地方。地面到河面有两米高，台阶是由两三块大的石头形成。既不能担着水桶下去，更不能担着水桶上来。需要一桶水、一桶水地下去打满，再把打满水的水桶，从一个高台阶、又一个高台阶提到地面来。当然，路程也是从河里去挑水的两三倍。

老家这样的饮用水，一直到了20世纪的七十年代后期。

这一年，晋祠街整个的供水工程迎来了一次大改造。从南到北，都铺设了自来水管道。自来水的水源，是在晋祠村北的悬瓮山下打的一口新水井，并建了蓄水池。供水的时间也有了规定。离我家最近取水点的水龙头，就安装在晋祠商场门口北面、靠近马路的一边。不仅挑水的路程近了，而且也没有了上下的台阶。在冬天里，虽然也会遇到一点结冰，但人被滑倒的几率基本上降到了零。

到了八十年代末，一个星期六的傍晚，我从太原回到晋祠。当走进北面小路，快到自家大门口时，通往晋祠主街的路上被挖开了一条一尺多宽、一米多深长长的渠。两个院的人们，来来回回忙碌着。一问才知道，是又一次自来水管道改造。这次，可以把水通到每一家你自己认为最满意的地方。但前提是，大门外由公家负责，大门里由各家负责。

回到家，我问父母亲，咱们家准备怎么办？父亲说，你在太原，咱们家又没人手，准备与上院的邻居共用一个水表和水龙头。我说，我正好回来了，咱们还是把自来水直接通到咱们家厨房吧，用起来更方便些。

说干就干。我胡乱往嘴里扒拉了几口母亲早已准备好的饭，一个人用铁锹、洋镐，又是挖又是抛，可以说是挥汗如雨。从晚上八九点钟，一直干到凌晨的四点多钟才把渠挖好。第二天，母亲从商场买来了水表、水龙头及安装管道需要的配件，我从岳父家找来铁管，和一个院的其他邻居，共同完成院内到各家的管道安装。天黑时，通过了试水。

当看到自来水通过管道、水龙头，直接流进自家的水瓮时，母亲的眼眶湿了。我知道，母亲是想到，多少年来为用水费心，又心疼儿子每周从太原回来还要挑水的心，终于可放下了。我说，妈，今后你就放开了用水吧。母亲看着我，微笑着点点头。

天下真有这样的怪事。自从把自来水接到每一户后的没几年，大约是1991年吧，晋祠被称之为"难老泉"水，在流淌了上万年后断流了。在1994

年曾复流一次后，便彻底干涸了。从此，对"晋祠流水如碧玉"的记忆，对晋祠村饮用水的记忆，完全定格在了20世纪八九十年代。

难老泉也成了一个美丽的故事。

2022.9.6

晋祠小学校

一

晋祠小学校，位于晋祠镇的南堡街、路东。

晋祠小学校占地面积很大，主要由上校区和下校区组成。但并不是现代意义上的学校。据说在解放前，上校区由北向南，分别是牛家口村许伯仁家的"晋兴永"粮店、介休县冀家"其昌世"钱庄、河北"福泉生"染房，向南是刘家的合院，再向南是杨家祠堂，挨着的是三官庙。下校区是一个军阀的花园。

新中国成立后，这里成为一所小学校后，根据教学设施的要求，又盖了不少教室。上校区在西，下校区在东。上校区和下校区的落差近二十多米。大约在20世纪六十年代初，学校把连接上、下校区的大土坡，改造成为四米宽、且两面有护栏的台阶。上校区从北至南，由五个不同大小的院落组成。下校区呢，以中间一个旧有的大厅和基本与大厅在东西中轴线上的连环池为中轴线，将南、北分为两大部分。南面，靠南墙建了一排教室，斜对着的是一个篮球场。北面，靠北墙建了一排教室，正对着的是一个环形的、约四百米的跑道，中间是足球场。

我是1964年春季进入晋祠小学校幼儿园的。当时，幼儿园的位置在学校上校区最南边的三官庙里。北面正房一个教室一个班，南面两个教室两个班。我们班在南面、西南角的教室。

记忆中的教室里，崭新的、黄色的小桌子、小椅子上，没有一点点损坏。对门放着一个大的、白色的、带小水龙头的搪瓷筒。后面木制的隔层上，放着一排排白色的、带手柄的小搪瓷缸。管理我们的女老师姓段，二十多岁。上课时，教我们唱儿歌，读拼音字母，下课后，在院子里领着我们玩各种游戏。如，"丢手绢""找朋友""老鹰抓小鸡"等。

有一天，段老师对我说："同学们唱歌时，你领唱和打拍子（指挥）吧。"我腼腆、小声地说："我不敢。"老师说："我来教你。"于是，她用她的两只手，抓住我的两只手，一边轻声唱歌，一边按歌的节奏，上下交叉地挥动我的双臂。我心里知道应该怎么打拍子，也知道就这么简单，但我生性胆小。老师看我很为难，也只好放弃了。

下课后，有时，我也会壮着胆子，向北、上一个小坡，到上面的院子里去看看。看什么，原来在这里空地的西南角，立着一个约两米高的木制滑梯。当看着或大或小的学生们叫着、喊着、抢着滑滑梯时，因为我胆小，只有在一边看的份。

在我们教室的后面，是一个土坡，上面长满了杂草。土坡的西南面，连着的是晋祠南堡和南门外一门之隔的南门阁。那时，南门阁的建筑已破烂不堪。由于长年失修，阁的房顶有的地方已经全塌了，有的地方裸露着几根要掉还没掉下去的椽子，搭在木架上。墙也倒了，但木柱还支撑着整个阁的结构。坐北朝南有三尊坐姿的泥像。经多年的雨淋日晒后，上半身已完全损坏，露出了里边做支架的木头、草绳，但泥塑的姿势还清晰可见。

二

上一年级时，我们班有了名号：初四十三班。教室在上校区，位置是主教学区北面一排的中间教室。教室正对着的是一个大操场。上午做课间操时，所有的小学生都在这里，按班排队，在广播声中统一做操。我记得，当时做的是第四套广播操。主校区西边是学校的大门。大门由四个约一米粗、正方形的"柱子"组成。中间是两扇约四米、粗钢筋焊的铁门，两边是左右对称的、约一米宽的小门。最东边，是上、下校区台阶的入口处。

教室里的黑板上方，弧形挂着八个、一尺多大、手写体的红字（后来才知道，写的是"好好学习、天天向上"）。桌凳也变了。这种桌凳是连体的，像把桌凳固定到两根"轨道"上。两名同学坐一个这样的桌凳。这些桌凳有高有低、或大或小，很不统一。桌凳是黑色的，但因已经用了很长时间，桌面上不仅有或宽或窄的开缝，有轻微的晃动，而且上面还有用锐器或利器割、削的痕迹。我们有了新的班主任，女的、二十多岁，名叫阎智慧。

阎老师给我们上第一课时，她亲切地对同学们说，"我们是毛主席派来的。"同学们听了，对老师投去了异样的眼神。觉得老师们都是见过毛主席的。我呢，对老师的崇敬之心更是油然而生。要知道，那个年代，说谁见过毛主席，那是多么幸福的事啊！

就在这一年开学后不久，我和姐姐完成了剪掉我脖子后面"救救毛"的"壮举"。但等我入少先队时，已经是班里的第三批了。当站在讲台上，由先入队的同学，把鲜艳的红领巾系在我脖子上的时候，我仍是十分的激动。后来每次高唱"我们是共产主义接班人"时，更是热血沸腾。

那时的冬天是寒冷的。下课后，即使教室比外面还暖和些，但男同学们憋了些时间了，也还是要跑出教室去。

在大操场的西边，有一个约两尺多高、四米长、三米宽的台子，是每天上午课间操时，老师领操的地方。台子的后面是一面墙。这里是整个大操场又挡风、又可晒太阳的地方。于是，这里成了下课后男同学们起哄、争地盘的集中地。往往是，先来的同学靠墙坐下晒太阳，后来的同学没地方了，就挤坐在最边上的同学，于是坐着的同学们都被迫站起来。于是，一边守，一边攻，几个人从南面被挤下去，又到北边来挤"霸占"了位子的同学。周围有看热闹的，有为他们喊"加油"的，也有再去参加"挤"的同学。互相憋足了力量推嚷着、叫着，衣服在墙上擦来擦去，谁也不在乎。就这样挤来挤去，直到下一节课的铃声响起便都跑掉了。

当时，脑膜炎是一种很严重的流行疾病。学校很重视，有时按班组织同学们，去临时的卫生所吃药。有时按班组织同学们，去临时的卫生所打预防针。有的同学看见药片就发愁，喝了几口水也咽不去，有的咽下了，又吐了。打预防针也是，许多女同学都是闭着眼睛、咬着牙，让别的同学拉过去打的。我虽然胆小，但很听老师的话，在老师的鼓励下，在吃药、打针方面反倒显得胆子不小。

课间，组织学生做眼保健操，也在学校全面展开了。

年龄还不大的我们，最开心、最放松的是两件事。一是每周六下课后的全校大扫除。下午来上学时，已听老师的安排，从自己家带了脸盆、抹布，有的同学还带上了蓖麻籽。下课铃一响，整个学校一下热闹起来。同学们的叫声、扫地声、泼水声，在校园的各个角落响成一片。学习了一周后的紧张，在这一刻也似乎得到彻底的放松和释放，更不知道什么是脏、什么是累。地上的水，泼了一次又一次。教室里的同学们在用抹布擦干净桌子后，又把蓖麻籽压碎，用蓖麻籽的油把桌面擦得又黑又亮。第二件事是打煤糕。那时冬天教室取暖，用的全是生铁铸的火炉。如完全用煤炭块，费用太高，于是在夏、秋季，学校会雇当地的汽车给学校拉煤、拉烧土（黄土）。当学校安排某年级今天打煤糕时，同学们同样是从家里带上铁锹、水桶等各种工具。看到拉煤和拉土的汽车来了，男女同学们便蜂拥而上，用各种工具去抢。直到老师说，够了，够了，才住手。随后，大家便热火朝天地开始忙着打水和煤泥，最后是用"模子"在自己教室前打煤糕。如天气好，第二天或第三天，便可把已经稍干了的煤糕扶起来，成"十字"形，一个一个互相靠着立起来。等到完全干透时，搬回教室的后墙下，冬天备用。

当上学到三年级时，全国的"文化大革命"已经开展了一年多了。跳"忠字"舞、唱"语录"歌、学"毛选"，成为那个特殊时期的风尚。晋祠公社"毛泽东思想宣传队"也应运而生。其实，相当于成立了一所艺校。学生就来自晋祠公社所属各小学校的选拔和推荐。每个学校都积极和热情地推荐了一些长相好、热爱文艺、喜欢乐器的同学去。

有一天课后，阎老师问我，"你想不想去宣传队？"我肯定地说，"我不想。"阎老师又问，"为什么呀？"我说，"我就想读书。"

按照学校的规定，四年级以下的学生，将脖子上系的红领巾，变成了别在左臂上、棱形的、红色塑料上印有"红小兵"的臂章。这一年，我们班呢，调到了大操场南的一个大教室里。这个大教室坐西朝东，是新中国成立前的建筑，是一个大厅。厅的门前有大的挑檐，挑檐下有两根立柱，立柱下还有石墩。班主任换成了我们的数学老师，也是女的，也是二十多岁，名叫崔效琴。

1969年的下半年。中共"九大"在北京召开。消息发出后，学校为了庆祝党的"九大"的胜利召开，决定搞一次"灯笼"游行，要求每个同学制作一个灯笼。那年，我十二岁。回到家，既没有找姐姐帮忙，也没有把做灯笼的任务转嫁给父母亲。而是，在自己家的里里外外找做灯笼的材料。先找来一个直径在两寸左右的圆木板，算是有了灯笼的底座。再拿上"铁筷子"，放到火上烧红，在圆木板上烫出四个孔。找来粗铁丝，弯成两个五寸长的"U"形状，将四个头，插入圆木板的孔中。在反方向，把粗铁丝的头折一下，灯笼的"骨架"就算做好了。然后，找来硬纸片，剪成一厘米宽、三寸长的二十四根条。将四个一组，头对头缝在一起，再将缝好的正方形、角对角缝在一起。将剩下的、已缝好的两个正方形，一上一下，正好与已缝好的正方形的四个角缝合在一起。灯笼的"罩"就做好了。再打好糨糊，找来红纸，剪成与硬纸条做的四个正方形大小一样，糊上去。找来黄纸，将黄纸剪成八个，大小呢，在糊了红纸后、还"露着天"的三角形上。再找来一根一尺多长的木棍，用一条绳子把木棍和灯笼上的钩系在一起，灯笼便做好了。为了检验一下"成果"。我又找来一小节蜡烛。点燃后，让熔化的蜡水滴在圆木板的中央，乘着未凝固时，将蜡反过来放上去，稍等一下，蜡就固定到了圆木板上了。再放下灯罩。这时，红彤彤的灯笼，展现在了我的眼前。我高兴极了，提着灯笼去找母亲炫耀。母亲看了，笑着说，"好！好！我儿子真能干。"

　　第二天晚上，至少有三个班，一百五十多号人集中在大操场上。夜色中，一百多只灯笼，握在年龄还不太大的同学们手中，有说有笑，晃来晃去到处闪耀，很是热闹。有的灯笼的直径在七八寸左右，也有小的，直径有五六寸；有做工考究、用粗铁丝焊接的；也有传统工艺、用竹条绑扎的。外面糊的纸，大都是红、黄、绿色、透光性能好的"粉莲纸"。有的灯笼上还点缀了小花和穗。

与同学们的灯笼一比较，自己做的灯笼一下子成了"丑小鸭"。一是灯笼才三四寸大，太小了。二是用的纸是过春节写对联的红纸，太厚了。白天看着还是"红灯笼"，等到晚上，点着蜡烛，从外面看，虽然是红色，但透出的光太少了、太暗了。但有一点，我还是自豪的，就是这个灯笼完全是我自己做的。在游行时，我仍开心地、高高地举着手中的灯笼。

从这一年开始，教材也发生了很大变化。许多与那个时代相适应的东西进入了语文教材。知识点则出现断层和脱节。以至于许多应该在这个年级识的字，都没识全。布置作文的题目，也成了今天批判这个观点，明天批判那个观点。一会儿儒家、法家，一会儿孔老二、柳下跖。语文老师则由一名姓任的、年轻男老师代课。

就在这一年秋天，发生了一件让许多同学，在多年后聚会时，还津津乐道的小插曲。

那时的小学生，中午定是不会老实地去睡午觉的。去捉蜻蜓、去游泳的男孩子大有人在。于是，下午上第一节课时，许多同学，看是睁着眼呢，其实脑子迷迷糊糊。这天下午，我们班的第一节课，正好是上任老师的语文课。他看到同学们萎靡不振，于是将正在讲的一篇课文，让同学们用"接龙"的形式，一个接着一个往下读。当叫到一名姓冀的男同学站起来读课文时，读着读着，这位同学被一个生字"卡壳"了。时间一秒一秒地过去了。就在同学们被他拖得时间长、引起注意的时候，任老师高声说了句："jie（当地方言。意思是跳过这个字）过去！"只听这位同学拖着长调，稀里糊涂地跟了一句："jie——过——去。"顿时引来全班同学的哄堂大笑。任老师无奈地看了他一下，想说什么，又没说出来，只是翻了一下白眼。

三

五年级时，学校对小学和初中的学制进行了改革，变为小学、初中七年一贯制。我们班的教室又被调整到下校区、坐南朝北、一排教室的最西端。

192

开学第一天进教室，发现有许多年龄和个头都比我们大的新同学。原来，"文革"中曾有"停课闹革命"的号召。所以，比我们年级高的学哥、学姐们便停了课。现在，又要求"复课"。于是，形成了大五年级与小五级的合并。

这对我们小五年级来说，是一个极大的冲击。什么班长、组长都由他们担任，班里许多大小事，班主任也总是倚重他们。我们小五年级虽然人多，但有一种被挤到墙角的感觉。在班主任眼里，我们已经完全被边缘化了。

课桌、凳子都变成一个同学一个。左臂上、棱形的、红色塑料上印有"红小兵"的臂章，也变成红色布上、印有黄色字的"红卫兵"袖章。冬天取暖，教室里也没有了铁炉子，而是，自己动手，用砖块和土集垒起，外面抹上泥的"牛膀火"代替。因为没有烟囱，煤炭和煤糕燃烧后的二氧化碳直接在教室弥漫开来。在教室坐久了，头还会像有针刺一样的痛。火呢，经常灭、经常生，更是家常便饭。

有一天下午，在同学间传着一件事。说，几年前，曾担任过我们班主任的阎老师要调走了。明天，上早自习时，来看一下同学们，告个别。

第二天上早自习时，同学们都按时齐刷刷地坐在教室里自己的座位上。过了不长时间，崔老师和阎老师交谈的声音传进了教室。随后，崔老师与阎老师一前一后推门走了进来。崔老师带头鼓掌。于是，全班同学站起来，热烈的掌声也立刻响了起来。阎老师的眼眶一下子湿润了。她举手示意让同学们坐下、安静下来。她掩饰不住自己激动的心情，说，"我曾是你们的班主任和语文老师，今后我要调到别的学校去了。但是，我一直惦记着你们。所以，在我走之前，还想见你们一下。希望你们在崔老师的带领下，好好学习，将来做一个对社会有用的人。"

阎老师又在同学们的鼓掌中走下讲台，向南面一排同学们课桌旁的过道中走去，随手拿起摆在同学们课桌上的笔记本，翻看着。看着看着，她随口小声念了出来。原来，许多同学都很有心机，想到阎老师来时，会看自习笔记本，所以，阎老师轻声读出的，是他们写给阎老师分别时的留言。其中，有祝愿阎老师好的话，也有向阎老师表决心的话。当时，我坐在教室的北墙下。听到阎老师念同学们写在笔记本上的话，我一激灵，翻开笔记本，在空白的一页上，写下了：阎老师，我一定听您的话，好好学习。

这一年的夏天，教室对面"菜园"里，几株杏树上的杏儿熟了。班里有几个调皮的同学就去打杏，并吃了。崔老师知道后，在全班进行了不点名的批评。第二天，在教室后墙上的"学习园地"中，出现了一张写在大红纸上的大字报，标题是"好吃难消化"。我一看就明白，一定是大五年级的同学干的。

那时，全国上下都掀起了"乒乓球"热。在学校的号召下，在各班班主任的带动下，五年级教室门前多了一个砖垒的、与普通乒乓球台大小一样的乒乓球台子。这下，下课后抢占乒乓球台，成了男同学们的大事。一提到抢，自然没有我的份。但下午放学后到天黑前的那段时间很长。同学们规定好输几个球就下台，排队依次上台打球，这时，我上台打乒乓球的机会就来了。那时，由于家家户户的经济条件都差，每个同学使用的球拍，好坏、新旧也是千差万别，只能算是参加了一项体育锻炼。

毛主席的"五·七"指示发表后，学校也为

五、六年级的学生提供了，有组织的学工、学农的课外活动。我与同班的好朋友张先跃选择了"学木匠"。管理学木匠的老师是四十多岁的郑老师。木匠师傅是负责修理学校门窗、桌椅板凳的张师傅。

学木匠的地址，就在我们当年上幼儿园的那个院子的西北角。工房约有四十多平方米，从北向南放了三排操作台。学校还专门为我们新添了许多的锯、斧、凿、刨刃、磨刀石、木工铅笔等等。练习用的材料，就是院里堆放的大小木头。张师傅对同学们的到来还是欢迎的。使用工具前，张师傅总是先示范，讲要领。并嘱咐大家，使用"刀刃"家具，一定要小心，注意安全。

在郑老师和张师傅的带领下，每天下午下了课、周日、假期，我俩都会相约去木工房练习。使用木刨（方言叫"推刨儿"），是一个力气活，也是木匠的基本功。刨木板是全身运动，双手握着木刨的柄，弯着腰向前推。手上磨起水泡，继续干。水泡破了，钻心地疼，还继续干。直到学会正确使用木刨和磨出老茧。同样，使用锯，使用斧，使用凿等其他工具，也都经历了由不会到会、不熟练到熟练的过程。碰到什么就学什么。到了后来，同张师傅用小平车拉上大树去围墙外、另一个单位的电锯上"解木头"（方言，意思是将圆木加工成木板）。跟上张师傅，背上工具箱和玻璃等材料，挨教室去修门窗，换合页，上玻璃，修桌凳等，都成了家常便饭。

在轰轰烈烈的"学工、学农"活动中，我还有幸参加了一次"一周时间，去当地车辆厂当学徒"的经历。算是经历了一次真正的初级学徒。

作息时间和工人们一样。上班后的准备工作也同工人们一样。先换上工作衣、工作裤。带我的是一男一女两个年轻师傅。到了车床前，按工序，他们先检查一下电源，试开下车床。开始安装刀具，固定毛坯。然后开机操作。第一天，我全神贯注地看着他们的一举一动。第二天，我便知道自己应该干的活了，就是下班前给车床上油。大约在第三天吧，看着两位师傅熟练的操作，自己的手也有点痒了。在师傅休息的间隙，没征得师傅同意，也没看清车床的状态，上去就合电闸。只听"啪"的一声。我赶快又按下电闸。一检查，原来夹着刀头的刀架，没有离开车床的主旋转轴，于是旋转轴与刀架卡在一起了。师傅听到车床发出的声音，立即来查看，好在没发生什么大事故。再一细看，刀具上的合金钢刀头碰掉了。师傅也再没说什么，默默地御下刀具，捡起合金钢头，去找人焊接去了。我呢，被吓出了一身冷汗，半天没缓过神来。

六年级时，根据"军事化"和"准备打仗"的社会大形势，学校把所有的班，全部改成了营、连、排、班。我们班也变成了"六连三排"。既然是军事化了，每个人手中有把枪才对呀。学校要求我们配置的是一人一杆"半自动步枪"。做法是，学校用刻制钢板印刷的技术，为每人发了一张制作"半自动步枪"的样式和按一比一标明尺寸的图纸。同学们拿上图纸，各人想各人的办法去。我回到家，当然是找母亲了。母亲一看，为难了，一来看不懂图纸，二来家里也没有做"半自动步枪"的材料呀。但还得去找呀，几天后，终于在一堆柴草中发现了一支、不知道过去什么时候、练刺杀的木制长枪。在电影里和生活中，见过手中拿着木制长枪的人都知道，木制长枪除了枪托还算有点像枪外，说白了，就是一个由细到粗的长木棍子。这与图纸上的"半自动步枪"实在相差太远了。母亲说，"咱俩也找了几天了，家里再没有可为你做枪用的材料了，怎么办？"我也没办法，说，"那你找人帮着按图纸的要求修一修吧。"

又过了几天，母亲把让别人修好的"枪"放到了我手里。我左看右看，枪的长度吗，与图纸上一样长了。枪筒呢，也按图纸进行了修改。枪身呢，加了一个"枪栓"、一个"弹夹"、一个铁皮做的"班机"的护套。上了一把"刺刀"。加了个"背带"。我对母亲说，就这样吧。母亲听了我的话，也如释重负。

等到给枪上了漆、刷了银粉，按学校要求，背到学校时，看到在同学们中，真有按图纸一比一要求做出来的。那是真好看。再看看自己的，就像一个"三八大盖步枪"。但我并没有任何一点自尊心受到伤害、在同学面前低人一等的感觉。而是像战士，爱护枪就像爱护自己的眼睛一样。在此后的一两年里，背着这支枪，我与"敌人拼杀"过，射击过"敌人的飞机"，去勇敢地"冲锋陷阵"，抬头挺胸去"接受检阅"，还参加过"拉练"。

"拉练"这个词，一看就是军事术语。学校在当时的社会大背景下，对我们这个年级共组织过两次拉练。一次是去二十多华里外的代家堡学校，做军操交流学习。一次是真正的徒步往返的军事拉练。目的地是向南四十多华里、清徐城关镇迎宪学校。

为了向解放军学习，学校要求每个同学背上"枪"，背上用薄棉被捆绑的行李，带上水壶和干粮，装上"军装"。回到家，我把学校的要求告诉了母亲。母亲想到的是，干粮、水壶都好说，孩子还这么小，背上行李走这么远的路，背带要细了，勒得肩膀会很疼的。于是母亲去商场，买了同裤带一样宽的"军用"背带。

当时是放暑假期间，到学校后，各班按要求清点完人数后，一声号令，便有序地出发了。为了"隐蔽"，我们从学校的后门出，向西，进入沿山脚修的备战公路，再向南一直走。备战公路是土石路，坑坑洼洼，走路还硌脚。开始是两排并行，一路走一路唱歌。走着走着，不知什么时候变成了一排。有的同学因鞋穿得不合适，脚上已磨起了水泡，走路一瘸一拐。班长开始高声领着同学们喊："下定决心，不怕牺牲，排除万难，去争取胜利！"个子长得高、有力气的男同学，这时，也开始帮助长得瘦弱的女同学拿"枪"和扛行李。

太阳越升越高，天气也越来越热。同学们的走路，变得越来越机械、麻木。中午，一声哨响，同学们在马路边席地而坐，开始吃干粮。记得，后来一直走到太阳落山，拉练的队伍才在一个高大的木牌坊前停下来。木牌坊后，是一个四合院。院子南北长、东西短。我想，这里应该是过去的庙，改造后变成学校。我们班被安排在东面的教室里。吃了晚饭后约一个多小时，一声集合哨又吹响了。原来，这个时间还安排了一场两校教师的篮球友谊赛。

篮球场内灯火通明。中间是篮球场，四面是砖砌的、一层一层、高高的看台。我们班被安排在东看台。比赛开始后，看台上并没有坐了多少人。比赛应该说还是很激烈的。但我们学校的老师打到后半场时，体力明显不支了。这时，我也开始走神了。转过脸，向左右上下看去。再向后看时，忽然有了一个想看看，台子外是个什么样子的想法。于是起身，猫着腰，一个台阶、一个台阶向上走去。当头露出看台时，我蹲下来。只见外面在微弱的月光下，依稀可以看见一些树木和建筑的轮廓。最明显的，是眼前一个大大的湖。湖水平平静静，就像一个大大的铜镜。

当晚，我们班就在教室里睡觉。床吗，就是把课桌集中到东北角。在桌子上铺上自己的行李。同学们头对头、脚对脚和衣睡下。

当我在同学们的说话中睁开眼睛的时候，天已经大亮了。在吵吵嚷嚷中，同学们又在互相帮着捆行李。有的同学说，昨晚谁半夜从桌子上掉下去了，谁昨晚说梦话了，又有的同学悄悄地在别人耳朵边说，谁昨晚尿裤子里了。

这次拉练，可以说在晋祠小学校的历史上，是空前绝后的。而这次拉练又居然被我赶上了。

这时，我们上课的教材又经历了一次"教改"。数学的内容还算正常。语文里加上了"国际歌"歌词，毛主席诗词，以及革命英雄、模范人物的故事。开展批判的火药味也越来越浓，今天是批孔子，明天是分辨法家、儒家谁是谁非。在语文、数学课外，又加了"工业学大庆""农业学大寨"两门课程。实际上，"工业学大庆"的教材就是把物理、化学两门课程合编。而"农业学大寨"的教材是新鲜的。有关于农业季节的知识，有关于农作物生长的知识，有关科学管理和科学种田的知识等等。

那时候，学校是神圣的殿堂，每个老师高尚而有责任，每个学生的心灵干净而单纯，家长们对学校敬重而拥戴。

在晋祠小学校，经历了我从小学到初中毕业的求学过程，虽然在学习应掌握的知识点上，既不正规，也不完整，但相对于以前的同龄人或以后的同龄人，我们较早地接触了社会，较早地受到学校以外的环境和教育影响，较早地看到了世态人情，无疑促进了我们较早地成熟，对我们后来的成长，无疑打下了坚实的基础。说句戏言，可套用《红灯记》剧中李玉和的唱词："有您这碗酒垫底，什么样的酒我也能对付！"换句话说，这个学校给予学生的教育是成功的，走出去的那一代学生是合格的。

随着年龄的增长，我常常为能在这样的教育思想指导下，得到了较全面的教育和锻炼，感到骄傲和自豪。

2022.9.29

真趣亭记

晋祠，乃千年之名祠。祠内楼台阁榭多矣。鱼沼飞梁南二十米有一亭，名曰：真趣。

真趣亭何时建并题，不得而知也。亭四角四柱，青瓦盖顶，有台阶，有回廊。亭下有一洞，顺阶而下，俯身可掬难老泉之甘霖。

亭南有壁，深约三米，下接难老泉水。

泉水出，而后生潭，阔二十米。上有石桥、曲桥。泉水汩汩，冬暖夏凉。水清草绿，小鱼多而灵动。泉水东去，哗哗有声。天寒地冻时，独此处热气升腾，云烟袅袅。

驻此亭也，春可观花，夏可避日，秋可赏色，冬可取阳。然逢炎夏暑烦，晚饭后，约一二好友来此，背北面南，或倚或坐。繁星点点，如缀天海；白云数朵，托明月于正南。四周寂寂，唯泉水轻吟，宛如天籁于耳畔。仿佛入仙境、脱人烟，心驰神往，浮想联翩。有豪情可寄山水，有壮志可谓人言，有诗情画意可注笔端。禅泉水清流，悟水流不返。于是，惜惜乎，叹时间之无私，匆匆于瞬间；

戚戚乎，难料今斯人于亭，明吾北汝南。

此亭名曰真趣，何故？真，动心；趣，生乐。是耶非耶？岂不恰合于他人三返五顾，常念心间。

2022.10.19

一段师生情缘

1984年秋，我考入太原师专补文凭。期间有一个学年，教唐宋诗词的老师叫赵木兰。她第一次给我们讲课后，我无意中听到班里、有了解她个人一些情况的同学私下说，赵老师由于受家庭情况的影响，至今还未成家。当时，赵老师看上去已三十出头了，我便动了恻隐之心。随后，听了她讲的几节课后，觉得赵老师温文儒雅、教学认真。于是，又有了想劝说赵老师，让她醒悟，人已到这个年龄了，应尽快把个人的事解决好。时间不等人啊！但师生之间还是有距离的，所以，胡诌了一首小诗写在一张稿纸上，在一次下课后，趁她正在整理教案还未离开教室时，我快步走上前去，塞给了她。之后就没有了下文。

谁曾想，2015年我的《闲来别谈》一书出版。偶然的机会，遇到一个同学，她父母与赵老师住一个院。因《闲来别谈》中收了我与赵老师的和词，便问她：去看你父母时，在那个院子里，是否遇到过赵木兰老师。她说，偶尔也会碰见。于是，我委托她把《闲来别谈》转交赵老师。

过了一段时间，又见到了这位同学。她交给我一个信封，说，这是赵老师让我转交给你的。信封并未封口，打开后，里面放着两张纸：一张是已经发黄的纸，打开一看，是我那年上学时，写给赵老师的那首"歪诗"（附后）。另一张是赵老师给我写的信（附后）。还有一张硬纸卡片，是生肖猴的红色剪纸。

我的眼眶顿时就湿了。从1986年至2016年，整整三十年了。在赵老师所教的莘莘学子中，我仅是其中一个，甚至只是其中一个她连长像都记不得的学生。而就这么一个学生、写在一张普通稿纸上、字迹又歪歪扭扭的一首"歪诗"，赵老师居然在身边保存了三十年，真是万万想不到啊！赵老师为人师表、学为师范的态度，深深地感染了我，也又一次教育了我。

几次展开赵老师写的信，默默地读着信的内容时，总让我激动、深思。虽然只是一张薄薄的纸，但每次捧在手里的感觉是，一次比一次更加沉重、一次比一次让我的心更加纠结。为了表达对赵老师的崇敬之心、相识之缘、永久记忆。特收于此。

附录：

朱光先生，

你好！

前些天，收到你的《闲来别谈》一书，你送给我一份惊喜。谢谢。

时光流逝，而你笔耕不辍，诗文中流走着你的情感，你的深思，真为你高兴。

近日，我翻找到若干年前你写的那首诗，是一首七言绝句。我发现《闲来别谈》中没有收录到这一首，因此，想把它交还给你，因为这首诗，属于你。希望你穿越时空，触摸到它。

我有时会做些剪纸，给周围的朋友、学生等等，也送你一只今年的猴子。一笑。

祝一切都好！

赵木兰老师

2016.6.3

无　题

恨不千尺遮庇荫，秋冈梦断见枯空。

春芳岂可香艳渡，岁岁相同岁不同。

1986 年春

怀念敬爱的王钦俊表姐夫

直呼王钦俊表姐夫的大名，实在有点大不敬。但不写名字，有的人看到"怀念敬爱的表姐夫"会一晃而过。有了表姐夫的大名，而有人看到这个标题，又正好认识"王钦俊"，那他一定会被吸引，并看下去。

王钦俊是我姐夫的表姐夫，按照农村的习惯，他是我姐夫的表姐夫，当然也就是我的表姐夫。但实际上，表姐夫是上一辈的人。1985年我认识他的时候，他刚从省卫生厅副厅长岗位上退下来不久。那年我二十七岁。但亲戚之间只论辈分，不论职务，所以，姐夫称他为表姐夫，我也就跟着称表姐夫了。

在没有显赫的一个大家族中，能有一半个出人头地的人，必然是这个大家族的主心骨，是遇到重大事件的倚靠。如果碰上这个出人头地的人，正好他又很重亲情、很重义气，那么，找他的人多，事也多。表姐夫正是这样一个人。他是属于我姐夫的亲戚，家族中，无疑是最显赫、最有社会地位、领导职务最高的人了。所以，我姐姐在产后不幸得了结核性腹膜炎时，姐夫即想到了他的表姐夫。找上门去后，表姐夫问明了情况，随即拿起笔和纸，给省人民医院的领导写了个便条。于是，我姐的病得到了即时的治疗。可能是姐姐的病由急性转入慢性，治疗起来很需要些时间吧，所以，在省人民医院的治疗基本结束后，又转入省中医研究所继续住院治疗。虽然姐姐没说，这次转院是否是表姐夫又帮的忙，但从后来的情况看，一定是这样的。

可能是姐夫与表姐夫接触得多了，对表姐夫的为人有了进一步的了解，正在这时，我准备从太原师专毕业，面临着有第二次选择就业机会。姐姐想到了我，想到了我下一步如何发展的问题，于是，她与姐夫商量，可否让表姐夫帮一下她这个弟弟。姐夫为人仗义、办事果敢。过了没多长时间，姐夫专门为我的事，到市里跑了一趟，找到表姐夫，介绍了我的情况，希望表姐夫帮忙，去一个好一点的单位工作。可能表姐夫几次交往下来，很认可姐夫这个人，所以，没有拒绝。过了些时间，姐夫决定"趁热打铁"，约我一块去了表姐夫家里。表姐夫见了我，也没多问什么。倒是见了姐夫很高兴，他俩聊了许多别的事。

这是我第一次见到表姐夫。表姐夫中等身材，但很魁梧，国字脸，背头，稍有白发。穿着洗得有点发灰的深蓝色中山装。面善，但不苟言笑。有一种多年当领导干部的气场，让你心生敬畏。

从表姐夫家出来，姐夫说，你也看见了，我又当着你的面，把你介绍给表姐夫，事也说清楚了，剩下的事，你就接着往下做吧。我一边从心里感谢姐夫，一边急忙说：谢谢姐夫！但你不能不管了呀。姐夫笑了，说，"怎么会不管呢？过些时候，我还会催表姐夫的。"

可能又过了二十来天吧，在一个傍晚，我一个人去了表姐夫家。他刚吃完饭，在沙发上休息。见我进来，抬手指着他身边另一个沙发说，坐这里吧。我小心地坐下。这次，他问了一些家庭情况、个人情况，和正在面临找新的工作单位的想法。他平易近人的神态和语气，消除了我见到大领导和长辈的拘谨。他的儿子、儿媳及两个孙女、一个小孙子，虽然都在家，但并不打扰我们的交谈，几乎也没什么话。后来去得多了，知道表姐夫有两个儿子。身边的是大儿子，在省科技干部局工作。儿媳在楼下不远的"五一粮店"上班。两口子约四十多岁。

后来，间隔七八天、半个月，我每次去他家，虽然嘴上没有说，但用行动已表明了一切，表姐夫当然知道我的意思。表姐夫对我的关心其实可以用"无微不至"来表述。有一次，去了表姐夫家，刚坐下，随手把车钥匙放在茶几上。表姐夫看见了，关心地说，为什么不在钥匙上系个绳或别的东西，钥匙小，又光溜溜的，容易丢。我立刻感觉脸红了，马上说，是，是，是。

过了些时候，表姐夫领我去了省委大院，上了一座三层楼房的三层。这是一座老式建筑，楼层高，地面是彩色石子的水磨石，每个台阶角的磨损程度都很大。转弯再走十几步进了一个办公室。办公室很大，虽然是向阳的，但因窗户不大，再加上楼外有大树的树叶遮挡，所以，办公室并不很亮堂。一个五十多岁的男人，背对着门坐在办公室前，听到有人进来，扭头看见是表姐夫，即赶忙起身迎接。随后两人握手，微笑着让到了一边的沙发上。这位男人转身出门，向另外一个办公室喊了一声"过来个人"！于是有个男的年轻人过来，"来，给我的客人倒杯茶水"。

他们两人在微笑中聊起了天。我站在一边，听他们不紧不慢地说着话。从他们的谈话中知道，表姐夫早把我的事托付给了他，他也口头答应了。这次来，他就想见一下我本人。随后，我按姐夫提前让我准备的东西——装有自己三年前在《山西日报》学习时发表文章的报纸、编辑专栏的报纸，以及在共青团太原市委时曾写的一些文字材料的大号信封，交给那个男人。他又随手放到办公桌上。他说，我随后看吧。

后来，我知道，接待表姐夫的这个男人叫肖辉，是南郊区洛阳村人。祖籍陕西，很小的时候便成了孤儿，被卖到了山西。十三四岁便加入了共产党的外围组织儿童团，站岗、放哨、送情报。本来姓崔，但参加革命怕殃及家里人，自己改姓肖。再长大点后，便参加了革命，在清太徐地下党组织领导下开展工作。新中国成立后，在共青团太原市委工作过一段时间。在"文化大革命"前即到省委机关工作了。他现在所在的单位是山西省委落实知识分子工作领导小组办公室，隶属省委组织部。他任小组办办公室主任，级别是正处级。但他因参加工作早，且能力超群，已是副厅级干部待遇了。我后来就调入这个办公室工作。从肖主任身上，即看到了老一辈无产阶级革命家廉洁奉公、无私奉献、党性强、使命感重的高尚品质，也从他言传身教中，懂得了更多的人生的道理，提高了案头和文笔能力，一步一步逐渐成长为基本适应大机关工作、胜任本职工作的一名机关干部。当然这些都是后话了。

又过了一段时间，肖主任通过表姐夫转告我，说，你可以先过来上班了。后来，我知道，按照干部调动工作的要求和程序，省委组织部派人到我工作的单位进行了考察，并提交省委组织部部务会议研究同意，可以借调人到山西省委落实知识分子工作领导小组办公室工作了。

当我听到这做梦似的消息，真是异常的兴奋，异常的高兴。我马上去了表姐夫家，我激动得不知道说什么话，才能表达我对他的感谢。表姐夫却很平静。交谈时他说，你的事，我曾给两个人说了，这头呢，反应快了一点。这个单位也不错，你就去这里吧。随后，他又嘱咐了几句。

我从表姐夫家出来，第一件事，就是打电话告诉姐姐、姐夫。他们说，他们已经知道了，很为我高兴。并深情地说，这事办得不容易，一定要珍惜，要好好工作，不要给表姐夫和我们丢脸。

第二天，我带着无比兴奋的心情，进了省委大院，上了上次来的那栋楼的三层，敲门又进了那个办公室。肖主任见我，用满口的太原南郊话说，你到来的很快啊。我不知道说什么好，微微笑了笑，算是回答。肖主任也再没什么客套话，开始介绍落实知识分子工作领导小组办公室的工作性质、任务。当时，听着有点头大，面对完全陌生的工作，真怕自己的能力赶不上趟。最后，肖主任拿起桌角的、我上次给他的大信封，交给我。说，明天来上班吧。

当天晚上，我又去了表姐夫家，将上午见到肖主任的经过，给表姐夫进行了汇报。表姐夫认真听着，不时微微点一下头。虽然，我没看出表姐夫脸上露出太明显的表情，但我感到，他心里放下了一块石头。

此后，我还是常去表姐夫家。有一次，无意中听说他得了淋巴癌，并开始接受化疗了。病症主要表现为腋下淋巴肿大，眉骨上有个杏核大小、扁圆的硬东西。茶几上放着一个搪瓷水杯，他过一会儿，端起来放到嘴上小喝一点。问了才知道，是因为化疗后，嗓子和嘴唇发干，过一会儿就需要润一下。再过一段时间去看表姐夫，他身体已消瘦，过去看上去很合适的衣服，无论是上衣、还是裤子，都显得空了许多。话少了，但见我来，他还是表现得很高兴。但我的心情却变得很不安。一个刚近七十岁的人，又赶上衣食无忧、天下太平的年代，儿孙满堂，正是颐养天年的时候，怎么就得了这种病呢。后来，姐夫也知道了，他说，他也去看望和安慰表姐夫了。并说，得病，谁也不想。但病找上门来了，怕也没用。再后来去看表姐夫，他的病情更严重了。姐夫了解表姐夫，说话也更直白了些。说，我们都是唯物主义者，趁头脑清醒，把该说的话、托付的事要早点写下遗嘱，放在那里。别等自己不行了，想写、想说也来不及了。表姐夫说，他这种事见多了，已做了这方面的准备了。

到这时，我通过姐夫，才知道了一些表姐夫的过去和为人。姐夫告诉我，说："表姐夫叫王钦俊，是南郊区小店北格镇郜村人。家境不错，曾就读于太原进山中学。人从小聪明。在当时的旧社会，十八岁就当上了村长。后又从事教师工作。可能在进山中学，接受了先进文化——共产主义思想，加入了共产党组织。在教学期间，带着学生突然失踪。可能当时正处在抗战时期。走之前，没来得及告诉家里，表姐和他儿子只好借住在我大姑家。半年多后，才托人捎信告诉家里人，他在交城。我大姑托我父亲去探望。在当地，表姐夫的职务，已经相当于县委书记了。听我父亲讲，表姐夫没有固定办公地点，自带公章，到处办公。新中国成立后，曾在王大任领导下的省委宣传部任副部长等职。20世纪80年代，表姐夫任省卫生厅副厅长时，当我把表姐夫写的便条给放射科主任后，他说，王厅长是个秀才。当年在这里搞‘四清’时，口碑很好。我也听大姑讲过，表姐夫对工作兢兢业业，为官两袖清风。‘文革’期间，在石家庄住了中央办的学习班。结业后，到山西的娄烦县任书记。表姐夫的文才确实好，大约是1975年，他曾撰写了一篇文章，登在《太原日报》显要版面上。主题是‘批评与自我批评’。其中一句话，我至今记得：‘批评与自我批评，是克敌制胜的法宝。’1979年，我父亲得病后找到表姐夫，可能是我父亲当年对表姐不错吧，表姐夫对我一见如故（这时表姐已去世多年了）。再一个，可能是'三观'相同，对社会现象看法也较一致吧，非常投缘。因表姐去世得早，表姐夫当年也就五十多岁，好多人劝他再续弦，都被他婉言拒绝了。'文革'前有人到表姐夫家里送礼，表姐夫不但不收，还把送礼的批评一顿。我大姑亲眼见的。"

又过了一个来月吧，打电话到表姐夫家，才知道，表姐夫已经住院了。于是，当天下午，我骑自行车去了省肿瘤医院的高干病房。见到表姐夫，他人更瘦了。他坐在沙发上，问了我一些工作上的情况。我认真如实地作了回答。聊天的这段时间，我不时地给表姐夫杯子里续点热水。我怕表姐夫坐久了，身体会累，催他几次，说，您还是躺床上吧。但表姐夫始终不肯。我怕影响表姐夫休息，只好走了。

后来，又去医院看望过他几次。表姐夫的身体更瘦了，话也更少了，精神也不太好。拿水杯去润喉咙和嘴唇的次数也越来越多。但他每次见了我总是打起精神，神态平静地听我说话。

可能我去的时间总是下午，也可能是表姐夫还能自理吧，在表姐夫住院的这段时间，我去的几次中，没有护士大夫进来，也没有见到他的家人。

让人永远忘不了的是，这一次，当我推门进了病房，并没看到表姐夫，也没什么动静。我蹑手蹑脚往进走，过了约两米短短的过道，我觉得走了很长时间。再往前看，沙发上是空的，我有一种不祥的预感。再往前，看到表姐夫躺在床上，因为是活动床，上身斜靠在抬起的床上，床边有两三个穿白大褂的大夫，在给表姐夫上呼吸机模样的东西。表姐夫睁着眼，神志很清楚，看见我来了，虽然头不能动，但他抬了一左手，示意让我坐下。我赶快点头回应。可我怎么能坐下呢。我静静地站在不影响大夫们操作的背后，看着眼前发生的一切。心想，病情一定是又发展了、加重了。站了一小会儿，我觉得自己这次来得不是时候，便退了出去。没想到，这竟是我与表姐夫生前的最后诀别。

几天后，我在办公室里，收到了白色的"王钦俊同志治丧委员会"的信封，信封内装着一则讣告。

这天下午，我放下手头的工作，骑车去了表姐夫家里。认识的他家里人和不认识的外人，都在忙着做各种后事。忽然听到有人说，亲戚、朋友、生前单位及其他人，送来了许多花圈，也没个会写毛笔字的，谁给写一下挽联。没听到有人应这个事，我即说，要不，让我来试试。于是，腾开一个小桌子，我铺纸、提笔、蘸墨，一笔不苟地看着名字、单位写了起来。周围人一看，还算过得去。于是，写挽联的任务就成了我的事。

这时，我听到议论说，原单位原来的意思，告别仪式，简单走个程序就行了。可他们突然收到通知说，刚退下来不久的山西省委书记李立功要来参加追悼会和遗体告别仪式。于是，原单位又告知家属，追悼会的规格要提高。家里人听到这个消息才稍感安慰。

第二天一早，我便骑车赶到山医二院殡仪馆大院。随即与先来的人一块在院子里摆桌子，准备来宾佩戴的黑纱和小白花。

随着时间的过去，来人也越来越多。接待的事一直没有停下手来。再后来，看到大门口有了动静，知道有大人物来了。站在院子里的人的目光也都投向了大门口。只见李立功书记在前后左右的人的簇拥下，健步走进来，又步入追悼大厅。按理说，我应放下手头工作，也去大厅参加追悼会。但其他跟我在一块的人的想法同我一致。他们一走，我再走，这里就没人管了。于是，我只好留了下来，伸长耳朵听里面的动静。又过了一会，哀乐响起来了。又过了一会，里面安静了下来。

随后，看到李立功书记又在别人的陪同下走出来了。来宾也陆陆续续从大厅走了出来，将黑纱和小白花交给我们。一会儿，我忙着收黑纱和小白花也接近了尾声。这时灵车也开进大院了。我想，不管怎么，我也得再见表姐夫最后一面啊。于是，我快步小跑进了大厅。这时的大厅内，已是空空如也。只有零星的几人在收花圈上的挽联及横幅。我在表姐夫遗体前肃穆地站好，恭恭敬敬地鞠了三个躬。

那时，可能是我经历的这种事不多。鞠完躬后，只是呆呆地站在那里，眼看着殡仪馆的工作人员和家属，一块将表姐夫的遗体抬起来，放到地上殡仪馆特制的棺材里，盖上盖，系好四周的带子。由四个人抬起，向灵车走去。我居然只是看着，并没上前帮忙。

这时，殡仪馆的工作人员的注意力在逝者，家属的注意力在应带的东西别忘了，该去的人要招呼好上车，是最忙、最乱的时候。我只是站在一边，看着眼前发生的一切。一会儿，灵车开走了，家属、来宾、帮忙的也走了。偌大的院子里只剩下我一个人了。甚至都没人告诉我是去了哪个火葬场。直到告别厅被工作人员关上门、上锁时，我才清醒过来。我也该离开这里了。

从认识表姐夫，到表姐夫去世的时间还不到两年。真的有许多话还没有给表姐夫说。表姐夫本人无论文化水平、工作能力，还是为人为官，都永远是我学习的榜样。如果表姐夫能再多活几年，那么，我一定会从表姐夫身上学到更多的东西，特别是在机关工作的经验和文书写作水平会有一个很大的提升。真是天不助我，刚刚开了个头就结束了。我既为表姐夫的早逝深表遗憾，又为自己失去这么好的长辈、恩人、贵人，感到无限的悲痛。

在以后的几年里，我渐渐地与表姐夫的子女们失去了联系。在工作上呢，还算没给表姐夫丢脸吧。组织上在2003年初提拔自己并外放任职时，我没有忘记表姐夫对我的恩情。因为我知道，之所以有现在一切的一切，归根到底，都是姐姐、姐夫和表姐夫帮助的结果。于是，我刚刚上任，就和姐夫商量，咱们去表姐夫的坟头去祭奠一下，如何？姐夫十分赞成。随后，姐夫与表姐夫的子女进行了联系。在一天的上午，姐夫买了水果、点心和其他一些祭品，驱车去了郜村。在家人的指引下，在一块较平整的庄稼地里找到了表姐夫的坟。其实，坟头早已摊平，露出地面的只是一块高两尺、宽约一尺五寸、厚三寸水泥板制的墓碑。墓碑上有五个字"王钦俊之墓"。

这时的天气大约是二三月份，地里还保留着去年秋天庄稼收割后的样子。我们在碑前蹲下来，摆上供品，燃着纸钱。姐夫嘴里念叨着，说，姐夫，我们看你来了！我小舅子能有今天，全靠姐夫你的帮忙。你对我们的恩情，我们一辈子也忘不了！

一晃，时间又过去了二十年。我觉着表姐夫永远在我心中，从来没有走远！只是，当年表姐夫把我当儿子一样地关心，我却没有像儿子一样孝敬他，成为我心中永远的痛。

表姐夫千古！

2023.6.15

水镜台赋

游晋祠，入庙门，一宏伟大殿映入眼帘。台高四尺，上建两层挑檐殿。门正，窗圆。有廊柱，青石筑台阶、护栏，高悬"三晋名泉"匾。两侧有梧桐树，高大如华盖。然，"三晋名泉"非殿名，何也？

度步侧目，"水镜台"三个银白色大字赫然入目，知此为殿台合一。

水镜台，古戏台也。水镜台缘何背庙门而建？知情者曰：圣母殿在后、坐西面东。设为"圣母"所享也。

水镜台与大殿等高，通回廊及护栏，面三间，深一丈，青砖铺地。明柱四根，上承斗拱、挑檐，雕梁画栋，盖青瓦。细观其巧夺天工，世间少有，遂又叹为天下奇观也。

水镜台前开阔，难老泉水在此折北，过会贤桥而去。周围有数株粗几围的"唐槐"相映。驻此，宛若入仙境之一角。

水镜台何时建，无需知也。水镜台上演过多少戏，也无所计也。曾几何时，台上锣鼓喧天，上下几千年，悲喜愁怨、神仙精怪、痴男怨女、爱恨情仇，余音尤在。待戏终曲息、铅华洗尽，台上空空如也。曾几何时，台下仕宦名流、财商富贾、贩夫走卒、老少鳏寡，翘首注目。终因岁月无情，如今还有几人。可谓，世事更迭，难逃忠奸爱恨仇；人间百态，尽在生旦净末丑。财在何处，富在何方，情恨何着，名利何扬。更那堪，一气不接，万念皆休。怎一个"幻"字了得。

人，智者也。孝敬父母、感恩知报、悲天悯人，积善以养德，怀慈以助人，有别于它物是也。何必虑明日之戏台被歌者谁焉。

2023.9.11

周柏赋

晋祠之祠久矣，传为西周唐叔虞后人所立。何物为伴，植于圣母殿之北二十米，朝阳洞之角，一柏树也。

光阴荏苒，沧海桑田，柏已生长近三千年，故人称"周柏"。

周柏粗三围，非直立，向南斜，依一树，如卧佛。不畏严寒酷暑，四季常青，无声无息，郁郁葱葱。

驻足周柏之前，恍然觉皓首者对视小婴儿，人生短暂于瞬间。噫嘻乎，忆昨天还调皮于树前，叹今日扶杖已风烛残年。遥想秦皇汉武有创世之力，难逃生命之殇；唐宗宋祖德庇万民，也只留唇齿之间。生者有谁焉？唯有周柏，千年又千年。

何哉？生，无欲也。孤，心坚也。不老，从容是也。

2023.9.11

226

游　记

旅欧日记

　　为了好奇和为了记忆，故把去西欧几国的事记录一下。

　　2006年10月18日北京，凌晨四点五十分，我们一行七人从北京一个叫康桥饭店的旅馆坐车出发。约半小时后到达飞机场。

　　出国港的大厅空旷而冷清，进大厅后，一个年轻女孩过来告知说，再过几分钟才上班，不过你们可以进去等。所谓进去，就是同意我们到办登记的地方去。

　　几分钟后，办理手续的工作人员陆续到达。大厅里也开始一下子热闹起来。由最初的只有我们七人，到十几人，几十人。人们轻声细语地交谈，使整个大厅也变得有了生气。

　　办理登记很顺利。有些好心的工作人员还提醒我们说，欧洲的社会治安有点乱，一些小偷知道中国人出去有购物的习惯，劝告我们，贵重物品一定要带在身上，衣服能穿几件就穿几件，托运的大包里东西不要太多，也不要太重。这是我在出国前，听到的第一次好心的提醒。

按原计划，18日这一天的行程是：乘俄航的飞机先从北京出发，途经莫斯科，不出候机厅，下机后倒另一架航班，途中间隔约一小时。然后由莫斯科直飞法国巴黎。

谁知，在莫斯科转签时，我们一行七人被入关口的一个五十多岁、有点秃顶的男工作人员，连说带比画地领到了一边。

因我们当中没有一个懂俄语说俄语的，所以当这个工作人员把我们的护照要过去，又把机票要过去时，无论他如何比画，甚至，在一个一寸半宽四寸长的白纸上，写什么的时候，我们就是不离开办理登记的柜台。此时，在我们的身后正好有一个约三十岁、中国人长相的中年男子，我们请他帮忙。这人也很热情，就同登记工作人员说起俄语来。一会儿，这个中年人告诉我们说：他是说，你们原计划乘坐的航班因故被取消了。他让你们一小时后去一个签证中心办理搭乘另外一个航班的手续。你们机票，由他们转到那个办证中心。

我们都好像知道了发生的事，但又不知道如何面对。离开柜台，甚至没有人告诉我们，从哪里出去才对。为难之际，看到别人从中间一个通道走，我们也鱼贯而至，还真走对了。柜台的工作人员逐个审核了我们的护照，在最后一页盖上章后，被工作人员领着到了一个只有工作人员才能打开和只有工作人员才允许打开的玻璃门前。但出了门，大家又难住了，去哪找中心？去哪等？刚才的理解和做法有什么错误没有？于是大家又在门口等，一直等到那位中年男子出来，又问了一会才放心。再一块去找那个办证中心。

我感觉是出了玻璃门向南走。边走边看，我们中间有个别人还认识几个英语单词，约走了五十米左右的样子，看到右手边有一个开间约两米的窗口，过去一问，其实谁也听不懂谁在说什么。但意思懂了，真找对了，工作人员用英语说，让我们过一个小时再来。

我们这时把手表与当地时间校正了一下。当时的中国时间是下午4点，而莫斯科的时间是中午1点。有了时间，我们开始在莫斯科机场候机厅里转悠。

因为大家都不会说俄语，谁也不敢往远处走。好在这个厅不大，或者说太小了。厅的外形是一个长方形，从示意图上看，三面是有停机坪的出港口，一面是入口，厅的中间是一个两层建筑。建筑的一层是卖各种日用品的商店，二层是酒吧。有没有地下室呢，谁也不知道。有的同志找见了吸烟区，高兴地聚到一块狠吸了几口。

大家的好奇心这时还没有减，但心里都担心转乘飞机的事，看着手表才过去四十分钟。大家又一块涌向那个窗口。当时正好窗口没人，我们中的一个同志，把那个男工作人员写的纸条递上去后，里面的工作人员开始接待我们。首先把护照都交过去，工作人员逐一检查，并和在那里的机票进行了核对，接着开始在电脑上操作。不一会，护照首先退给我们。并在原来准备改乘的机票的联票上撕下一张和一个新的登记卡放到了一块，递了出来。又比画，其中一个拿着托运行李存根的同志明白了他的意思，把托运手续的存根单递上去，工作人员先数了一下，又登记了一下退还了回来。

大家在拿上了新的登机卡时又炸了锅了。因为上面有一个非常清晰的登机时间是18：20。天哪，现在才一点半，要在这个不足几百平方米的候机厅等上六个小时。因为语言不通，谁也同机场讲不清，谁也不可能去和机场再交涉。

大家无奈地、相跟着又在候机厅来来回回转了两圈，再看看手表，只过去了半小时。还有四五个小时，怎么等啊？又走了几周，好不容易才找到了一个有四个座位的椅子，可一下也坐不了七个人，有些人只好继续在候机厅里转，转累了，过来坐会儿椅子，大家轮换着休息。这中间大家又看出些情况，发现整个下午共有三个航班飞往巴黎，而给我们的签证是最后一个航班。在这之前还有两个航班，但大家找不到说理的地方。

等啊，等啊，终于等到了当地时间为5:40。大家走到一号登机口，拿出机票问可否进安检。服务员又稀里哗啦说了一通，又慢慢地说了一次。大家还是不明白，是让进，还是不让进。因为按国内的规定，飞机起飞前40分钟才可进入。可能是工作人员看着我们不懂俄语，她做了一个手势，意思是：你们这七个人是一起的吧，或者，你们一共就六七个人吧。又做了让进的手势。于是我们开始进入最后一道安检。

这里的安检还是很严格的。除了正常的安检外，第一，无论男女都要脱去上衣外套。第二，要脱鞋子。顺利地通过安检后，坐在候机厅的椅子上。一坐又是一小时。

记得18：20开始登机，原定18：50起飞。谁知，飞机是发动了，挪挪停停，停停挪挪，一直到20：05才起飞。除去登机的时间，飞机又晚点一小时又十五分钟。

大家烦也烦透了，累也累得没脾气了，甚至连说话的想法也没了。四个半小时后，飞机终于安全降落到了巴黎的戴高乐机场。随即，机上想起了乘客鼓掌声，这是欧洲的习惯，对司乘人员的服务表示感谢的意思。这时，我们的心也一下踏实了。

原来记得进入另外一个国家时，要在飞机上向司乘人员领一张入境登记卡，这次却没有。原想可能到签证的地方时再填，结果看着从飞机上下来的百十来人全都没有这张卡，在签证口，也没看到签证人员有这方面的要求。排在前面的顺利出港了，我们也跟着大家顺利出港了。

接下来，大家关心的是托运的行李。谁也没想到又出现了小插曲。

大家和其他乘客一样，围在托运行李的运输带旁，运输带平稳匀速地，不紧不慢地在人们身边转下去。大家都知道这个时间是地勤人员在搬那些行李，所以看不出哪一个乘客有着急的心态。一会儿，第一个行李出现了，接着是第二个、第三个……等在托运传送带旁的旅客，在看到自己的行李时，都高兴地从传送带上拿下来，放到机场提供的小推车上，说着话走了。传送带还在转着，行李越来越少，最后只剩下一个大皮包的行李，可我们的行李却始终没有出现，旅客也走得只剩下我们七个人了。又怎么了？莫非转机后行李被转到其他飞机上了？真是这样，可怎么办？

我们中有着急的，找到了行李房。我和另外一个同志，还守在传送带前盼着出现奇迹。看着传送带在我的眼前又转了两个来回，我也彻底失望了，也走进行李房。

前面进来的几个同志，正和一个女工作人员交涉。女工作人员很有素养，很平静很耐心地用英语询问。桌子上还放着两张各种行李图案的宣传画，她在一张白纸上记着。看那个意思，问有几件行李？每个行李的外形是属于图案上哪一种？我看也帮不上忙，也站累了，就朝着离行李房外三十多米的椅子走去。刚坐下，只见有三位身体很壮的男工作人员提着几个行李包放到了行李房门前。我一看，心里知道是我们的行李来了，也兴奋地走了过去。

这时候，一位同志从另一个方向走进来说，没有见到接站的。大家刚放下的心又提了起来。这时另一个同志从外边走进来说，找到接站的人了。

刚才飞机刚停下时，大家从窗户里看到机场外边下着雨，经过半个多小时的小插曲，雨已经不下了。来接站的人是一个二十多岁的小伙子，个子不高，身体看上去也很单薄，他自我介绍说自己叫王兵，26岁，辽宁人。从下午当地时间2:30就来到机场，询问机场工作人员时只告诉他，我们这些人改乘别的时间的航班了，具体什么时间、哪次航班是机密。

一个机密，让这个小伙子，一步也不敢离开机场，整整地等了五个多小时。第一次我们的人出来找，正好他去厕所，就这么凑巧。一下午也不敢动一下，实在憋不住去了一下厕所，而这个时间，我们人正好去找他，他正好又不在，第二次才碰上了。

我是第一次来到巴黎。这时已经是晚上十点多钟了吧。我的印象中，巴黎是一个有着悠久历史和文化的欧洲古城。而现在跃入眼帘的却是充满现代化建设和气息的环境。从车窗望去，我们一直走在通畅、宽阔的公路上，时不时地经过立体交叉的路段。整个公路上只有来往的车，没有一个行人。偶尔看到公路旁的隔音墙、树木和不太高的楼房。

在大家的要求下，路过了一个由中国人开的小餐馆。一人吃了一碗浇肉面。等回到要住的旅馆时，已是当地时间午夜。

~月~日阴

7：30起床，到一楼吃早餐，很不错。一个大厅儿张桌子，桌子上按座位放着一个碟子，碟子里放着二个面包，碟子的旁边放着一个陶瓷杯，一个玻璃杯。找到座位后拿着陶瓷杯先盛了杯冷牛奶，又往牛奶里放了三种叫不上名字的伴侣。那里还放着烤好的五花猪肉（培根）、香肠、鸡蛋挞等。转过去，又看到一小竹篮里，放着满满的小型果酱、小包沙糖。旁边还放着咖啡、热菜、热牛奶、橙汁、水果等等，这顿早餐真是丰盛又可口。

8：30准时出发。第一个景点就是游览埃菲尔铁塔。我的方向感不知对错，记得是从东北角的那个底座乘的电梯，上了有几百米高。在第一站下电梯后，人们可既看铁塔，也可站在铁塔上，向四周眺望巴黎这座城市。站在铁塔的走廊上，感觉有微微的风，吹不乱头发，也没有冷的感觉。

埃菲尔铁塔可真是一件巧夺天工的杰作。铁塔塔身都是由厚厚的三角铁板用铆钉连接而成。我们现在站的这一层，每个边长约五十米，高度还不及铁塔二分之一高。游人还是以欧洲的人居多，男女老少都有，没有人高声说话，你只能从他们的脸上看到和感觉到和你一样的兴奋和好奇。向四周望去，你会突然感到，巴黎这座城市之大、城市之拥挤是你没法想象的。太高的房子是没有的，但太大的空间也没有。房子挨着房子，就像放着无数个不规则多米诺骨牌，甚至树木也很少能看见，较醒目的是弯弯的塞纳河，在铁塔的正北方向，静静地躺在那里。

出于好奇，本来可以再坐电梯下去，可我们不约而同选择了步行。一路上，我们看到了许多步行的、拾级而上的旅客。他们好像要用自己的脚，亲自感受一下登铁塔的乐趣，和铁塔进行一次更亲密的接触，用心灵与埃菲尔铁塔进行一次跨世纪的交流。

下塔后，仰头向上望去，又一次感到了铁塔的高大、雄伟。为了表示对埃菲尔的崇敬之心，我又步行从西南角走到了立着埃菲尔塑像的东北角，举起照相机，按下了快门。

后来又走了几个景点，但埃菲尔铁塔时不时地、一次又一次地映入我的眼帘。因为它至今仍然是巴黎最高的、最有象征意义的建筑物之一，所以，只要在稍微开阔的任何一个地方，总是能让你看到它，让你在不同的距离、不同的角度瞻仰。

第二站是卢浮宫。卢浮宫是历史悠久的一个城堡。据导游讲，"卢浮"的意思就是带防御的城。经过几个世纪的扩建和修缮，这里成了一个博物馆。最令人向往的是,这里收藏着达·芬奇的名画《蒙娜丽莎》，米洛斯雕塑《维纳斯》、萨莫色雷斯雕像《胜利女神》以及《拿破仑一世加冕礼》《最后的晚餐》等世界名画。

来这里参观的人，比游览埃菲尔铁塔的人多得多，但仍然听不到人们的高声说话和无忌的大笑声。人们都随着人流向前移动，偶尔驻足看一下自己感兴趣的展品。我们在行进中走散了。让我有第一印象的是,这里有许许多多的木乃伊,以及放木乃伊的木柜、石柜,刻着古埃及文字的石碑、石像、殉葬品等等。有一个问题一直在我脑中萦绕,古埃及的东西怎么会在这里,难道中国的许多文物也会在这里吗？结果却是否定的,在这里我从始至终,一件中国的文物也没有看到。

虽然自己也是个绘画的爱好者,也有过一点世界绘画史的知识,并读过达·芬奇写的一本书,也看过无数复制的《蒙娜丽莎》的画,但当真正走近这幅伟大而神奇的画像前,还是被达·芬奇画笔下的蒙娜丽莎那雍容、典雅的气质以及那双说不清是要表达怎样表情的眼睛、和眼神所表达的内心情感所震撼了。这幅原作并不大,长不过二尺五寸,宽不过一尺八寸。和在国内"文革"时看到的领袖标准像差不多大小,但底色却深得多,使人们无意中,就把注意力落在画像人物的眼睛和她的两只手上。

当人们驻足在那里观望时,听着导游介绍,我也在那里反复地问自己,这幅画真的有那么高的艺术价值吗？它和加冕画比,和《最后的晚餐》比,其尺幅还不到三十分之一，人物还不到二十分之一。据电视节目介绍，近年来，有的国家又用了最先进的技术，对这幅画进行了研究，并研究出一系列成果，有的成果说来都好笑，把本来简单的问题搞得神乎其神，玄而又玄。我真不知道，这是人类的进步还是人类的悲哀。

在维纳斯的雕像下，我举目望去。维纳斯雕像被放在一米高的基座上，从底下向上望去，一只脚包在裙子里，一只脚原来是向前伸出裙子的，但已不知什么时候被损坏掉了。再往上看，是维纳斯微微前倾光裸着的上身，右乳较完整，左乳乳头残缺，左臂全缺，右臂缺三分之二。从右向左顺时针转，看到维纳斯后背右肩下，有一块五寸见方左右的残损，深约两厘米。维纳斯头部较完整，表情自信而美丽，高耸的鼻子，秀美的下颚，让人望之心动。

在这里，我站在维纳斯塑像前，让别人为我拍下了具有纪念意义的一张照片，这也是我在卢浮宫的唯一一张照片。我要证明我看到了真的、真品的维纳斯雕像。

下午，我们在前往凯旋门途中，往东行驶在香榭丽舍大街上。香榭丽舍大街是巴黎最古老的一条街，是凯旋门、协和广场、凡尔赛宫的中轴线。

在凯旋门下，不，准确地说是在离凯旋门一百米远的地方，看凯旋门的感觉和在电影、电视里的感觉是一样的，没什么特别之处。凯旋门四周是约五十米宽的汽车环形线。我看到有游人在凯旋门下，就和另外一个同志找印在地上的斑马线，想穿过马路去近距离看看凯旋门，可是没有。本来，我们下车后在凯旋门的东南角，因为找不到斑马线，我俩就越过马路向路西走去，看到有一个像地下通道的口就下去了。走下去一看才知道这里是免费卫生间，于是我俩又返上来。

这时，我望着五十米外的凯旋门，真有一种想从汽车中穿梭而过的冲动，但最后我还是放弃了。结果在回到路东、准备乘车的地方，看到了前往凯旋门的标志，我俩兴奋的也顾不上约定集合的时间了，三步并作两步向通道走去。等穿出通道，能触手可及凯旋门时，才从心里感到它的雄伟和厚重。凯旋门正厅前嵌着一块三四米大的铜板，上面铸着文字。一个碗口大的圆口，里面向上吐着火焰，是否是在悼念在战争中死去的无数战士，我说不清。在这块铜板上面，零星地放着一些当地人或是游人敬献的鲜花，使本来冰冷的凯旋门增加了几分生气，几分敬仰。

在协和广场，我们看到了象征独立解放的纪念碑，碑体是四棱形，从粗到细向天空延伸，最高处是黄金色的，突然收回成尖顶。碑体的四周全是古塔及文字。与它对应的是，在与它相距一百米外，塑着的六尊大理石雕像，据说都是根据有名有姓的人塑的。

原本准备第二天去巴黎圣母院，但离晚餐还有些时间，导游于是先领我们去，好让我们对巴黎圣母院有个感性认识。

巴黎圣母院坐落在塞纳河的西岸，始建于1163年，完工于1345年，历时180多年。

我所知道的巴黎圣母院，是通过看电影《巴黎圣母院》而刻骨铭心。电影拍得太好了，描述了三个男人和一个吉普赛女人的故事。从另一个角度，也向世人介绍了巴黎圣母院这个宏伟的建筑。当我看到这座古老的巴黎圣母院时，耳边又仿佛又响起了影片中反映革命的情景、无数人们高喊着口号的声音。

我在巴黎圣母院前，寻找那个杀人的祀坛，但没有。广场比我在电影中看到和想象中小了很多，周围的建筑物，也比电影中描写的少了许多。电影中反映圣母院的场景很多，而眼前的巴黎圣母院，在建筑上几乎和我在别的地方看到的教堂没有什么两样，就是一个很独立的房子。

教堂的建筑实在是太宏伟了。当走进它，在伸手就可能摸到它那巨大的石雕时，真的从心地里问自己，这就是巴黎圣母院吗？

不知我们正赶上什么节日，从教堂传出了男人和女人唱赞礼歌的声音。我的好奇心又来了，随着人流往里面走去。我突然注意到，大门前脚下铺在地上的石头和石阶，被磨得又圆又滑，而且明显的比门柱的平面低了许多。可想而知，几百年来，到这里的人绝不是少数。

教堂里面有许多的人。教堂里的结构是：从右向左分三块，中间被两排粗粗的石柱分开。中间比两边稍宽一些，从前到后，摆着一排又一排整齐的椅子。教堂从上到下分三层，一层是大厅，二层中间部分直通教堂的圆顶，两边有窗户，是看不到采光的屋。教堂东西两边从后向前，可能是由于建筑结构的需要被分格成若干个三面有墙，面对大厅开间的空地。里面，有的摆着神位神像，有的摆着一个个深颜色的、做工考究的忏悔室。在靠近走廊的旁边，是信徒们为祈祷圣母保佑，点起的长明灯。

我顺着走廊向前，向一左一右地看着，听着那既虔诚又哀婉的赞礼歌，使人瞬间摒除了思想的杂念，肃穆和神秘的气氛马上笼罩在你的周围。

接近教堂的最前面时，看到一个身穿黑斗篷的黑人，手里拎着一个用绳子吊着的香炉。他一边围着一个宽一米、长一米五、高一米二的神坛，一前一后摆幅不大地挥动着香炉，口中还好像念念有词。香炉里边冒出的灰白色的烟也随着前后移动。那人转了一圈后，香炉被从右边上来的一个人接了下去。

在神坛的后面，是一个被屏风围着的、或者说在有后靠背的前面，是一个大理石的雕像，雕像侧卧着，一个胳膊支撑着身体，一个胳膊向天空中挥动，他的身后是一个冰冷的大理石十字架。我原想既是圣母院，这里本应是圣母玛丽亚抱着圣子的画或雕像，可不知这里却是这样一尊雕像。

整个教堂，只有从三层很细小的窗户里，透进的光和长明灯的光，应该说是既神秘又昏暗，想看清周围的东西实在很困难。在教堂里印象最深的物件，要数放在神坛右边的一个约二米五直径的三层华灯了。可能早年曾吊在教堂的某个地方，现在虽然不用了，但有可能是圣母院的一个重要组成部分，仍有着历史文物的价值和意义。

走出教堂，我回身反复观看教堂的结构，想从中找出电影中的几个印象深的场景，如圣母院的那个被敲钟人敲响的钟在哪里？敲钟人敏捷地在教堂的房檐上跳来跳去的地方在哪？水银是从那里倒下来的？革命的人群曾用大木桩撞教堂的门有没有留下痕迹？以及神父是从二层、还是从三层被人推下来的，具体位置在哪里？教堂果真有地下室吗？最终，也只能是自问自答。

~月~日小雨

原本按计划8点30分出发，结果大家都下来按时吃了早饭了，但导游却没下来，想是累了，睡过了。

从旅馆出来，雨虽然比刚才小了点，但还在下。导游说，计划改一下吧，原来准备下午去凡尔赛宫参观，改在上午，下午去巴黎圣母院。

凡尔赛宫是一座皇宫，由路易十三1624年在凡尔赛树林中造的狩猎宫得名，是路易十四曾居住和办公的地方。

　　在参观的大厅里，我们每人都领到一个录音式耳机的小东西，上写着0至9的按键，这个东西比一般的手机稍大一点。

　　参观的路线是由凡尔赛宫的工作人员定好的，只要随人流走即可。在每一厅都有一个画着耳机的标识，并标明有阿伯数字，只要你按下小东西上相应的数字，即可听到录音里介绍你正在参观厅的简介。

　　最让我高兴的是，在这里看到，路易十四睡觉和皇后睡觉的地方。因为，我多少年以来只知道中国皇帝的一些衣食住行。外国的皇帝生活在什么样的环境中，东西方的差异究竟有多大总是说不清。

　　路易十四的寝宫透过窗户正对着凯旋门和独立解放纪念碑，坐西朝东。主人一起床，只要打开厚厚的窗帘就可以看到冉冉升起的太阳。皇帝和皇后的房子一墙之隔，都装饰得华丽无比。从房顶到墙围，大到使用的床、凳，小到使用的扶手，都是精细到家了，无可挑剔。皇帝和皇后的床都是一个长长的双人床，床有一米五高，床的四周悬挂着围帐。厚厚的、用手工绣制的围帐，从四周垂直落下，左、右、前用六块围帐组成，换句话说，从前面围帐可以向左右推开，从左、右还可以把围帐向两边推开。

在凡尔赛宫，还有个极具非凡想象力的地方，很值得看一下，体验一下，那就是皇宫大剧院，专门为皇室贵戚设计和使用的剧院。

剧院是一个圆形的建筑结构。剧场的舞台的开口宽约十几米。前面的乐池，除了和舞台一样宽、有二米多深外，只是比舞台稍低一点。乐池和人行道用一尺宽，二尺多高的弧形墙隔开。剧院的观众席由低级向高级分三个档次：一个是在剧院的中央。中央又分了三层，一层比一层高一米左右，每层由一个宽一尺多的弧形墙隔开。每层放着三排无靠背座椅。第二个档次是，正对着舞台的圆弧形墙上突出的包厢。每一个包厢约两米多宽，有玻璃窗和休息室。第三个档次是，在靠近舞台和这些包厢一样高的地方，左右两边各有一个独立的包厢。据导游介绍，这两个包厢都有一个专门的通道。这个剧院虽然叫剧院，但历史上，真正的在这里并没演过几场歌舞剧，因为当时的照明全凭蜡烛，当时蜡烛的造价和成本都很高，所以演出一场歌舞剧，费用是相当惊人的。但剧院也没闲着，据说，有几个皇族的婚庆典礼就是在这里举行的。

再一个印象深的是，在凡尔赛宫的某一个大厅里，又看到了和在卢浮宫里一模一样的一幅《拿破仑一世加冕礼》的画。还有是，在凡尔赛宫两旁的长廊中，有几十个根据当年真人塑的雕像，非常精美，非常逼真。每个人的个性都非常突出，与在国内见到的中国传统的大写意雕塑有着天壤之别。从眼神到表情，从肌肉到服饰，从气质到造型，每一个雕像都是一件惊世骇俗的艺术珍品。

本来从导游的介绍中，还知道在凡尔赛宫后还有一个非常美丽的花园，但时间不足，就没有去，算是一点遗憾吧！

下午再次到巴黎圣母院时，虽然时间非常宽裕，但我已没有了再深究的兴趣，只是象征性地又进去，在椅子上坐了一会，买了几件纪念品就出来了。

明天就要离开巴黎了。虽然只是短短的两天时间，但是我却深深地爱上了这座城市，它有历史，有文化。两天来，虽然看到巴黎的汽车多如牛毛，每个小巷，每条公路边，以及任何一个可以放一辆车的地方，都停满了小汽车，但两天来，却没有塞车的感觉。没有听到在什么情况下，有人按喇叭的声音，或有人改道超车，司机之间因为什么吵架。人们走在马路上神情很休闲，着装得体大方，越是热闹的地方，酒店越是很多。酒店里，又常常看到，坐着喝着咖啡和吃着面包的人们。巴黎市吸烟的女性特别普遍，边走边吸，无所顾忌。

巴黎的气候特别好，一天中没有什么风。虽然汽车很多，但汽车从身边过去，也看不到扬起的灰尘。巴黎的摩托车恐怕要算巴黎路上的一景了。无论什么时间，都能听到摩托车呼啸而过的发动机声音。特别是在公路上，摩托车不是行驶在马路的最左边，而是在快车道的左边行驶，速度非常之快，绝不是没有亲眼看见可以想象的。骑车人着装基本一样：一身黑衣，戴头盔。摩托车皆为黑色。真有好品牌的，包括"宝马"牌的都有。有一种摩托车外观很有意思，样子像一只老鼠的头，上粗下细，前后密封，两边敞开着。

说到摩托车，使人又想到了汽车。汽车多是巴黎的一大景色。品牌高档恐怕又是一大特色。宝马、奔驰比比皆是。再者是二厢车型的居多，单门的居多。这可能与巴黎地少人稠有关，要不就是他们已经把汽车看作是一个纯粹的代步的工具，不像在中国，汽车还是财富的一种象征。

巴黎的房屋建筑，也非常的具有想象力，把商店和住宅混为一体，分不出哪座楼房是办公用，哪栋楼是宿舍用。再者，可能是巴黎的前几代有先见之明吧，这些建筑，今天看来也不觉得落后，被拆和被修的痕迹都很少。改造社区更是看不见，好像告诉后来的人，这个城市已经存在了上百年，上百年来，这个城市就是这样，迎接着前来巴黎的每一位客人。

巴黎的令人惬意的环境，是我们无法想象的。整个巴黎看不到一处冒黑烟的烟囱，看不到一个工厂，闻不到一丝刺鼻的气味，也听不到周围有人高声说话。所到之处，除了建筑就是绿地，到处都能看到上百年的雕塑和上百年的参天古树。因为是秋天来到这个城市，黄色树叶落到地上厚厚的地毯般绿绿的草坪上，让人感到是那样的和谐，那样的烂漫，那样的富有情调，一点也没有需要及时清扫树叶的感觉。硕大的斑斑驳驳的法国梧桐树，到处都是。当你与它们相对而视时，仿佛感到它们就像是一个个历史的老人，在向你倾诉巴黎上百年的变迁和沧桑，你会越发地热爱这个城市，留恋这个城市，怀念这个城市。

~ 月 ~ 日 阴

8点40分左右，我们驱车离开了巴黎，向卢森堡驶去。巴黎的公路无疑是很发达的，出了巴黎共经过三个高速路收费站，每个站，单向都开着五六个收费口。

行驶中，看车外的风景，成了一种消磨时间的最好方法。法国的气候是非常宜人的。现在正是深秋，但室外的温度还只有20℃左右，公路两旁一会儿是开阔的丘陵状的草坪。远、近处或有几株、十几株、几十株由各种树组成的小树林。在碧绿绿的草坪上有几只、十几只奶牛在悠闲地吃着草。一会儿看到的是有意安装的隔音板，隔音板的背后，是既有欧洲特点、又非常漂亮的房子，就像一个个艺术品。

偶尔，也有一两辆车从身边超过。透过窗户看到有的是一个人驾车行驶，而更多的是两个人，而这两个人百分百都坐在第一排正副驾驶座上。也有三个、四个、五个人的，看上去像一家子出门。由男士驾车，女主人在副驾驶座上，而后排是或大或小的儿童，这些儿童全部都系着安全带。他们中的有些人，也好奇地透过窗户向我们看。这个时候，我们在他们的眼里恐怕都成了"老外"了。

在途中的服务区和中国的也不太一样。服务区内，都是大一点或小一点的咖啡屋或食品店。服务区四周，都是被非常茂密的灌木和树木包围着。在这里，满眼看到的都是绿树，别的你什么也看不到。来休息的车较少，但流动很快，除了需要加餐的，都是十几分钟就离开了。

途中加了几次油。加油站没有人招呼你，也没有人过来给你的车加油。一般情况是，驾车人把车停到加油机前，加油机前放着四杆加油枪，你根据需要把加油枪放进你的油箱，你自己看着加油表，认为够了，把加油枪取出放回原处，然后，去摆着食品和其他途中用品的房子里，找服务员交钱，然后就可以走人了。

卢森堡是一个非常小的国家，国土面积只有2500余平方公里，只有37万。从人口上来说，实在连中国一个大一点的县也比不上。来到卢森堡市，最先看到的是宪法广场。

这里，树立着一个为纪念二战时牺牲了三千卢森堡人建的纪念碑。碑的正面有二尊铜像，一名平躺着，一名在他的下方坐着。在纪念碑的顶部是一个金黄色的女人，女人的手里拿着一个用"橄榄枝"编的小花篮，双手捧在胸前，身体稍稍向前倾斜。这个广场并不大，现在的实际用处是停车场。停车场的一边，是一个有百米、甚至还更深的悬崖。悬崖的边上有一米多高的石栏杆，向下看，就是远近闻名的"大峡谷"。

大峡谷是一条弧形的、自然形成的峡谷，里面长着茂密的各种树木。峡谷东西两面相距有一公里，出口处的上面，有两座跨度很大的桥，自然是主要的交通要道。站在广场向东北望去，是有着卢森堡标志美名的卢森堡圣母院。圣母院的钟楼呈四棱体，颜色是蓝灰色的，顶尖刺向天空。

在导游的引导下，我们走进了这座山城。向北走一百米左右就进入了整个市的中心。在这里，向西一拐，有一个很大的建筑物，再向西，是一个很大的广场。这个广场，整个地被地摊和小吃铺挤得密不透风。人们在这中间行走都是擦肩而过。

出于好奇，我们前往了卢森堡大公的大公宫。大公宫里面是不允许参观的。从外观看，大公宫建筑不是太高，但是非常的大。大门紧闭，门口有两个岗房，站着一名手抱武器的士兵。据导游介绍，这证明现在大公正在宫里，如果不在，这个岗房门前是没有士兵的。他说，他曾见过大公出游，虽然是一个小小国家的大公，但出门还是很威风的，前面有开道车，后面有护卫车，前呼后拥，很是豪华。

我们中的几个人上前去与士兵照相，士兵也不反对。照相时正好又赶上换岗。来接岗的士兵，在十几步外，开始迈着正步走过来，真是又开了一次眼。

这时天下起雨来，原来还准备在外交部、经济部、财政部前照相，现在也只能作罢了。

继续赶路。在下午五点多的时候，我们驶进了比利时首都布鲁塞尔市。首先，参观了1958年为在这里举行世博会设计和建造的原子球。这是一个由五个硕大的金属圆珠、用粗大的钢管相连接、大小相当于放大了1650亿倍的正方体，总重2200吨，高 102 米。据说，每个钢珠内都是一个新科技的展览厅。

这一天，我们走了七百多公里路，一天穿过和经过了三个国家，不用办任何出入境手续，也没有任何安全检查。西欧就是这样，国家都很小，但很亲密。

～月～日晴转阴

今天的第一个景点，是参观为纪念比利时独立五十周年兴建的公园。

从公园出来不远，看到了欧洲联盟的现代建筑风格的办公大楼。大楼呈躺下的人字形，有十几层高。矗立在当地建筑风格的包围中，有点鹤立鸡群的感觉。最令人难以忘怀和可以在建筑中借鉴的是，这栋楼的基座的设计理念和风格。它不像传统意义上的楼的基础，由钢筋混凝土向下向上连成一体，而是一个倒写的人字。如果形象一点比喻，像一只巨大的手把这座高楼轻轻托起。其空间感和艺术感都十分强烈。另一个是外装饰，从上到下，全用五十厘米左右的和楼房整体一致的灰色板隔开，上下每个间隔看上去，都是五十厘米左右，像无数的等分线，把一座楼分成若干等分。

　　过去，在各种书本和影视传媒中，都听过和看过这样一个故事。说：在国外的某个城市，一场战争中，面对"嗞""嗞"燃烧的导火索，一个三四岁的男孩撒尿，浇灭了导火线，无意中拯救了整个城的故事。但是，今天真正看到这个既可爱又伟大的小尿童时，我真有些失望。因为小尿童的塑像被放置在两条非常窄的马路交会处的一个西南角上，占地不过9平方米。小尿童石像仅50厘米高左右，放在居地面两米高的石台上，一股水从小尿童的小鸡鸡流出，不紧不慢。"尿"流到一个一平方米左右的石头池里面。小尿童的背后是有着半圆型的带顶的巨石屏。所有来这里的游客，都要在这里看上一看，并照相留念。

　　转身向临街的商店看去，大大小小，价格贵的、便宜的各种规格的小尿童比比皆是。小尿童的石像还被装饰到钥匙扣上、照片上和一些小的刺绣品上。

　　最让人留下深刻记忆的其实是布鲁塞尔的中心广场。广场是出坚硬的五六寸大小的石头铺的地，四周被哥特式的建筑所包围。其中最高的建筑是市政府厅。市政府厅对面是"国王之家"，曾是法国路易十四的行宫，现在已成为国家博物馆。市政府厅的左侧是白天鹅餐厅，传说，马克思和恩格斯曾在此共同起草"共产党宣言"。

可能正好赶上星期天吧，许多的三四年级模样的小学生在老师的带领下，在广场做着游戏。学生们有集中的，也有三五成群散落在广场上，他们天真烂漫的欢笑、嬉闹，为广场添增了几许生机和活力。

由于导游的热心，我们还在他的带领下，去看了不为许多外人所知的小女尿童。小女尿童的雕像也是铜质的，造型呈蹲状，大小和小尿童差不多，"尿"从两腿中流出。雕像被嵌在一个小巷里的离地面一米多高的墙里面。高不过一米多，深不过一米，面积一立方米左右。据说是女权主义所为。大家纷纷为小女尿童拍照。我想大家心里都有一个想法，回去后让家里人、让同事们看到和知道在小男尿童外，还真有一个真实存在的小女尿童。

中午吃过饭，我们又向另一个国家赶路，那就是有着世界影响的农业大国荷兰，准确地说，是向荷兰的首都阿姆斯特丹驰去。

行驶中，窗外的景色在不知不觉中发生了变化。在法国、卢森堡的路上，高速路两旁都是自然的丘陵形状，没有人工雕凿的痕迹。而进入荷兰后变了，公路两边的土地平平的，平得让你都有点不相信自己的眼睛。如果不是有些树木和村庄，你甚至可以看到地平线上去。在草地上的牛，也多了起来，在广袤土地上的房子，却都不知不觉中由两层结构的房子，变成了一层的。成片的、集中的农村不在了，独立的、相隔甚远的一家一户的建筑时不时跃入眼帘，土地被分割的痕迹异常明显，水渠、水道也时不时地出现了。可能是这里的气候，比法国稍暖一点吧，地里的庄稼虽然也收割了，但树木却比法国的树木绿得多，茂盛得多。要不是地里的庄稼有被收割的痕迹，你不会感到，这里已经是深秋的季节了。

　　驶进阿姆斯特丹，天下起了小雨，时有时无。参观的第一站仍然是为纪念二战牺牲烈士所建的纪念碑和广场，毫无什么特殊之处。散步在街头，看到最多的，是自行车和骑着自行车的荷兰人。这里骑摩托车的人很少。从人们的脸上，看不到象法国巴黎人脸上流露出的那种气质，人们交通安全观念也很差，给人一种明显地比法国落后的感觉。

这里离运河近，水系很发达。据说，像一个宽十几米的河，在这个城市就有一百多条。

吃过晚饭，导游又带我们看了在中国已经早已绝迹的"红灯区"。

在红灯区的大街小巷里，门面青一色的都是由单门和带着一个长方形的大玻璃窗组成。全装着粉红色的霓虹灯。既稠密又集中。可能是去得早的原因，红灯区的窗户里十室九空。偶尔看到几个做这种生意的女人，她们身上只穿着比基尼，表情很平静，既不搔首弄姿，也没有哀愁表情。或站立、或坐。游人不断，但与妓女谈生意的却没看见一个。匆匆而过，算是认识了一下"红灯区"。

~月~日阴有小雨

今天九点出发，去风车村参观。了解点世界知识的人都知道，荷兰是风车的王国，可这已经是过去的事了。荷兰的阿姆斯特丹，过去是一块沼泽地，是通过填海造田，形成了今天的大面积土地。当年为了把沼泽的水排到海里，聪明的荷兰人，借用当地的天然气候，发明了用风车带动排水器来排水的办法。多少年过去了，这里的农民早已不再用风车排水了。后来，风车改为人们加工奶酪的动力。再后来，风车彻底退出了人们的生活。今天的风车村，已成为一个供人们参观的景点。

在汽车的行进中，我透过车窗看到了进入西欧以来的第一个工厂。这个工厂的面积不大，是生产什么产品的工厂也说不清。工厂有两支高高的烟囱，但里面并没有冒烟。

到了风车村，首先看到的，是耸立在水草盈绿大地上、远远近近的三个大风车。风车的叶子随着微风在转动，不紧不慢。那造型、结构就像一个世纪老人，在饱经沧桑后，仍然注视着这个世界的变化。

这里的环境和建筑实在是太好了，到处是静静地流淌的小河、造型简洁实用的木质小桥、儿童时玩过的像积木一样的小屋。青青的草地，小河里不时游进一两只鸭子，头顶上突然飞过几只叫不上名的小鸟，无意中从身后穿过一个骑自行车的当地人，清爽的空气中甚至还带着点甜味。——这就是溜达在这个小村的马路上和田埂上的感觉。在这里只要你转动身子，前后左右，只要定睛一看，都是一幅美丽的田园画，真让人心旷神怡，流连忘返。

再走进当地人开的小商店。看到有的正在制作木鞋，有的正在制作奶酪。特别是年轻的女售货员，都穿着鲜艳的、具有典型地方民族风格的服装。不由得，会让你不举起手中的照相机按下快门。

结束风车村的参观后，再驱车一个小时，我们就进入了另外一个和荷兰相邻的国家——德国。公路两边的风景，也再次发生了变化。平坦广袤的平原不见了，又变成了纯自然的丘陵，树木也不像人工种植的那样整齐。这时，我又有了一个新的发现，就是在这些树群中，发现了松树。这是在法国、卢森堡和荷兰的高速公路两边不曾看见的。再一个，就是拉着集装箱的大车明显地多起来。我们在一个加油站加油时，这些大货车的数量，远远超过了路过这里的小轿车的数量。也就在这一段时间里，从窗外我看到了进入西欧以来的第二个工厂。工厂整洁、干净，看不到烟囱，同样不知道是生产什么产品的工厂。

转眼到中午时，导游领我们到了具有百年历史的钻石加工厂（或者叫钻石城）。

我们被一个二十几岁的中国人领着来到加工厂的一角。在屋子中间一个桌子上，摆着几件用来加工钻石的工具。女售货员一边介绍工厂的历史、钻石来源，一边介绍工具及钻石切割的过程。这使我知道了，钻石在加工前，先要打磨成对角的四棱形，然后要从四分之三处切开，形成一个四分之三的钻石锥型形，和一个四分之一的四棱形体。需要再加工的是四分之三的那一个。用专用工具将钻石毛坯卡住，涂上橄榄油后在高速运转的专用的平面上磨出切割面。最能反映钻石美丽的是上下加起来57个面。加工好的钻石如何辨别它的品质呢？除了大小、硬度、割面的多少、杂质、气泡、透明度等外，主要观察，把一颗钻石放在一张雪白的纸上，移动眼光看钻石反射出的是蓝光、白光，还是淡黄色的光。简单的辨别是蓝光为上，白光为中，淡黄色为下。这是否是辨别一颗钻石的真实方法呢，我不得而知。

　　再过两个小时，我们来到了德国的第四（还是第五）大城市——科隆。这里我看到了德国最大的教堂。据导游介绍，如果以哥特式教堂来算，科隆教堂也许是世界之最了。教堂始建于十六世纪，到

1889年经历数两个半个世纪才完成。

我对教堂及哥特式建筑不懂。细看这座教堂，感觉上就是比巴黎圣母院教堂大了一轮。建筑上的各种雕塑更多，也更精细了。怀着好奇走进教堂，我发现这座教堂虽然够高够大，但也是两层建筑，东西两边摆着不是为祭祀而建的神坛，而是好几尊和真人大小的雕像，这些雕像不是站立的，而是平平地躺在一个祭坛上。在教堂的最前面也不是圣母或受难基督，而是一个宽一米、长二米、高一米多的一个呈三角形顶的像黄金造的小房子。小房子的前后左右，四面墙上分别浮雕着两层，不知是多少也不知是姓谁名谁的人物，我有意用相机拍下来，带回家细细再看，可拍了三四次都是模糊的。我想可能是我与这个宗教无缘吧。

在这个教堂前的广场上，第一次看到了拉小提琴的行乞者。一个从头到脚披着的斗篷，脸上带着骷髅面具的人，手里拿着一个涂着黑灰色的像一个长长的链刀的拐杖，在那里吓唬着游人。还有一个身材不算大，穿一身金色衣服，戴一个同样颜色鸭舌帽的人，一动不动地站在有一尺多高、一尺多大的四方台上。偶尔有个游人过来和他一块照相。

在这里，无意中看到了两个个子不高的女警察，她们在我们停着的车边转了一圈，其中一个，把手里拿着的一个砖头大小的黑色东西，对着汽车号在上面摁了几下，我猜想是输入车号，并对这辆乱停乱放的车下罚单。天色已近晚，警察居然能找到这么僻静的地方来，真是没想到的事。

晚饭后，驱车去旅馆的路上，第一次出现了塞车。所有的车并没有停下，而是缓缓地行走。和国内不一样的是，各种车开始走在第几道，行进中无论这个道的车走还是不走，另一条道，空着的距离是三十米还是五十米，居然没有车辆去抢着变道。缓缓地行进中，居然没有一辆车按喇叭，唯一听到的是由身后传来由远而近警车的警笛声，而车辆随着警笛声的临近，自觉地向右边靠去，主动给警车让出道来。警车这时也没有通过高分贝喇叭，吆五喝六。一切都在有序中进行。一直到绕过了那辆出了事故的车，汽车才又加速行驶起来。

～月～日阴有小雨

前天晚上，带队的说，明天下午要进行公务活动，而明天中午换正装恐怕来不及，要求大家明天一早就穿上正装。

几天来因电池一事，总不能痛快地用数码照相机拍照，几个国家和城市都过去了，拍摄的片数还不到100张。当初爱人让带上充电器，自己很自信，认为数码相机的总拍片数也不过350张，有八节电池怎么也够半个月用了，可谁曾想，自己对这款数码相机性能的了解几乎是零。新装上的一次性电池，连15片也照不了就被警告"电池已耗尽"，三副电池没拍几张就全部告罄。问了导游一下，买一副电池要三个欧元，三个欧元折合人民币是多少？是30元。30元只能拍15张，成本实在是太贵了。从荷兰就有了要买充电电池和充电器的想法，而且给自己定了个心里价，只要不超过20欧元就毫不犹豫买下。可向导游咨询，他也说不清，更说不清能在那个城市，那个景点能买到，但他判断在科隆市可能买到。所以一到这个城市，我就提醒导游，导游也答应在我们参观时帮忙去找。

话虽这样说，我知道导游是既没义务也没责任去帮你办这件事的。所以，匆匆参观了一下大教堂，即在街上挨门转。转的中间，我想，在国内充电器一般在小电器商店出售。于是，在一个中国人开的商店门口，向一个女售货员打听。售货员还算热心，想了一下，说前面步行街好像有一家。我眼前一亮，好像看到了希望，对人家匆匆表示感谢后，顺着步行街走去。可小电器商店在那呢？我一边走一边留心找，突然一家售照相机的商店映入眼帘。进去一看，这个店不大，长长的左右两堵墙上放着和摆满了各种照相机及有关的电池，包装箱等等。我在商店转了一圈，两圈，三圈，就是看不到充电器，语言不通，充电器又不好比画，只好沮丧地往外走。

说来也巧，一出门，正好遇上一块出来的另外两名同事，我说了我的情况和看到的结果。说着说着，又走进了这个商店。我向老李建议，你不是还记得几个英语单词，你能不能帮着比画一下，问有没有充电器。这一提醒还真灵，一位二十来岁的女售货员还真懂了。转身向二楼走去，在楼道的墙上，取下一个塑料包装的东西交给我们。我们一看，真是太好了，就是带着四节五号电池的充电器。

老李开始问价格，女售货员也说不清，于是领着我们向里屋走去。里屋桌子上，摆着一个收费的电脑机。在这里，我们问清了价格是15欧元。老李问买不买，我说，刚才和导游说好，他比我们对这里熟，不知他是否已买下，如再买会不会重复。于是，老李向售货员打了个招呼，把充电器退还人家，并用简单的英语单词作了解释。女售货员还算客气，也客气地回了句"拜拜"。

从商店出来，天已经泛泛地黑了下来，在去回酒店吃饭的路上，我们正好遇到了导游。问他充电器买下了没有。他说还没有。我说，我们已找到卖充电器的商店。他说，走，我去帮你们去买。我说不用了，价格我们也问好了，你就不用去了。

我和老李急转身再向商店走去。路上我和老李说，咱们去了还是找那个女售货员。这个小业务是人家介绍给咱们的，也让人家知道我们又专门返回来买这个东西，也算她没有白忙乎了。

进了商店并没有看到那个女售货员。再往里走，老李看到了，声音不太高地打了个招呼："Hello!"女售货员抬头看到了我们，可能也想到了我们为什么又返回来，高兴地把两只手举到胸前，翘起大拇指，露出青春般迷人的笑容说："OK，OK!"转身从身边拿出了刚才放回去的充电器，并在计算机上用手按了个15的符号。我和老李说，咱们和她再谈一下价，别让她欺负咱们不懂了。老李拿过计算器来，按了个13的数字。女售货员微笑着，嘴里说："ON，ON!"又在计算机上按下一个数字14。我和老李对了一个眼神，成交。

从商店出来，心里有说不出的高兴，按捺不住快乐的心情，对老李说，这下总算可以过一次拍照的瘾了。虽然价格比国内贵很多，就算买个纪念品吧。

正是因为这件事，还有换正装的事，第二天一大早还有些兴奋的我，穿好西装上六层餐厅吃了早餐，再返回107房，收拾了行李就离开了。

一上车就把相机握在手里，眼睛一动不动地看着窗外，想捕捉几天来没有拍到的外景。车在走，相机也不时在我手里被按下了快门。

走着走着，车外下起了雨，雨落在窗户上，一切都变得模糊起来，照外景的心情这时也慢慢冷了下来。突然，我想到今天自己穿着西装，那昨天穿的夹克放哪儿了？不好，夹克还放在107室的壁柜里，走时忘了。我高声地说：坏了，我的衣服丢在旅店了。大家马上问，是一件什么衣服，衣服里有什么东西。这一问，我更紧张了。衣服里钱没多少，衣服也不太值钱，但在内衣的口袋里装着出国护照，护照丢了可就回不了国了。

这时，车已经开出去100多公里。导游可能遇的这事多了，说，还算好，要想不起来就完了，到晚上想起来就是500多公里了，要再到了其他国家才想起来，那麻烦就大了。说着，就和旅馆联系，我侧面看导游的表情，衣服已找到了。剩下的事就是返回去。一去一回，大家又跟着跑二百多公里路。

进入法兰克福的高速公路上，公路两边出现了不太高的山。汽车开始在山中穿行，虽走的是山路，可道路上坡、下坡的角度还不到25°，几乎没有上坡下坡的感觉。再一个感觉，树木越来越多，越来越茂盛，已经不是成片成片，而是整座山全部被茂密的树木覆盖，加上深秋的季节，叶子的颜色从绿到红，十分好看和鲜艳。高速公路上没有看到任何广告牌。

进入法兰克福后，最大的和其他走过的几个城市的不同之处是高楼很多，看上去都是现代风格的建筑。导游介绍说，这里还是德国的金融都市，德国最大的银行——商业银行总部就在这里。

下午的公务可以说是既顺利又圆满，基本上达到了考察和交流的目的。

心中有个疑问一直没解开。下午，在会议厅的桌子上，每人前面放着一个活页本和一支油笔。油笔的杆红白相间十分好看，我就准备用它记录些交流的情况，结果一支笔没写十个字便写不出来，再换一支还是一样。一看其他同志也是一脸无奈。我在放弃做笔记的同时想，人们都说德国人办事认真，怎么做出的笔居然是次品，而且还不是一个，几乎是每个都是。如果真是德国人认真的话，那只有一个解释，那就是这些笔不是德国造。笔不是德国造，但买笔、用笔的是德国人吧，他们拿这种笔用来接待外国人，难道……我不敢往下想，也想不出正确的答案。

~月~日晴转多云

从旅馆驱车90公里，我们又返回法兰克福市，参观点只有一处，就是堡尔大教堂和罗马贝格广场。

堡尔教堂，是一座在欧洲看到的极普通的教堂，用酱红色石料砌成，它的出名之处是，德国人曾在这里，召开过决定德国命运的会议。

罗马贝格广场距堡尔教堂并不远，约二百米。罗马贝格广场是法兰克福的中心。广场中心，面向市政厅的是正义女神喷泉。广场旁，还有圣尼古拉教堂，但不允许参观。所以，也就不知道里面是什么样的。

据导游介绍，二战时，这个城市，被联军飞机投了许多炸弹，炸成了一堆废墟，仅有一栋楼幸免，就是位于广场西北角哥特式的一座四层楼，它是一座砖木混合结构的建筑。

法兰克福是歌德的出生地，在当地，他非常受人尊重。歌德出生在一个议员的家庭，他的父亲希望他长大后从政，便让他上了法律系。但他的兴趣和理想不在这方面，最终走上了文学之路，历史证明他的选择是正确的。因为在人类文学发展史上，留下了歌德的名字。歌德出生在位于一个不太繁华和热闹却也临街的一座四层楼的建筑里。战后此建筑按原样重建。从建筑结构和位置看，当时歌德家算是名声显赫、拥有一定社会地位的。

下午，我们又乘车驶上高速公路，向慕尼黑进发。公路两边的叶子更黄了，更红了，色彩也更艳丽，树木更茂盛，先是丘陵，后是出现了不太高的山。偶尔，出现一大片一大片、小积木式的建筑物挤在一起，像我们国家的一个县城或一个镇。公路开始出现了明显的上坡下坡，公路上行驶的大型货车也越来越多。一路上，我看到了进入西欧以来的第四个工厂、第五个工厂、第六个工厂、第七个工厂。在接近慕尼黑市时，出现了塞车情况，于是，司机选择了一条小道。然而，小道上的汽车也并不少，一直到慕尼黑市。一路上，又出现了在巴黎街头看到的景色，到处是停放在公路边和行驶中的小汽车。宝马、奔驰的名牌车比比皆是，唯一和巴黎不同的是，巴黎的摩托车特别多，而慕尼黑却几乎没有。

晚饭后，我们去当地一家最大的啤酒屋，感受了一下德国人生活的另一个方面。啤酒屋实在是够大的，一般啤酒屋大约只有十几张桌子，而这里有一百多张，全挤在一个大厅里。有男、有女、有老、有少。有人大口吸烟，有人高声说话。有的脸色微红，大口品尝着带沫的啤酒。整个气氛就像进了中国大排档的饭店，没有一点高雅可言。但从人们的脸上可以看得出，他们在这种环境中非常放松，非常开心。也可能他们中的有些人正是利用这一点环境，缓解一天的工作造成的压力吧。

在回旅馆的路上，我透过窗户看到马路上，有个别骑自行车的男女，他们的自行车上，无一例外地都安装着带自磨电的小照明灯，车停灯灭，车走灯亮，真是各有所爱和各有所需。

慕尼黑是德国第三大城市，人口约200万。

～月～日晴

早晨又驱车90公里返回慕尼黑参观。来到市中心的玛利亚广场，能给人们记忆的是，在一个高大的哥特式建筑的中间，有一个定时报时并定时会转动的木偶人。广场中央也有一座喷泉。

从广场出来，又到了奥林匹克公园。这是为1972年举办奥运会建造的。足球场可容纳八万人，六万人有座，二万人无座。这座建筑顶部是用八十八根一尺多粗的斜拉柱支撑起如晒鱼网一样的网状的天棚。天棚的材料是玻璃，使整个建筑，既有良好的挡雨采光功能，又是极富艺术想象力。

具有全世界知名品牌的奔驰汽车总部也在这里。在一个百平方米左右的展厅里，右边是卖各种奔驰汽车、摩托车的小型造型，和一些印有奔驰车各种品牌的名信片、钥匙链等的柜台。左边是放着几部老爷车，需买票才能近距离参观。

这里，还放着一个不知哪一年奔驰公司造的飞机发动机，发动机呈圆形，共九缸，每个缸的直径有碗口粗。

从展厅出来，去了奥运村。在一个很好的位置，我和奔驰总部大楼进行了合影留念。

和奥运村融为一体的建筑，还有一个高约五六百米的电视发射塔，巍巍壮观。

下午3时左右，我们来到了奥地利舍恩布龙宫。舍恩布龙宫，是昔日奥地利国王的皇宫，1694年奥地利女皇玛丽亚特利萨下令兴建，曾经是奥地利哈布堡王朝的避暑宫。奥地利伊丽莎白皇后（茜茜公主）曾长期住在这里。拿破仑也曾两度住在这里。这个宫的占地面积非常大，非常开阔，有喷泉、水塘。水塘里有白天鹅、水鸭、海鸥等，在自由自在地游弋。四座建筑呈90°角，建在池塘的四个边上。穿过西面的宫殿，是马洛克式公园。一个有树木、雕塑、草坪的大花园。有许多的游客和当地人在这里休息。

今天的天气是自来西欧后最好、最晴朗的一天。向天举目望去，天蔚蓝蔚蓝的，有无数的飞机飞过后落下的白烟，一条一条的，正缓慢地散开。我数了一下，当时同时在天空，我的视野中的就有八架正在飞行的飞机，这在国内是无论如何是不可能看到的。这里天空是那么的晴朗，我的记忆中，只有在小孩时的乡下老家见过。后来，对天空的印象永远是灰蒙蒙的。

四周几乎无阻拦，天空像一个硕大的圆。白云蓝天层次清晰地出现在头顶，也只有在这里才有所感觉。在国内，周围尽是建筑，因污染的原因，可见度十分有限。所以，在国内，真就没有心情去看天。

参观结束后，我们又乘车上了高速公路。越接近奥地利的茵斯布鲁克，公路两边的山也越来越多。到后来，周围就只剩下高高的山。不过这里的山是森林覆盖的山，只有在山的最高处，才有一些裸露的山岩。而且没有看到山的任何地方，有因为采石料，而造成的山的植被被破坏和山体被破坏的痕迹。虽然，山就在这座城市附近，但山是那么原始，那么完整，好像当地的人们，从来就不知道靠山吃山，靠水吃水的道理似的。

到达市内后，我们先找到旅馆放下行李，便向市区走去。直接找到了这座城市的老街，有着茵斯布鲁克市象征的——黄金顶屋。

黄金顶屋坐北面南，是和其他建筑融为一体的四层建筑。在宽约一间房的门面上，向上装饰了三层。第三层，突出一块瓦顶房形状的浮雕，这浮雕的每一块瓦都是金光闪闪，据说是用黄金建造的，这就是黄金顶屋了。

黄金顶屋的四周，是一个古老的广场。广场的路呈T字型。黄金顶屋对着的是一条街，和黄金顶屋基本平行的又是一条街。黄金顶屋正对的街和它的左边是古老的旧街，建筑物也是旧的。最具代表性的是一座叫消防观察楼的建筑，从远、近看，都和教堂的样子相似。据说，它是当时当地的最高建筑。这里长期有人看守，并观察附近哪里发生了火灾，以便及时扑救。

不知为什么，这里的商店都关门很早，我们去时虽然只有五点左右，但百分之八十的商店已都关门。我们悠闲地游走在附近的大街小巷里。到六点半在广场集中时，广场上又汇集来数以百计的游客。天色已暗了下来。他们这时才来看黄金顶屋，也只能是看了。要想拍照已不可能，要想买点游旅纪念品更成为不可能。我不知道，这应该怪当地的经营者，还是怪旅行社的官僚作风。

　　　　　　　　　~月~日晴转雾

　　从旅馆出来，路过了曾承担过冬季奥运会的高山滑雪场。

　　远远望去，高高的滑雪台建在凸出的一个小山包上，从上到下有一条像瀑布的绿色滑道依山坡而下。附近，有一个好像是从上到下封闭的通道，可以把运动员载上去。我没法想象，冬季雪后的茵斯布鲁克是如何的美丽，但能被奥运会选上，其条件和环境是可想而知了。

　　离开滑雪场，我们再驱车一小时就进入了意大利。这里有了从巴黎出发后的第三个收费站。据导游讲，他十天来的高速费已交过了，现在交的是隧道费。果然，过了一会，我们穿越了离开巴黎的第二条隧道，第三条隧道。一路上，公路两边的景色也稍有变化，山是高山，森林却退去了，取而代之的是不太高的乔木、灌木。山沟和山坡的房屋建筑群越来越多，相隔的距离也越来越近。车上的其他同志开玩笑说，越走越与咱们的家乡越像。公路上的大货车，比在奥地利更多了，大有超过小汽车之势。

两个小时后，刚才还阳光明媚的天空，突然出现了大雾，可见度降到了几百米。汽车的速度也相对慢下来，一直到威尼斯的城区，周围都完全笼罩在薄雾中。

吃过中午饭，我们向闻名遐迩的威尼斯水城进发。过去曾看过莎翁剧《威尼斯商人》。电视中也多次看过介绍威尼斯水城的纪录片。甚至最近有一个电视台报道说，威尼斯的水位上升了多少，过去水道的门都被水淹了，有的地方，水已经进了房屋的第一层等等。

去威尼斯城，需要坐一程轮船。站在轮船上，向周围望去，可以看到几个好像漂浮在水面上的建筑群。广播里，女导游利用二十来分钟的航程，简单而明了地介绍了水城的产生、鼎盛和它的现状，并把船两边人们能看到的有代表性的建筑，逐一进行了介绍。这时，我可能因十几天来一直看欧洲相似建筑太多了，神经也麻木了。所以无论她说什么，我也知道不是教堂就是王宫，再不就是什么风格的建筑。我心一直想的是，在我心中不一样的水城，究竟是什么样的。所以，就盼着上岸，就盼着一睹水城的真容。

上岸后，女导游继续领着我们，沿岸边向东走去。共介绍了三处景点：一是威尼斯缔造者的铜像。二是叹息桥，桥东面的建筑是王宫，桥西边的建筑是监狱。三是圣马可广场。随后她就问，那位旅客要坐船游水城。一只船只能乘六人，费用共是150欧元。我们一行七人，经征求意见，同行中的女同志发扬风格放弃了坐船。于是。我们六个男同志每人拿出25欧元交给导游。导游去买船票，让我们先就地照相。

不一会，导游来了，领我们向南穿过广场的建筑物。走了约二百米，前方是一个小桥，不上桥，向右一拐又走了约二百米。她上前与船老大交涉。回来说，不用排队了，可以从路过的一个小码头上船。就在我们等其中一位同志去厕所时，她把未完成的任务，转交给了陪同我们的导游。直到返回，就再也没露面了。我们真有一种被"忽悠"的感觉。

威尼斯的小船样子很奇特，从电影或电视上人们都见过。外形就哪个样，像把两片大的树叶缝在一起，长不过四米，宽不过一米。船头是一个用厚厚的、白白的、宽宽的铝做的带齿锯的大刀形状的装饰物。船尾是划船的老大。船老大的手里有一只长达三四米的桨，桨的一边在船老大的手里，一边在水里，中间卡在船上竖起约50厘米高、木制的叉上。船老大就这样摇着船，行进中，偶尔用脚向水道边的墙上蹬去，校正着船的航向。

船的座位只能坐下六人。具体讲，船的前面坐一人，后面一个座位坐一人，船的中间左边是纵向的座位，能坐两人，右边是横向二排二座，坐两人。船通体被油漆成黑色。座位的座套因船老大的喜爱，或红色或蓝色，或其他颜色的都有。船边的护栏上还穿着一些彩色的绳子。

船在水城的水道中缓缓行驶，水道宽的地方不过四米左右，窄的地方也就两三米左右，两只小船刚好相对而过。水道两边建筑物大都是四层楼建筑，门窗等等一应俱有。偶尔，可看见一个一米宽台阶，是可拾级而上的小码头。船在水道中左转右转，船上的旅客，都很好奇和友善地互相用不同的语言和手势打着招呼、照着相，脸上都露出开心的微笑。

偶尔穿过一座小桥，坐船的旅客不会有什么感觉，而船老大要收好桨，低下头才能通过。

不知道是船老大打折扣，还是规定的路线就是如此，原说可坐船游半小时的路程，一刻钟左右就结束了。

回到岸上，看看距离集合的时间还早。我们结伴而行，开始在水城大街小巷参观和探秘。水城的水道与大海是相通的，我们在步行中证明了这一点。水道把水城隔成几个大小不等的陆地，这些陆地上的建筑一个紧挨一个，最宽的巷不过三米，最窄的巷，两个人相对而过，还要互相礼让才能过去。建筑看上去都是相当的古老，被海水腐蚀的残缺不全、斑斑驳驳的痕迹随处可见。

凡亮着灯的地方都是商店。商店里卖的商品，无一例外都是游旅纪念品。大致有两类，一类用作假面舞会时的面饰，一类是玻璃制品。在灯光下，看上去琳琅满目，光彩夺目。可细细一看，真没有什么可买的东西。

水城还有一个特点，就是每走一段路，眼前会出现一个百十平方米的小广场。我想是当地人休息和交流的地方吧。在整个水城，没看到一辆自行车，更不要说有汽车了。商店的经营者，看着游客不冷也不热，全没有法国和德国看见游客的礼貌和主动。

从水城游览出来，我的判断是，这座水城曾是一个岛屿，而不像导游讲的，是用无数无数木桩做地基建起的水城。惊叹的是，整个水城的基础都在一个水平面上。从目前的情况看，整个水城的基础，离水面或者准确地说离海平面不足一米，不像其他建在岛屿上的建筑是随地形而建。

慕名来的游客真不少。到下午五点左右时，整个码头上都聚满了人。人们或交谈，或吸烟或去商店。看得出，在这里，人们的心情，都比来之前平静了许多。许多人，可能此时和我的感觉是一样的。那就是，我真的来到了威尼斯。至于它的历史、它的美丽、它的神秘已都不在话下了。

当返回的船，行驶在约半个来小时的航程时，人们的心情好像伴随着黄昏的到来灰暗下来。几乎没有人再走出船舱去照相，也没有了再看一眼这座水城的想法。我听到了周围坐的人交谈的内容，也不再是看到或游了水城的感想，而是在说着别的感兴趣的话题。广播也再没有响起来，哪怕说一声再见或欢迎再来之类的声音。我想，游过威尼斯水城的人，也一定会对威尼斯水城有了新看法，威尼斯商人的这个光环，再也不会被人想起，威尼斯人可能再也不是精明的商人，从此将被人们忘记，恐怕淹没在人们连想都想不起来的普通人中了。

写到这里，我想到了一个问题，那就是一个民族、一个国家好的优良传统，如何继承发扬？以及如何创新？而不是全面批判，完全放弃。如果不注意这个问题，到那时，不仅仅别人不知道你是谁，恐怕连自己都不知道自己是谁了。

～月～日雾转晴

今天早晨吃饭，有了一个小插曲。

几天来，旅馆可能都是按散团接待我们的，可以早晨6：30至8：30随时吃饭，结果今天早晨出了问题。我按往常一样7：30出门吃饭，可一出门就让同行的一个女同志喊了声，说不要去了，人家不让咱们吃，说八点才让吃。接着又说，我们把面包、牛奶都摆到桌子上了，还是被服务生劝了出来。但是和咱们一块进旅馆的二十多个日本人，可以先吃，不知道为什么。听她这么一说，没法，我们只好返回房间，等到八点再说。

八点下去，在餐厅接待我们的是一个五十多岁，穿黑红色上衣的男服务员。他看了一下我们的门卡，伸了一下右手。我们被指定到，一个摆着长条桌的餐厅一角。他还用手在空中画了一个圈，那意思是你们只能在这里吃早餐。

我们一边吃一边议论这件事，其中一位说，我同室的7点下来吃饭也遇上了同样的问题，但他回房间后很不服气，说，我一定要吃上早餐。就又转身下去了。8点回到房间，自豪地跟我说，我已吃了早餐了。问他怎么做到的。他说："我对着那个服务生说，我饿，我非常饿（说的是简单的英语）。"服务生马上说："请坐、请坐（英语）。"他就坐下吃了。大家听了都笑了，是真的吗？吃完早餐出来准备上车，大家问那位同志，他说就是这样的。并表现出对自己的做法很满意、很开心。大家知道我这几天在记日记，建议把这件事写一下，回去讲故事给别人听。

继续赶路。公路两边，又发生了一点微小的变化，我们清楚地看到了在高速公路两边，有了在国内才能看到的、高速公路的全封闭金属网。这在前面几个国家是不曾有的。收费站也多起来。公路两边高大茂密的树不见了，一大段一大段的高速公路，裸露在或广袤或山间的土地上。感觉在山的中间行驶，高架桥、隧道一个接着一个，更像是行驶在国内的高速公路上了。在接近村庄和附近建有住宅的地方，隔音墙比起慕尼黑和巴黎真是少得可怜，只是偶尔能看到一些。建筑材料也差别特别大，好的可与慕尼黑相比，差的连国内的也不如，又低又旧，有一种破破烂烂的感觉。

今天的参观点是佛罗伦萨。佛罗伦萨是意大利的文化名城，文艺复兴的发源地。公元前59年成为罗马的殖民地，后又被伉罗帝人统治。1282年建立共和国。

第一站，我们被拉到米开朗基罗广场。在广场中央伫立着象征米开朗基罗艺术顶峰的铜质大卫塑像。由于地势较高，在这里看佛罗伦萨，尽收眼底，巍巍壮观。有一种如在香港登上一座山去看香港全貌和在新加坡登上一座山去看新加坡全貌的感觉。

从山上下来，直接到了与艺术长廊隔河相望的停车场。步行经过一座开满黄金店铺的桥，向右一拐，再走100米左右，就进入了艺术长廊。

　　长廊是典型的欧式建筑风格，左右是高大的建筑。每隔几米，在离地面两三米左右高的台上塑着一个雕像，左右两边一字排开。中间是约宽十多米的露天走廊。人们穿行在摆着一些画架和画家及他们的作品中，这条长廊约一公里左右。

　　从很远已能感觉到，在它的顶端的地方，是一个很热闹的地方。我们还没走过去，就听到从那里传来，一阵一阵的笑声和稀稀拉拉的鼓掌声。等走近一看，是路中间有人装成机器人，有人穿着白白的长衫，脸、帽子、头发及裸露在衣服外的胳膊、手，全都被银粉涂了，骨瘦骨瘦的，就像一具僵尸，许多过路人好奇地和他照相，而他做着各种滑稽的动作，笑声就是这些动作引起的。还有一些小丑装扮的，悄悄地跟在旅客后面，一边走一边学着前面旅客的动作，也做出令人发笑的滑稽的动作。这位游客对周围的笑声觉得莫名其妙，回头看时，会被这突然的情景吓一跳。周围的人又是鼓掌，又是笑。被捉弄的人清楚怎么回事了，也禁不住笑起来。有的旅客还反过来和小丑一块做游戏逗乐。

走过艺术长廊就来到名士广场。在这里，有一座建筑很高但很粗糙的大教堂。本想进去看一下，刚进门，看见一个全副武装的女警察，对每一个要进去的旅客，都在做安全检查，于是就作罢了。在教堂前有三尊两米高的雕像，其中的一尊又是大卫，只不过，在米开朗基罗广场上的是铜质的，而这里可能是汉白玉的。原本以为，在米开朗基罗广场见到的就是真品，结果一问，这两尊全是复制品。而真品在哪里？到离开时也没闹清楚。

教堂的左边，是个有巨大柱子和带屋顶的、一米多高的台子。在台子上面有一尊铜像，反映的是，一个武士把一个人踩在脚下，武士的一只手里握着稍稍弯的军刀，而另一只手里，拎着踩在脚下的那个人的头颅，头颅还流着血。其他几尊，均为汉白玉雕像，都特别的逼真，连胳膊上凸起的血管都看得那么清楚。

从名士广场继续向右走，在导游的带领下，我们来到了《神曲》作者但丁的故居。这个故居从外表看，是一座高低错落有致的四层建筑，坐南朝北。门口有一个小广场，在靠左边高高的墙上钉着一幅用防雨布油印的但丁侧身头像，下方是一个高约一尺五寸左右青铜的但丁头侧面雕像。

门口的右边种着一些鲜花，左边是一个宽一米、高一米左右大的石台子。

门开着，就进去参观一下吧。一进门的左侧，放着一个不太大的单人桌，不知是旧文物还是让客人留言用的。右边是一个屋，屋里是一个挂满大小不同的相框，还摆着几个书架，书架上摆着一些书，这里可能是主人当年的书房。再往里屋走，左边墙上也挂着几幅画。本想再上楼参观，却又被里面的人挡住了，说了些我们听不懂的言语、比画着谢绝参观的手势，就被劝了出来。

因为语言不同，又没有人介绍，我们也只能了解这些，遗憾地离去了。

最后，我们来到了一座用三色大理石建造的世界第三大教堂——圣母原无罪之花大教堂。教堂外表为三色大理石建造，看上去明亮而华丽。教堂建于1296年到1496年，共200年才完成。教堂内设有370级台阶，可登高俯瞰全城。教堂的地面，也是用三色大理石铺面。其他结构和别的教堂无异，区别之处在于：一是向上看，这个建筑属于一层半建筑，与其他的两层、三层的建筑不同。二是，在教堂内的四分之一处，有一个通往地下室的道口。下去参观的门票费是三欧元。

我们在地宫里参观了一圈。原来，这里是在1296年建大教堂前的原教堂遗址。当年教堂地面的材料还清晰可见，包括信徒们在这里做顶礼膜拜时，把地下磨出的虽然浅浅的、但很明显的坑，明明白白地展现在现代人的面前。还有许多一米宽二米长六七寸厚的大理石平摆在那里，上面或刻着人的浮雕，或刻文字，或兼而有之。据说，米开朗基罗、伽利略、罗西尼等名人的墓都在这里。

地宫里，和地面大教堂朝向一样的一小块地方，是原教堂的核心部分。高出地面一尺左右，这里有十字架。台面的左边，有一个二尺左右见方的凹进去的小神龛，神龛里面分上下两部分：上格子里，放着用一个暗红色织锦绸子包着如胡萝卜大小的东西；下面的格子里，放着的是好像一个骨头似的东西。这个东西，被钉在一个厚厚的、同样暗红色织锦的绸子上。那像骨头大小的东西，如一个成人中指，呈黑灰色，有曾被腐烂和分化的痕迹。

台面右边的墙上，是一幅真人大小的浮雕，雕像的人侧躺着，左手自然地放在他的左臂上。不知道有什么说法，这只手可能是被旅客或是信徒触摸的原因，磨出了黄铜的本色，油光油光的。

台子的下面，分左右摆着四五排做祈祷和听圣经的椅子。

可能是到了闭馆的时间了。当我们从地下室走上来时，一条铁链已经把入口拉住，不让游人再下去了。上来后，我真是高兴，因为实在太幸运了。如果没下去参观，真不知今后什么时候，才能再来这里参观和瞻仰。或者，如果来晚了一会，错过了时间不让下去看，那就太遗憾了。

~月~日雾转晴

在佛罗伦萨的最后一站，是参观比萨斜塔。和比萨斜塔相邻的是一个大教堂。这座大教堂，是来欧洲后看到的第二个用花岗岩贴面的大教堂，看上去明亮而凝重。走进教堂，这是一座三层的结构，中央部分直通教堂顶，中间一层为圆柱的回心走廊。和进了其他教堂一样，有一种神秘而让人感到压抑的感觉。一层的四周，是有关基督和圣经的壁画。在中央，从前向后数，左边第三和第四柱中间，放着一个直径一米左右如同中国鼎的东西，不知道是什么，也不知有什么用。这一天，正好是星期天，远远望去，看到一个身着长袍的神父在给坐在第一排、第二排的人比画着什么。

比萨斜塔，位于这座教堂的东南角，倾斜的角度也是倒向东南，塔为八层圆型建筑，塔底的直径大约在五至七米左右，下宽上窄。最下一层为多柱实体，从二层开始为多柱走廊结构。塔的入口处，有许多人等着排队上塔。而塔的七层上，有许多人在向四周张望。大家分析，可能因为要保护斜塔，每次上塔的人数有一定规定的。只有等塔上的人下来，其他人才能再上。斜塔的外装饰同大教堂一样，全是大理石装饰。斜塔最早建于二世纪初，到二世纪三十年代完工，后因伽利略在此做了著名的重力加速度的定理而闻名天下。近年来，有仪器观察斜塔，还在以每年一定斜度继续倾斜，而倍受世人关注。是否已有人找出办法，或者已经解决塔的倾斜问题，因语言不通，无法请工作人员解释。看塔的倾斜度，如真的还没找到解决办法，过不了几年，这座塔肯定会倒掉了。

下午驱车向意大利首都罗马进发。在公路上，明显地感觉到，天气越来越热，树叶普遍还很绿，秋天的感觉在消失。从身边超车而过的汽车里，无论开车的还是坐车的，都是上身着半袖衫。公路上大货车在减少，但房车在增多。到傍晚时分，四周不经意中又被薄薄的雾笼罩，可见度也越来越差。进入罗马后，有一种回到国内城市的感觉，到处是五层至九层的住宅楼。楼房的一层二层也安了防护栏，只不过看上去比国内的艺术了一些，这在前面走过的几个城市和国家，都是不曾看见的。

公路两边，到处堆放着未完工的机械设备，许多锈迹斑斑的汽车停放在那里。偶尔，也有一两个工厂模样的建筑从身边经过，无秩杂乱。落后、不文明的感觉时不时印入脑海，有了一种再不想看下去的感觉。

~月~日晴

今天早晨顺路看了一下地中海一角，然后驱车向罗马市走去。

一路上，进一步证明了我昨天的感觉。公路两边，随处可见丢弃的塑料袋和废塑料制品，如饮料瓶、易拉罐等。汽车过后马路上虽然扬不起尘土，但一种在乡下、环境无人管理的印象特别深。进入市区后先是塞车，随后见到了十几天来的第二起汽车事故。同时也应了导游说的一句话，路有多宽，汽车就有多宽。随处可见行驶和停放的汽车，随处可见行驶和停放的摩托车。感觉比其他几个城市的摩托车都多，开车也没有了规矩。

进市区后，开始看到古罗马时期留下的遗迹，准确地说是残垣断壁。看着它们，既使你感叹当年古罗马的兴盛、繁华，又仿佛看到身着古罗马时期服装的人。他们手里拿着冷兵器正在与你对视。

第一站，来到一座并不高、也并不引人注意的一个小教室。过道里，大家看到了在电影《罗马假日》中，一个一米高圆石盘上雕着一个熟悉的、头发随意飘散的老人头，口是透空的，人们叫它"箴口"。来参观的人都饶有兴趣地把自己的手伸进老人的口里留影照相。随后，又进教堂粗粗看了一下，和其他教堂没什么特别之处。出来后，我在过道买了两个带有老人头像的钥匙链留作纪念。

接下来，汽车开到罗马火车站，改乘地铁前往梵蒂冈这个城中之国。

有资料表明，梵蒂冈面积0.44平方公里，人口

1400人，可真叫小的，但在世界上的名气可不小。这里有圣彼得大教堂，是产生天主教教皇的地方。圣彼得大教堂，还是迄今世界上最大的教堂，是世界上最大的圆顶建筑物。教皇尼古拉五世于1450年为教皇的地域命名，在原址修建了这座更大的教堂。历时100多年后到1626年竣工，占地面积一万五千平方米，可容纳一万余人。大教堂里有圣彼得铜制雕像。导游讲，据传，人们摸了他右脚能得到神的保佑和好运，所以，现在右脚已被磨损得明显小于左脚。

在步行前往梵蒂冈的路上，看到了身着在电视或电影中一样服装的神父和修女。女嬷嬷从你的视线里，时不时地出现又消失，和你正面相遇又从你身边走过。

在进入大教堂前，进入你眼帘的是独具匠心设计的弧形走廊。远远眺望着大教堂时，马上就被大教堂的宏伟、巨大、凝重的气氛所感染。所以，无论你来时情绪如何，为什么事烦心，甚至在想着功名利禄，但站在大教堂下，你都会突然觉得自己特别渺小。

对经过几个世纪、流传到现在的天主教，还有那么多旅客和教徒来朝圣，让我感到震惊。

我们来到大教堂的时间是中午十一点。这时，可能是游客在一天中最集中、最多的时候。为了参观这座大教堂，我们从五百米甚至还要远的地方，以一列五人至六人平行的队伍排起。队伍慢慢地向前一点一点地挪动。在明朗的阳光下，地面温度25℃，但游客在无人管理的情况下都很文明、礼貌，看不到一个人躁急和上火。半个小时后通过了安检。又过了二十分钟，才从左侧踏上大教堂的台阶。这时队伍分为三行，我们因语言不通，看不懂指示牌上写的内容，不知该怎么办。最后大家决定，哪个队排的人多，哪个队慢一点，一定是看重要景点。于是大家就排到了人多的一队。我们终于走进了教堂的大门。这时，我们看到左边有的人，从中间隔着绳子的空隙中钻过去也没人拦。我的第一印象是，可能工作人员看到人多，由一道改为二道，再者，就是工作人员对这种不文明举动，睁一只眼闭一只眼。于是，我们一个跟着一个，过了这个空隙向前走去，也没人来拦。

我们侥幸地向前走去，这才发现，我们已同刚才的队伍，走到了不同的方向。他们那一队，向前面又顺着路线走，就到了大教堂右边的顶头。我侧眼看了一下，那里有人在逐一买票。

我也不想什么了，顺着我们这个人少的队伍向前走。结果向右一拐，走进了教堂的地下室。一路下来，看到了许多硕大完整的汉白玉棺材，我想这都是历代教皇的棺材吧。至于石棺里面，是否有教皇的遗骨就不得而知了。没过二十分钟，我们从大教堂的右边出来，又回到了广场。这时，人也走散了。我站在那里，把大教堂前的景色看了一下。教堂前分两层。广场上分四大块，放着整齐的、无数的塑料椅子。我想是为朝圣者准备的，或是为瞻仰教皇尊容的信徒准备的。东西两边挂着两个巨大的音箱，四大块座椅群后，就是有点缓坡的大广场。广场中央有一个喷泉，喷泉的中央是一个四棱形的、高高的纪念碑。纪念碑的西边广场的边上，是弧形的走廊。走廊的柱子底座的直径都大过一米，高达五十余米，一排四个。这个弧形走廊由五十多个柱子组成。走廊的顶上，每隔几米塑着一个又一个巨大的雕像。

这时我有点累了，就座在走廊的台阶上休息。二十分钟后，一看表，离集合时间还有一个小时。

这么长时间干什么，难道只能这么远看教堂吗？里面究竟是什么样不知道，据说还有个博物馆，里面有许多珍贵文物没看见，真是不死心。于是我决定再排队看一次。

这时已是中午一点了，长长的队伍没有了，队伍缩短到接近安检的地方。我连走带跑过去，很快过了安检。队伍前进却是很慢很慢。到教堂的台阶下时，半个小时已过去了。眼看再有半个小时就集中，自己却还在教堂大门口，离排队买票还不知道什么时间才能轮到，到里面参观更没时间了。这时，我想打退堂鼓，心想算了。我正想着，突然发现和我一块排队的又一分为三了。我们算一支，我刚才右边的是一支，在这支的左边还有一支，南面这支基本上没人排队。我想算了，参观不上教堂就跟上这支队伍，能看什么算什么吧。于是，我轻轻做了一个侧身动作，敏捷地蹲下身，从另一个挂着铁链的隔离线过去，同样没人管。这不管不要紧，我踏进了门一看，天哪，这不就进了是要参观的教堂了吗。于是也顾不上想什么，从前向后，从左向右逐一参观、照相。因为昨天晚上看了一下介绍，有了要参观的重点，所以，在左边还真的找到了彼得的雕像。参观的人们在逐个通过时大部分人都用手去摸雕像的左脚。我没时间，拍了一张照就离开了，心想回去再慢慢欣赏吧。

教堂真大，大到感觉科隆教堂太小了，巴黎圣母院太简单了，无论壁画、规模、雕像，都太气派了，太豪华了，太精美了，太完美了。

匆匆忙忙，走马观花地看一圈，出了教堂已是一点二十分了，我又急忙跑到集合点，正好是一点二十五分。但七个人只来了四个人，其他三个人在哪，何时能回来，谁也无法联系上。

在等人的时候，其中一个人说，来了一回了也没进教堂参观。我讲了自己的参观过程，其中一人非常想去看一下。于是经大家同意，这位同志一路小跑地去了。他走了十分钟后，其他三个人出现了。大家互相一问才清楚。原来，因为谁也不知道该如何参观，加之后来大家又走散了，所以，每一小组只看到了大教堂的一个不同侧面。我算其中的一种吧。还有一种，是从地下室出来马上又排队，然后买票坐电梯，走到教堂的房顶向四周望。第三种，也就是一个人。不仅上了电梯，走到教堂的房顶向四周望。而且又随着人流，走上了只能容纳一人、只能上不能下的台阶，一直走到教堂圆顶的最高处，鸟瞰了梵蒂冈和罗马市的全景。我诙谐地说，我们真像小学课本中的瞎子摸象，你摸到了大象的脚，我摸到了大象的鼻子，他摸到了大象的身体，把大家看到的全集合到一块，才是这次参观教堂的全貌。大家都笑了，笑得有点无奈，笑得有点生气，笑得有点有苦说不出。这样的结果，完全是因为导游不负责任造成的。

上午耽误点时间，下午的参观有些紧张。坐地铁返回罗马后，第一站是参观斗兽场。说参观有些夸张，其实导游为了省钱，只说里面没什么好看的，而大家已经顾不上和他计较了，就在斗兽场外开始互相照相。我本想透过底层的巨大门洞，看一下里面的建筑，可全被砖砌的建筑墙隔开了，只好望洋兴叹。只看到了它的外观。这是一个回形建筑，从视觉上看非常巨大，非常结实。每堵墙的厚度都在一米以上，柱子再加上宽度和高度就更显得结实。只是经过近两千年的风吹雨打，历代后人的极端破坏，已严重残缺不全。等现代人有了保护历史古迹的概念后，这个遗迹才得以保护下五分之一原建筑（甚至还要少吧），供现在人去想象当时辉煌和热闹的情景。它给人的印象是震憾。斗兽就够惨烈了，人和人角斗，并最终有一个对手，必须当场在近乎肉搏的争斗中痛苦地死去，那场面是如何的惨无人道，贵族和观看的人是多么的麻木，角斗士的命运又是如何的猪狗不如。同时，也可知人类的发展和进化，是经过怎么的茹毛饮血、薪火传承、弱肉强食等一系列难以想象、难以承认的艰苦过程啊。

随后，又沿路看到了古罗马留下来的其他残缺不全的建筑物的废墟。它不仅告诉现在的人，这里曾经有什么，还告诉人们在约两千年前人类的智慧和文明，已经到了何种程度。也可能正因为留下来是残缺、是废墟，更给后人留下了无数想象，也可能是永远也解不开的无数谜团，无数可供后来的文学家、艺术家、科学家揭秘和演绎的空间和故事。

向前、再向左拐，就看到了最为高大和建筑非常完整的威尼斯广场。它建在三条公路的交会处。天色已晚，游人也不太多，可道路上汽车和路人川流不息，与有着文化蕴含深厚的广场很不协调。

这个建筑主要建筑材料为汉白玉，呈灰白色，建筑分四层。最顶上是圆弧形，在巨大弧形的两端，是两尊四匹马拉车的青铜塑像群。接下来是汉白玉的第二层。建筑是由无数圆柱承起。第三层和第二层一样，只是比第二层之外大了许多，圆柱错落有致，形成空芯过道。最下层，中间是一个平台，平台下是无数的台阶，游人可从这里拾级而上。在平台的中央，是为纪念二战牺牲的战士点燃的长年不熄的火焰。平台的右边，是一个和大理石底座浑然一体的、身着戎装、骑着战马的青铜雕像。台阶的两边，还有两尊和大理底座浑然一体的两组士兵雕像。据说，这都是为纪念二战的官兵塑造的。虽然这几个建筑，都是后来加在这个建筑中的，但现在看来是那么和谐，那么卓尔不凡。

接下来，我们参观了万神庙。虽然它既不高大也不显眼，可他是意大利的官方教堂。进去看，这是一个圆形建筑，虽然叫万神庙，可四处转了一圈，却看不到万神。塑像和壁画，也没有什么特别之处或精美多少，或有什么著名的画家、雕塑家的作品。这时天已黑了下来，人看人已有些模模糊糊。

又走过几条古街小巷，突然眼前一亮，随即听到哗哗的流水声、人声、喧杂的声音。向左边看，感觉是，整整一个五层楼高的一堵墙上，是一幅整体的塑像。最底下一层是一幅群雕，再下来是从雕塑像下流出水，形成一个水池。整个雕像，用微弱的灯光打出重点的部位和轮廓。细看最低的一组群雕，是一群身着盔甲的士兵及他们的、正在饮水的战马。从雕像表情和神态看,他们非常渴,又非常的兴奋和激动。——这就是特莱维喷泉。这里还有一个神奇的民间传说，我想许多人都熟悉，这里就不啰嗦了。

当到最后一个景点，也是这次整个西欧十一国的最后一站时，天空完全黑下来，连导游也迷路了。最后向当地人打听，还是找到了，它就是在《罗马假日》里的、代表着正义的西班牙广场。这里，最著名的是370个台阶和在台阶上高高的、四方形建筑物上的三尊塑像。台阶的下面正对着一个小水池，水池里，有一个表现在海中行驶的船正在淹没的情景。从水中露出的船头和船尾是汉白玉材质的雕塑。水池、台阶、塑像构成一个建筑整体。许多人在这里驻足休息和聊天。它的四周虽然是商店，但是很和谐。

当在路灯的辉映下离开罗马时，我突然有一种感觉，白天看到古罗马遗迹时的激动已荡然无存。透过车窗看着在整个城市和忽而出现的残垣断壁，真好像夜里出来看到了幽灵、看到了坟墓，看到了只有在电影里出现的恐怖景象。我的心一紧，再也不往窗外看，闭上眼睛。实在不想让眼前的一幕，和白天看到的古老、美丽，有着无数遐想的罗马联系在一起，不愿和行将结束的这次旅行道一声再见。

这次旅行结束了。但我的感觉不是去了几个国家，而是去了几个相近或相邻的城市的感觉。所见、所思、所感，并不能就对一个国家的情况妄下断言。也不敢说，亲眼看到的东西就能代表这个国家的表象。如有人看了以上文字，也千万不要形成一种误导。因为是日记体，所以是很个人的东西。只是想留一点纪念，仅此而已。

2007年4月修改

澳大利亚记行

2012年11月25日上午9：30，本人从太原武宿机场乘航班起飞，约50分钟后到达北京机场。下午16：30由北京机场起飞，晚20：00降落在香港机场。由于没有香港签证，在机场滞留到晚上23：30，由21号闸口登机飞往原定外培的第二站——阿德莱德。于26日当地时间9：30到达机场。

在途中

说来还算一路顺利，由于自己的外语水平太差，心中一直担心进入阿德莱德海关及安检时会出现问题，于是留了一个心眼。在由香港飞往阿德莱德的途中，幸好旁边的乘客是广东人。邻座的人，一上飞机坐下，便将自己从飞机入口处随手拿的报纸，从中抽出一份给我，因为机舱内灯光并不亮堂，所以我随口说了一句，要是英文的我可看不懂，但我还是礼貌地接过报纸，一看是中文的，正好可以消磨时间。因为有了在途中要寻找一个热心的愿意帮助自己的人，所以，我从他递报纸这个动作上，感到他一定可以帮上我的忙。因为工作的需要，有经常外出的机会，所以在途中如何与人相处的一些常识我还是知道的。这时，我并不急于与这位乘客搭讪，还有十个小时的飞行时间。

一路上我留心观察他，他三十岁左右的样子，光头、圆脸、中等身材，会说普通话、广东话、英语。飞了几个小时后，我找到了搭讪的机会。飞机上共送两顿餐，上第一次餐时，我发现空中小姐将一份水果餐送到他面前，但空中小姐并没有给我。我并不奇怪，可能是他花钱另外点的吧。随后，服务员开始供餐，供到我们这里，乘务员递给我餐盒，但并不再给身边这个乘客。到第二次供餐的时候，从我的观察中找到了瞬间的话题。我说："你二次进餐，都是水果餐，恐怕热量不够吧！"他友善地答道："还好。"我接着说："我建议你还是要吃点主食。"他微笑地点点头。我问："你是去阿德莱德出差吗？"他说："不是，我是移民，技术移民。"我不无惊奇地"噢"了一声。

在北京时间十点左右时，他开始填入境卡片，我也找出上机后不久乘务员发给我的入境卡片。因为在家里有人提醒过我，说会有一种英文版的，一种中文版的，你英语水平差，就要中文版的。并在走前他们从网上下载一份帮我填好，说到时如果不会，照着抄一下就行了。这时，旁边乘客很快填好了。而我在随身的包中却找不到笔了，旁边的乘客迟疑了一下说："用我的吧。"我赶紧说："谢谢！"我找出上机前他们帮我填好的一张表，又与乘务员给的表对照一下，正反面都完全吻合。

　　我看不懂其中一部分在表上用英语填写的内容，就向旁边的乘客说："你帮我看一下，是不是照抄一下就可以呢？我英文水平实在太差了。"那个人拿过去，仔细看了一下说："没错，你就照抄一下吧，我说背面的也是照抄吗？"他点点头，提醒我，说："澳大利亚海关有了新规定，原来规定可带250支香烟，前几个月新规定只允许带50支，你带的超了没有？"我说："你是指随身的，还是连托运的行李？"他说："加到一块的"。我说，是超了，但没敢多带，只带了五盒。他说："超的不多。我建议你还是如实填报，在'否'的方框内打对勾。因为入关检查很严，万一抽查到你，发现你有欺骗的行为，他是会罚你的。"当时我的心里并不是害怕海关罚，是因为语言不同，无法解释。如身边再没有一个中国人帮忙，担心会在海关滞留很长时间。如时间长了，澳方派的接机人就会着急。如再麻烦大一点可就坏了。我没说什么，就如实填报。他看出我是真不懂，真的希望他帮忙，他又提醒我，说，澳海关对食品药品检查也很严格，不知你带什么东西了。我说："随身的日常用药，如防拉肚子、治感冒的，食品就是帮朋友在悉尼求学的儿子带了些茶叶。"他建议在这两项中，最好也如实填写报关，接受海关检查。"可带，他会很礼貌地让你过；不可带，他们扣留也就完事了。"我说，好。结果正如他说的那样，我不知道如果不如实填写会怎么样，但我看到的情况是，所有的行李都被要求打开，一件一件检查。我的卡片就经过了四个人检查，行李经过了两个人检查。最后香烟被扣了两盒，药和茶叶都顺利通过了。

在海关的签字官那里排队时，我看到签字官每每查入境人员的证件时，都要与被签人交谈上几句。于是我又开始想，如果人家与我说英语，自己听不懂应该怎么办。好在不知是签字官看到我是东方人的面孔，还是什么别的原因，他只是认真核对过后，拿起章给盖了，并用手示意，你可以入关了。我随口说了句英语"谢谢"。总算松了口气，心想，这下终于可以踏上阿德莱德的土地了。

派来接我的是一位二十多岁姓陈的中国女孩子。安排好我住宿后，她咨询我，说："我们的领导安排，让我陪您在附近看看。与这条马路平行的是一条商业街，就像北京的王府井；还有一个叫中国城，规模也挺大的，你想去哪里看看？"我说，去哪里都可以。

从宾馆出来，一边说一边向车站走去。她边走边介绍，看着路边的建筑物对我说，这里是阿德莱德议会大楼。这是前几天美国国务卿来了之后下榻的宾馆。这时可能是走到车站了，停了下来。她又指着远方告诉我，那是阿德莱德博物馆。我突然来了兴趣，我说："上街就免了，我想去看看博物馆或是历史文物的东西。"她说："啊，原来您有这个爱好。那咱们不用坐车，向前走几步吧，与博物馆相邻的就是阿德莱德美术馆。领导让我三点前回去，我们看到那个时间就回去，好吗？"我说："行。"反正对我来说，这里是一张白纸。

可能我们所处的这条街道也是一条比较繁华的街道吧，人很多，红绿灯也很多。看到一个红绿灯要穿过马路时，都由这个女孩子领着，她要在一个红绿灯的电杆下有一个"↓"的按钮上按一下，等到变成绿灯并发出"嘟、嘟、嘟"的声音时就可以过马路了。在向前走的途中，我发现路边一棵好大的树，开满了紫色的小花，没有树叶，十分鲜艳。就问："这是什么树，什么花？"她抱歉地说："我也不知道，只是听说这种树，花开的时候正好是高考的时候，所以有人叫它考试花。"

再向前走就到了博物馆了。推门进去，这里并不收费，全是英文提示，我看不懂。小陈带着我向右边一个大厅走去，从里面陈列的实物可以看得出这里反映的是当地最古老的历史。印象最深的有这么几样东西：一个是木雕，在长长的木头上雕着一个人或几个人叠加在一起；一个是木雕小船，小船不足一米大；一个是像电影中印第安土著人的头饰，用长长的、硬硬的黑色马鬃做的；一个是长长的有多种雕刻图案和装饰的标枪。最吸引我并留下照片的是当地土著人祖先留下的头颅骨，非常特殊。在中学时，当讲到北京人头盖骨时，总是与人类的进化联系到一起。老师说："大家看北京人的头盖骨形状，前额低平，眉骨粗大，颧骨高突，鼻子宽扁，嘴巴突出，头部微微前倾。"而当地土著人的头颅形状与北京人的头骨有很大区别。最大的特点：第一是长、细长，约有30厘米，然而五官都集中在下二分之一；第二个是头颅骨直径偏细，只有一个成年男人的拳头粗细。我在那里看了很长时间：一、那是三个真人的头颅骨，有实物，有明显的骨纹；二、北京人的进化是演变是可以讲得通的，而这样的头颅骨又该如何讲人类的进化过程呢？为了打破没有见过真正实物人的怀疑，我专门拍了照为证。

在参观中我感到，这里人类的早年，与其他地方人类的早年有着相同的地方，一个是以打猎为生，一个是也有用贝壳做装饰的痕迹。但是比起中国的历史就算不上什么了，没有新旧石器时代的痕迹，没有青铜时代的痕迹，也没有文字演变的痕迹等等。

接下来我们又去了美术馆。美术馆只有一层，四个厅连在一起，就像中国的糖葫芦。主要是油画，内容有反映贵族人物的人物画，也有反应贵族的生活画，个别的风景画，色彩都很鲜艳。可以看出画品的历史并不久远。因为没有翻译，有讲解也听不懂。看到小陈一直看时间，所以不好意思驻足观看，最多算是快速浏览后即匆匆离去。参观中很难看到中国的历史文物。但小陈讲，在介绍的小卡片上写的一般是越南、印度，极个别地方写的是中国——印度（即不太确定吧）。

从博物馆和美术馆出来，总的感觉是当地政府对当地历史和文化还是很重视的，无论从所占用的建筑面积还是两馆的管理，都能看出来。

随后，我们步行到了繁华的商业街。我问小陈，向左还是向右。小陈说，向右走。一会儿到了电车站，我们就回去了。

在等车时，我观察了一下周围的人。我发现，这个地方不像是城市，而像一个旅游景点。首先是人杂。从长相和穿着上看西方人、东方人居多，有白种人、黄种人、黑人。再就是他们看上去都很休闲，不像在国内，你看到的人好像在想着什么事，急着去办什么事。这里的人大都喜欢光着脚，特别是女性，无论大小，还特别喜欢穿短裤和平底凉鞋。小的饭店、酒吧总是坐着人，在那里喝酒、聊天。人们面部表情看上去都很放松。

当地时间下午约五点时，我们这个小组的人都回来了。大家见了我都很高兴。我也笑着说："我终于找到组织了。"

游袋鼠岛

今天是休息日，约好要去袋鼠岛参观。5：40起床，这下有人提醒了。洗漱完，吃了一个桶面就出门了。

出了宾馆等车，我看到了这个城市扫马路的办法，一个大型扫地车，这个与国内没什么区别。接下来就不一样了，车前有两个人，每人手里拿着一个带蓄电池的吹风筒，一个站在人行道上，负责把人行道的可以吹动的垃圾、纸屑等吹到扫地车前。另一个戴着口罩，负责把那个人用吹风筒吹过来的垃圾吹到扫地车下。三个人配合非常默契。

六点半大轿车来了。司机下车手里拿着打印的名单，逐一核实一下人员，然后上车。车上已有二十多人了。汽车向城外静静驶去。说是静静驶去，其实是整个马路上，不要说早晨，就是白天也是很难听到有一声、两声按喇叭的声音。这时的早晨，整个马路上可以说是空无一人，偶尔能看到一辆行驶的车，仿佛整个城市还都在周日休息的睡梦中。

如与在国内这个时间做个对比，这时国内城市早已经是车水马龙了。这里就好像是国内的乡下一样，安静、寂静得让你无法想象。

在车辆的行驶过程中，不时从车窗闪过或高或低的建筑物，又看到开着或茂盛或稀疏的"考试树"，紫的颜色连成一片，看着它，你的心情也会平静下来。

两个小时后，汽车在一个码头停了下来。这时才反应过来，既要去岛上，那必然要坐船过去。这个船的结构很特别，船的尾部向着码头，正对着码头的是一个可以直接开上两辆大轿车的开阔的空间。往里看，大约是停车场，可以停放若干个大车和小车。船的两边是旅客的客舱。人们要通过一个向上的楼梯，进入渡轮的第二层。

上船后，旅客们可以选择在前舱或左右两个舱的座位上坐下来。旅客可以在这个时间补补餐，有兴致的旅客、或感到船舱热的旅客，可以通过舱尾，到船的顶上去乘凉和观光。

船在碧蓝碧蓝的海面上行驶，很平稳。约一个小时的行程，说慢就慢，说快也快。

下船后，我们改乘一辆大轿车开始了袋鼠岛的参观。

虽然看了一个介绍袋鼠岛的简介，但在袋鼠岛上，一天时间的参观，心里还是期待。从教科书和影像资料中，人们对澳大利亚都有个较粗浅的认识，一个是年轻的国家，一个是独有的有袋类物种。说实在的，来袋鼠岛，最期待的是要在不经意间看到袋鼠了。但这样想，你会失望的。因为，参观的项目中，没有袋鼠项目。大轿子车在岛上行驶了一天，连个袋鼠的影子也没见着。但是不是真的失望呢？答案是：未必。

因为这一天，在袋鼠岛的参观给我留下了非常美的印象。

首先你想象不到会在这里看到"海狮"。汽车司机兼导游第一站便把我们带到海边。先由专职导游给游客讲注意事项。然后，随导游从岸上走下去，是白白的沙滩。在沙滩与海水相连接的约一公里长的地方，在暖暖的阳光下，躺着无比放松的三四十头海狮。陪海狮晒太阳的是无数的、随起随落的海鸥。望着海天相接的远方，感受着拂面的微风，已经是很惬意的事了。

人们在导游的带领下，可以走到距离海狮10米左右的地方近距离观赏海狮。人们在电视电影里可能曾无数次地看到过海狮，但与你真的这么近距离看到海狮，还是有区别的。就像电视转播足球赛一样，虽然你能看到球员的细微表现，各种角度和进球的回放，但那都是被动的。正像在现场看足球赛一样，这么近距离，你可以对你喜欢的海狮近距离地不眨眼地观察下去。从神态、呼吸、表情、动作、皮毛，甚至是长长的指甲，退化了的前脚和后腿，等等。只要你愿意，只要时间允许，你可以一直看下去。

这次又碰巧了。一个不大不小的海狮为大家平添了许多乐趣。当人们正准备返回岸上时，从岸上的方向忽然传来"哦"—"哦"—"哦"—海狮的叫声。有的人寻着叫声看去，发现是一个不大不小的海狮，一边叫着，一遍趴着向海的方向前进，爬几步休息一下，爬几步休息一下。它把所有人的目光都吸引过来了，人们自觉地给它让出一条两米宽的通道。只见这个小海狮，全身深灰色，身上毛皮显着鱼鳞似的斑纹，这是在电视中不曾看到的。小家伙叫着、爬着，但海边没有一个大的海狮对它的叫声有任何的回应。当它通过人们让出的通道时，就像受到影迷的待遇，无数照相机对准了它，按快门的声音着实响了一阵。人们的笑声掀起了又一个小高潮。大家目送着这个小海狮爬到一个大海狮身边。但那个大海狮并不像是它要找的妈妈，既没有排斥它，也没有给它更多的亲昵。我想，这么近距离的野生海狮与人和平相安无事，不能不说是人类的进步，而这种进步是必要的。

在岛上，大部分的时间游客都在行驶的车上渡过，但你并不会觉得枯燥无味，其实这是另外一种享受。我的感觉是，这里的一切都像为迎接重要的客人，把天上和地上专门洗过一遍似的。树木是干净的，花草是干净的，空气是干净的，就连柏油路也像用布子擦过一样。天上，白白的云彩一朵一朵，像撕得或大或小的、雪白的棉絮，摆在那里。在蓝蓝的、一眼望不到底的天空中，仿佛这些雪白的棉絮离我们的距离并不遥远，手里拿上一根长长的杆子，就能把它钩下来。白得耀眼，白得透明，白得没有一点杂质。

汽车行驶在两边都是高高的、树的丛林中时，你会感觉像进了原始森林，分不清东西南北。一会儿行驶在山坡上，又让你感觉好像行驶在绿绿的海洋中，或粗或细的树冠，形成仿佛或大或小的浪花。一会儿行驶在平原时，你又感觉到人在画中行，左右都是引人驻足的景色，让你应接不暇，让你举着相机拍得没个满足。

整个岛上，最多的树种是桉树了。桉树的树皮光光的，只有在树梢上长着叶子，一簇一簇。有桉树就有考拉。但其实，考拉并不是在岛上可以随意看到的。所以，后来只有在导游的带领下，我们才有幸看到生活在大自然中，爬在桉树上的考拉。考拉的习性是懒，不知道是时间原因，还是别的什么原因，我们在下午两点多去看考拉，它们全是团坐在接近树梢的树杈上。好像人们常来看它们，它们已经习惯了。所以无论树下有多少人，它们没有反应、也不惊奇，依旧是团成一团，在树杈上一动也不动。而前来参观的人们，也不会拿地上的石子去惊动它们，只是手里拿着相机变换着各种角度留念、留影。

人们都不无遗憾地开玩笑说，这些考拉真不给面子，一点也不配合。但不管怎么说，还是终于看到可爱的考拉了。

在海边有个参观的景点是几个大石头。说来有点不大相信，在这个岛上，给你的感觉是绵延起伏，但总的印象还是平缓的，没有任何一个地方能看到山岩、石崖。这里却很特别，从远处看是几块大石头，可近处一看，却不是这么回事。突出的岩石，像一个大大的馒头，有一个足球场那么大。如果我没有猜错的话应该是花岗岩。在这个"馒头"上摆着几块石头，一整块最小的有三米左右，最大的有三层楼那么大。一个一个都是独立的。奇特的要算是它们的形状了。虽然说是花岗岩，但里面却是完全空的，像中国的太湖石。最大的一个花岗岩下有十几平方米，可容纳二十多个人。而最薄的地方只有二十厘米左右。用手拍，像拍到中国寺院中的古钟，整个岩石发出浑厚的、金属般的声音。真是大自然的奇迹。真是只有你想不到的，而没有不存在的。

接下来是参观天然形成的拱门。拱门的形状有点像我国的象鼻山，拱门的跨度有五十米宽。但我又发现了更为奇怪的现象。因为形成拱门的原因是因为这里的岩石是石灰石，即碳酸岩。而这里相距刚刚参观过的几个大石头，相距不过三公里。一边是花岗岩石，一边是碳酸岩。这么近，地质结构居然有这么大区别。

在袋鼠岛，也有让人讨厌的动物，那就是苍蝇。个头不大，但无论你在行走中，还是站在一个地方，马上让你感觉在你头上飞，不是只在你的头上，而是所有人的头上。你要留心看，大家都在用手赶苍蝇，可你怎么也轰不走它们，打又打不着它们，让你很无奈。

袋鼠岛的参观，虽然既新鲜，又让人流连忘返，但感觉还是有一点点遗憾，就是你真的没有看到袋鼠。

晚上十点多，坐车回到灯火通明的阿德莱德时，却是另一道景色。据当地陪同的人介绍，今天是周末，所以许多当地人都出来放松一下。白天看到的许多女孩子是穿凉鞋的，这会儿大部分少女和妇女都穿着各种款式的高跟鞋。白天许多是穿着很休闲的服装，现在却都是许多有点像晚礼服的着装了。有的地方人们在排队。我问陪同的，这些人是干什么排队。陪同的人介绍说是要进酒吧。并介绍说，女孩子进酒吧，必须是打扮和化了妆的，否则，酒吧是不允许进入的。我感觉有些夸张，可又无法反驳。走在这条街上来往的人们的脸上表现得都很高兴，甚至有点兴奋。就像在中国农村赶集人的表情。好像要出点什么事情。好像已经发生了什么事情。

参观总督府

今天正好赶上阿德莱德总督府开放。于是中午过后，我们便前往参观。我曾去过美国白宫，也曾去过法国皇宫，都留下很深的印象。这里的风格会是怎样的呢？

总督府离我们住的宾馆不远，向南经过两个大的十字路口，就到了。

总督府坐落在一个大的十字路口的东南角，大门向西边开着。大门是两扇铁制的，有三米多宽。门柱上嵌有铜板，并说明居住人的身份。门口站着一个穿制服的人。

走到大门口，你会闻到一种浓郁的丁香味。这就是在前两天看到的"考试树"的紫色花发出的香味。进大门时没有人盘问。走进院子，是一个有足球场那么大的院。由两部分组成：一是正对着大门坐东朝西的总督府；二是除有一条约三米宽的碎石子路外，整个都是绿绿的草坪、长着各种树木和花草的院子。有男、有女都穿着十九世纪八十年代的服装，不知道是自愿者装扮的，还是总督府的人装扮的，分别在三四个景点供人拍照。可能是我们去得稍晚了一点。远一点的地方，有部分人正在收拾演出的音响和供听众欣赏坐的椅子。

我们向总督府走进去。一进门是一个不大的过厅，过厅左右两面墙上各有一幅、一米五乘两米的油画。右边画的是一位站立的贵妇人，左边画的是一位精神焕发约五十多岁的男人。参观的路线与在马路上人行走的规则相同，从左面进入，然后顺时针方向绕一圈出来。

主要景点有几个：一个是向左拐进去第一个家。是一架钢琴和正在演奏西洋乐曲的、二十多岁到四十多岁年龄不等共四个女人的场景。再向前的一个家，是由三个老年妇女装扮的一个场景：管家在门口，贵妇人坐靠在中间椅子上，一只手里拿着书，一只手拿着化妆镜或放大镜的东西，而女佣人正细心地给主人梳头打扮。再向前，是总督的办公室，办公桌正对着门，摆放在屋的东南角，桌面约一米乘两米大小，北面是整面墙的书柜，书柜里摆满了书。再向前，是供两个人就餐的小餐厅，接下来是总督一家人就餐的大厅。再往前，一面不太能引起人注意的墙上挂满了各种徽章，另一面墙上挂满了许多带相框的相片。

参观出来后，我感觉这里并不是总督平时上班或办公的地方，倒像是一个名人故居，仿佛离这个时代已经很久远了，闻不到一点人间烟火的味道。

总督府门口有一个留言簿，任何人都可以留言。而参观的人们好像也并不太客气，我站了一会，就有三四个人过来在留言簿上留言。而我却没有勇气过去留言，也没有勇气去看游客在上面究竟写下了什么。大家出来聚到一块开始调侃说，这要在中国，至少要有个武警站岗吧，至少来参观的人要拿出身份证登记一下吧。可见国与国之间的差别真是大的去了。

阿德莱德街景

阿德莱德州是南澳最大的州，1836 年开始建居民点。人口在 2021 万以上。阿德莱德是一个非常年轻的城市。表面上看，应该是很热闹的、拥挤的。但其实并不是这样。住了些时候，熟悉了周围的情况后，你会觉得，这是一座宁静、美丽，略带乡村气息，但又不失现代风格的城市。

我们来的季节是阿德莱德的春夏之交。阿德莱德虽然是海岸城市，是海洋性气候，但这里一年四季很少有雨，比较干旱。这个季节的温差特别大，早晚温度差不多，但早晚与中午的温度能差15度左右。换句俗话，早晚穿两件衣服还凉，但中午穿一件衣服还热。中午的温度高，但太阳的光线并不太强，即使你站在太阳下，也只是暖暖的感觉，而绝没有晒和灼热的感觉。所以，人们在中午进餐时，你既可以看到有的人在阴凉的地方吃饭，也可以看到有的人在太阳光下进餐。

阿德莱德街上一道靓丽的风景线，要算是女人穿着短裤、穿着拖鞋了。无论是什么人种，都是这样。光着脚丫，穿着一个头戴大拇指中、汲拉着拖鞋，脚趾粉红粉红，脚面粉白粉白。那种女性的性感美，绝不亚于穿着高跟鞋的美。反倒显得更朴实、更自然。这些女人即使到了晚上，室外的温度很低了，你如果注意后就会发现，她们上身已经加上外套，加上毛衣，但腿仍是光着的，脚也仍是跎着带很细、鞋底很薄的拖鞋。

第二道风景线，就要算众多男女的文身了。无论在马路上，还是其他场所，抬眼就能看到。什么位置、什么图形、或大或小、或彩色或单色都有。

阿德莱德城市的交通还是很先进很方便的，有公共汽车、有轨电车、火车、出租车，但唯独没有地铁。公共汽车不必谈了，有轨电车是正反方向，相对开的环形车。在市内是不收费的，即使要买票也是自动售票机，要乘客主动去买。你要上下车，如果前面没有人，车到站了也要由你来按有闪光标志的开关，否则你上不了车也下不了车。

阿德莱德的道路有宽有窄，也有步行街，你如经常上街会感到设计非常合理。在过双向较宽马路时，你按下步行器,会有红色显示的时间提醒你，可以通过的几秒钟，再过几秒钟就会变红灯。在过单向或窄的马路时，则只有红绿灯及嘟嘟嘟的声音提示。

阿德莱德的火车站在地下，准确地说是在一栋高层楼房内。不知是地理原因还是当时的设计理念，在城市内看不到行走的火车。无论在白天还是晚上，行驶在阿德莱德城市各种车辆并不少，但无论你是第一天还是第十天，甚至更长一些的时间，你从来没有听到过一些司机按汽车喇叭的声音。车与车之间特别守交通规则。转弯车一定要在转弯时让行人，然后看直行车，在确定不会影响直行车时才会转弯。无论大车、小车均是如此，城市内和城市外也是如此。

悉尼市印象

悉尼市在下午五、六点钟后，人海就如退潮一样，从各个街道、商店慢慢退去。这个时间除了餐饮业外，已全部关门了。喧嚣了一天的城市，慢慢地安静下来了。随着夜幕的降临，远远近近、高高低低的高楼大厦的灯亮了起来，道路交叉口的红绿灯的一亮一闪成了整个城市的一个风景。

这里的交通也是十分发达的。你在整个城市里游弋，听不到一声汽车的喇叭声。虽然无论宽的或窄的马路中间，并没有用各种材料制作的栏杆。即使是晚上也很少有人去横穿马路。

每逢周六的晚上，是人们或结伴、或陪伴家人放松一下心情的好时候。可能是我们来的时间快要赶上圣诞节了吧，有一些地方圣诞树已经装点起来，有的地方圣诞小礼品也在开始摆上柜台。这个时间最好的去处，是一个叫情人港的地方。这里位于悉尼市的东北角，是一个直通海的海湾。海湾的东面是海，南面和西南面是城市中林立的高楼，西面是一条很宽很宽的景观路，由一条人工水渠分开，水渠一会是圆形的，一会是长方形的，一会是分开的。水渠的水看上去或平静或湍急。在海湾的西北面是一个偌大的广场，广场的北面是一个很大很大的商场。这天正好有一些社会组织搞演唱会和盛装游行，所以许多的当地人、许许多多的游人聚集在这里。在非常高雅、悦耳的或音乐或唱歌声中，人们把目光聚集过去或去看表演或拿起手中的照相机留影。当地有的人或三人或俩人坐在周围的台阶上、凳子上，或者聊天或者看着往来的游人。可能是当地社区为了吸引人们吧！所以每个周六会或多或少的放一些礼花焰火，无意中为悉尼城市的外来旅客提供了一个晚上游览的地方。

悉尼的傍晚，几乎所有的餐饮业都灯火辉煌，西餐厅是这样，中餐厅也是这样。在西餐厅，有一个人或两个人在那里，长时间喝一杯酒消磨时间的。

最热闹的还是要来唐人街一游的。悉尼的唐人街也并不长，从东到西不足两百米，东西两面都立着有中国古典风格的牌楼，牌楼上，一面写着"四海一家"，一面写着"继往开来"。唐人街南北两边，开满了礼品店和多种风味的饭店，来往的人虽算不上熙熙攘攘，可比起这个城市的其他任何一条街都算是人最多的，也是最热闹的了。在这里，中国话一下子感觉到特别好用，仿佛好几天嘴不在自己的脑袋上，现在终于找回来的感觉。

如果你还不尽意，这时可以去一下被称之为世界第三大赌场的悉尼大赌场。这个赌场基本上说是一个开放的赌场，设在一栋楼的二层。你只要顺着楼梯走上去，直接走进门就可以了。门口有保安，他见你来，会热情地说一声："您好！"

整个赌场有几千平方米。因为赌的方式不同或是筹码不同，所以赌场也分成了若干个区域，甚至还设了餐饮区。整个大厅的照明不是很亮，房的顶部却被涂成了黑色，设有无数个摄像头。来这里赌博的人，大都为亚裔和游客两种。年龄上不明显，有二十多岁的少女，也有七十多岁的耄耋老人。女性约占四分之一吧。我看到，有的赌得非常认真，一边下注，一边手里拿着纸和笔做着记录。我想是他在计算规律和概率吧。这样的人，还真不是少数。他们无论是赢还是输，看起来都很平静。偶尔还会听到某个赌桌上传来的女人情绪失控发出的笑声，但别人都不会去理会，都忙着自己的赌局。

悉尼的晚上九点以后，你会有一种与在阿德莱德市一样的感觉，就是你在商场时感觉身边有许多人，在饭店里也有许多人，但当你离开这里，只要走上十米，向另外一个巷子里走去，你会觉得突然置身于一个只有自己的城市。周围没有人，没有声音，只有冷冷的房屋，冷冷的、明明的路灯。不仅能听到自己走路发出的声音，甚至能听到自己心脏跳动的声音。

游蓝山

悉尼是座很迷人的城市，但你在城里待久了，想换一种环境，想去周围找一个旅游点，那一定会让你失望的。屈指可数的也就一两个地方，当然这是对游客而言，因为当地人可以租游艇或做什么别的海上项目去度假。

这天我们选择了离悉尼有一百公里之外的蓝山。蓝山是怎么回事?据导游讲，蓝山是悉尼附近少有的山谷地区，因为满山长满了桉树，桉树在某一个温度下就会散发一种淡淡的、微微带蓝并有点含酒精的气体，如果这时没有风，那么远远望去整个山谷就被一种朦胧的蓝蓝的雾笼罩，据说这就是蓝山名称的来由。

一路上坐在车里，你可以看到一望无垠的草地，因为是当地春夏初交的季节，整个草地虽然仍被干干的荒草覆盖着，但地的表面已经泛青，可以感觉到新的草正在长出。别墅型的典型房子，一户一户或大或小。周围树木或稀疏、或茂盛，从车窗闪过。

到达目的地下车后，向西是一个大的广场，广场建在山顶的悬崖上。向西望去，并不是连绵起伏逶迤的山，而是在几亿年前由于地壳运动形成的直上直下、平平整整。由于没有空气污染，像是在对着一眼望不到边的海洋，远远地出现的就像海市蜃楼。这种感觉，只有在这里才第一次有的。正在寻找还有什么可吸引游人眼球的景致时，随着人们向左转，眼前出现了从东至西三座各自孤独、耸立的高高的山峰。导游介绍，这就是这里最著名的景点——三姐妹岩。人们久久凝视后开始笑了。说还不如叫三肥婆岩。如要在我国会叫桃园三结义岩。

确实这三座山峰在这里形成了很奇特的景观，但真的从造型讲，都是上细下粗，不像中国张家界特殊的岩石结构，或直上直下，有的甚至上宽下窄。而欧洲女人肥胖者居多，难怪有人会这样形容它们呢。这里的气候真是没得说，但就这样的景观，还是难免会让中国人失望。

吃饭时导游介绍，这里在几百年前是一座金矿，有许多人来这里淘金。后来当这些淘金人走后，留下了一些当时的遗物。这几年政府认为可以废物利用，于是把这里也开发了一下，变成了一个景点，但是自费项目，因为要坐一段特殊的缆车，每人交25澳元，由他去购票。大家都是一个想法，既然来了，只看一个"三姐妹"太不值得了，又有时间，又想不会有下一次再来的可能性了，于是都交了钱。

当导游把票交给每个人，大家排队进入时，由于要通过售票处、商场，而由于游人多，缆车载人少，大家有了时间看周围的环境，大家就发现了导游的猫腻。其实一张缆车票售票处写得很清楚，每票21澳元。显然导游并没有引大家排队买票，而是他统一给大家买票，就这一下他挣每人4澳元，我们十五人，他一共挣去大家的60澳元。

导游讲，这条缆车线是当年淘金人去淘金时必乘的蒙罐车，可直接到达地下采金矿。其实，不知是他卖关子，还是他从来就没下去看过，根本不是那么回事。这个缆车线设计的是奇特了一点。缆车行驶在两条铁轨上，一串四个车厢，每车厢五六排，每排可坐三人，左侧开口可上人，右侧与顶全用网状的铁包着。游客要像坐小汽车那样侧着身子往里坐。只可坐，直不起身。缆车开动的速度并不快，开出十几米后，缆车头朝下，形成45度角斜下，进入黑黑的隧道。缆车角度再直接形成80度角。这时，黑暗中乘缆车的人发出各种尖叫、口哨，大约五六秒后头顶有了一道亮光，又是几秒，缆车便完全行驶在山坡上了。再约一分钟就到站了。说实在的，坐这样设计的缆车，还真能给游人带来短暂的刺激与兴奋。

缆车停的地方，甚至还没有到了山底或谷底，更没进入到矿井，应该还在山的五分之二的位置。下了缆车向右拐，这才进入了真正意义上的原始森林。按说澳大利亚本身就地大物博、人口稀少，到处都是原始森林，并没有什么特别奇怪的，但因为这里是地壳运动形成的少有的山谷，所以就不是在城市或长途行驶中能感觉到的了。

往前走，首先看到的是一个矿车。好像在说明当年矿车就是这个样子。再往前，是一座铜塑，表现一名矿工赶着马，拉着满车煤的矿车刚从矿里出来的情景。赶马车的人消瘦、佝偻，头戴头盔，头上有一个不大的矿灯，有一般常识的人都知道那是一个电石灯。当人们走近时，会响起马的打鼻声，还有其他反映劳动场景的模拟的音响声。再往前，是曾经的煤矿口，只能看到用轨木堆积形成门的形状，但入口被封住，是不许游人进去的。往里看，黑洞洞的什么也看不见。再往前走，路边是像广告栏一样的东西，上面挂着十来件的各种劳动工具。

从这时开始，脚下变成了木板路。沿着木板路走，人们就进入了原始森林。因为是在山谷中游走，感到周围的树是那么直、那么高。野藤有的伏在地里，有的顺着树向上，既看不到根，也看不到头。

在山谷中行走，不知是这个季节还是这里任何时候都是这样，山谷中的气候既不潮湿也不干燥，既没有风也没有树叶或木头腐朽的霉味，很是让人享受。每至岔道口总有很明显的提示，并告诉你到下一个景点的大致时间。

介绍中，导游说你们一定要到矿工小屋坐一下。于是大家被这个小屋吊足了胃口，左找右找。当终于看到这个小屋时，人们连三分钟也没有停留就离开了。所谓矿工小屋，不过是建在一个相对避风一点的地方的长方形房屋，再加上三角形的屋顶。小屋的正面是一个门加一个不大的窗。进去看了一下，屋里西面是厨房的一角，南面放着一个单人床，屋中间放着一个长、宽、高都差不多一米的桌子。厨房一角，挂满了各种做饭和生活的用具，仅此而已。

整个游览线的木板路，约一米多宽。凡是路人可能用手触摸到原始森林树木的地方，都用细细的铁丝网保护着。偶尔可以看到当年被遗弃的铁质的、笨重的设备部件。在返回的路上，人们也好像清楚了大家看的并不是什么过去的金矿，只不过是一个曾开采过的煤矿而已。缆车也并不是当年矿工所用，而是为开发这个旅游景点而设计的。它的地理位置就与三姐妹山有一山之隔，如果时间允许，从广场向右顺着一条小路，也是一样可以到达这个山谷的。

堪培拉印象

堪培拉是澳大利亚的首都，来到澳大利亚如不去首都看一下，无论如何是说不过去的。但导游给我们打预防针，说，他带过的团，许多对堪培拉的说法是"看赔了"。

从悉尼驱车去堪培拉，路上需要行驶三个半小时。路上除了从车窗闪过的各式风景，有两个地方可以留心一下。一是，一路上你会看到昨晚被撞死的拖到路边的、或大或小的袋鼠。因为袋鼠多的缘故吧，政府规定，汽车行驶中遇到袋鼠可以不必减速或刹车。因为减速或刹车会造成交通事故，而袋鼠的繁殖能力强，死几个没什么影响。

我们奇怪的是，路过的车居然没有一辆车停下来把死袋鼠拉回去。于是导游介绍，只有动物园工作的人员来为他们收尸，然后拿回去喂食肉动物。

还有一个是神秘的乔治湖。说是湖，但这时却是一望无际平平的草场，有牛、羊在休闲地啃食着地面的草。导游讲，这里有一个奇怪的地质现象，每六年不知从哪里会冒出水来，整个草地变成无边无际的湖。然而不知过了多久，一个晚上这里的湖水又会突然消失得无影无踪。据说，科学家们到现在对这种现象也没有一个明确的说法。

堪培拉虽然是个首都城市，但据说常住人口只有2万人，再加800名大学生，其他的就是流动人口。所以进入城市后给人的感觉是进入了一个天然的高尔夫球场，到处是宽阔的、修剪整齐、绿茵茵的草坪。没有高高大大的建筑，也没有超过十个人在一起的人群。行驶的汽车并不少，但没有汽车喇叭的声音。转了半天下来发现，不是城市的某一个地方是这样，而是整个城市都是这样。

来这里的游人要去几个地方看看。一个是中国驻澳大利亚使馆，这是一个别墅式独立的建筑，整个建筑风格是中国式的，红色的墙，房顶是琉璃瓦。大门关着，看不到警卫或保安。

再一个是澳大利亚国会。澳大利亚的国会是允许任何人进去，并可以旁听正在召开的议会的。国会是一个偌大的建筑物，说不清它的形状。走进去更像是一个博物馆，感觉一个是空旷、一个是大。在回来的路上，据说一块来的人们中，还真有去议会大厅，旁听和看到了两方激烈的辩论。据后来说，他们在当天晚上的电视上，也看到了他们看到的辩论片段。

实际上，最可看、留下最深印象的、当属建在这个城市的世界二战纪念馆了。

这座纪念馆与国会在同一条中轴线上。从国会大楼前向北望去，纪念馆的地形略高于国会大厦。如果说，国会大厦在平地上，那纪念馆就在丘陵上。

坐车过去用不了十分钟路程。纪念馆的四周空旷，稀疏地长着一些老树，青青的草地。走近了看，纪念馆是一座灰黄色的大理石面的两层建筑。本来想，反映战争的纪念馆见多了，不会留下什么印象，所以，也只想抱着到此一游的心态。其实不然。看后让你总放不下，会长长的思考。

首先，其建筑风格就让你惊叹。设计的理念怎么就这么特别呢？

从外形上看，像是一座普通的两层高的房子。大门的前后左右并没有什么雕塑。拾级而上，进来门，是一个过厅。往前，正面是露天的长方形的院子，院子的顶头，是一个敞开的、圆顶的大厅。走进去，地的中间是一个象征性的祭坛。祭坛前是一个永远不灭的火。火焰不高，不超过一尺。象征为战争而牺牲的将士精神永存吧。这种理念，在法国凯旋门下，也有同样的设计。大厅的四壁没有任何装饰。只是在四壁的四个角形成的四个约两米宽、两层楼高的墙上，用彩色马赛克镶嵌的、有男有女、四个手捧鲜花的年轻人。在这里，你看不到任何战争场面和战争残酷的情景。

纪念馆的主展厅设在一层。参观的方向是进了大门，从左至右走下去。围绕院子左右转一百八十度，形成一个倒"u"字形的广大展厅。馆内由三部分组成：一是第二次世界大战展厅，二是莱德拜瑞战机展厅，三是澳军团展厅。

有几个地方印象特别深刻。一是武器装备与后勤装备保障。从战争开始到战争结束的过程中，由简到繁、由单一向多元的演变非常明显。比如，从轻型武器到重武器，从装甲车到坦克，从地面到空中。

二是战争场面。通过电、光、声现代科技还原历史，给人以身临其境的感觉。比如，背景是天上下着雨，队伍在行军中，近景是一个真人大小、半蹲姿势的战士，一只脚陷在没脚面的泥泞中，另一只脚刚刚抬起，泥和水还在往下滴。无论是你看第一眼，还是长时间盯着看，湿辘的衣服、面部的表情，绝不是你平常看到蜡像的那种毫无生命感的摆设。再比如，展厅的一个地方，设计了一个进入飞机仓的模型。面积不大，只有约六平方米，长方形，四周被涂成黑色。只要有人站在上面，正面整个墙就亮了起来。随着马达的轰鸣声，脚下也颤抖起来。你感觉在高速前进，仿佛进入飞机与飞机的战斗中。几分钟后，一切又回归平静。再比如，当你无意中走到一个视频前，视频就亮了起来。接着出现的画面是，澳大利亚人在听英国首相作战争动员。虽然你可能听不懂那人在讲什么，但你还会在这里驻足的。看着演讲人和广大市民当时所表现的表情和态度，仿佛你也被拉回到那个年代。

三是战争后，收集到的各种曾经在战争中使用过的东西。在国内纪念馆看到的，一般是收缴和使用过的各种武器、战旗、奖状、支前的农具等。在这里看得到特别之处是从军官到士兵用过的生活用具特别多。如香烟、打火机、家信、小相框、小饰品、钢笔、水壶等等。看到这些，让你觉得这些军官和士兵不是上战场去打仗，倒像是去旅游。

四是整个纪念馆突出的是战争和战士。很难看到任何一堵墙上，是宣传和突出战时的哪一位军官或领导人的情况。

从展厅出来，如有兴致，可拾级而上到纪念馆的二层。这里分东西两个长廊。长廊的墙上镶嵌着铜板，铜板上刻着阵亡将士的名单。每个将士所占的面积一样大。在一个名字与另一个名字之间有一个窄窄的缝隙，上面或密或稀疏插着统一样式的小红花。我想是他们的后人或敬仰他们的人插上去的。在两个长廊上，所留下有名字的阵亡将士超过几万人。在国内，无论是抗日战争纪念馆，还是在解放战争纪念馆都是从来没有见过的。最多能做的，也就是"某某某战争纪念碑"。

参观到这里可能算结束了。但许多来参观的人还不会离去。大家在等待，据说是自建馆以来，就没有改变过的闭馆仪式。

下午五点左右，纪念馆的工作人员将一个讲话台，放在院子的一角，并将无线麦克风和简易的扩音箱摆好。

一个五十多岁的中年男子在讲台前站立，表情庄重而严肃。首先，请全体在纪念馆的人起立。随后，他用抑扬顿挫的声音致辞，约三分钟。这时从院子的正面，传来一台风琴奏出曲子的声音。人们的注意力寻着声音看过去。只见一个身着苏格兰装、怀里抱着风琴的老者徐徐走出，在圆顶大厅接近门口的地方站立。风琴奏出的曲子在整个纪念馆中回响。在场的人们，静静地听着风琴里奏出的曲子，远远看着这位吹风琴的老人。曲子快结束时，老人转身向后走去。几秒钟后，曲子的声音和老人都消失了。

但仿佛风琴声还在空中回荡。整个过程很肃穆。

我想，如果阵亡的将士在天有灵的话，他们也会为自己的牺牲感到欣慰的。因为，战争已过去了六十多年了，这样对他们的纪念也延续了六十多年。他们仍然活在生者当中，他们的血没有白流。在世间的另一头，他们一定也是会很安息的。

草于当日

修改于2013.5

诗　词

满江红·黄河

浩浩荡荡越千年，受命于天。弯九曲，鱼跃龙门，壶口生烟。咆哮当歌贯西东，承载华夏薪火传。山作伴，人猿相揖事，如昨天。

人生短，何惧险。名节重，诵百年。志道游艺无憾人世间。母思万代儿孝顺，国祈千秋有英贤。天将倾，何惜此头颅，国门悬。

2009.5

冬雪日

秋风扫落叶，寒冷已是冬。
阡陌不见鸟，群山百草空。
夜深飞白絮，晨疑入画中。
围炉添小酌，又语话明春。

2015.11.25

念奴娇·毛泽东

　　虎门销烟，风云起，华夏风雨飘摇。山河破碎，国人怨，天降大任于毛。兵起秋收，遵义挂帅，长征两万五。三战三捷，九州红旗飘飘。

　　走社会主义路，工农大翻身，六亿舜尧。小小寰球，挥手间，东风吹西风倒。改天换地，上下五千年，独领风骚。人民领袖，敢问谁与争高。

　　为纪念毛泽东诞辰117年作

　　　　2010.12.17

水调歌头·对酌

知己重相逢，饮酒不言数。自古多少豪杰，不喜杯中物？未曾开口三杯，忆些往事年少，转眼皆为故。恨人生苦短，身手向何处。

斟满酒，一口干，不服输。一醉方休，谁言苍天终不顾。太平难出良将，乱世方显英雄，只待东风助。我自仰天笑，开怀又一壶。

2014.1.29草

2.10改

附：

好友段江涛和《水调歌头·对酌》

终年无大事，散酒常小酌。自古血性男儿，豪言借酒说。平生几多知己，相逢不知少多，全在义气相托。微醺好心境，酩酊入梦河。

少立志，壮织业，老平和。蹉跎一世，后生愧对司马坡。历数豪伍先英，均依慧眼伯乐，今贤向何索？问及云深处，草堂有酒喝。

国　殇

（一）

十五中秋月当空，海峡两岸一梦同。

山河破碎百年恨，不见当年郑成功。

2014.5

（二）

契立马关两茫茫，积贫积弱如牛羊。

同宗同祖成陌路，两岸两地隔相望。

沧海桑田人依旧，星移斗转国渐强。

世人皆知小家事，早日团圆告炎黄。

2015.1

伏天午后醒来

又是七月艳阳天，风息叶垂鸟不喧。
醒来懒做田间事，树下喝茶扇不闲。

2015.7.16

附：

王敬泽兄阅后来信：

好诗。伏天树下喝茶，乃寻常事。人人意中所有，而笔下不能达者。得朱公生花之管写之，便成妙诗。与白居易：绿意新焙酒，红泥小火炉。晚来天欲雪，能饮一杯无。形成异曲同工之妙。不过，白乐天之高在含蓄，朱公之高在直率。

怀　春

飞燕啾啾戏水塘，闲来信手两三行。
未曾写尽春风意，一夜小雨又秋凉。

2017.11

答马局

《圣教》非碑亦非帖，
文奇字美气韵缺。
何须百临笔墨费，
善作启蒙小儿揭。

2015.9.27

附：马联社原诗：
临《圣教序》
苦临《圣教》两百遍，形神俱似何其难。
他日相聚再切磋，付与君看细评点。

再答马局

书圣《兰亭》绝后尘，斯文妙笔如天人。
羲之若见《圣教》面，气死右军是怀仁。

2015.9.27

附：

马联社原诗：

怀仁《圣教》饶风神，多少名家愧望尘。

下真一等莫轻看，学王到此始得真。

2015.9.27

把好友吕林健拉入后：

林健您好，中秋美好时光在干什么？把我与马局的笔墨官司转发你裁决。事由：《怀仁集圣教序》。马局说，好的不行。有诗为证。并说，临了二百遍还想临，认为是在学王羲之。我回诗否定。他再回诗肯定，我再回诗否定。

你如何看，也凑个热闹。下面，把几首诗转你。

林回复：传统不是死去的陈迹，而是活着的文化生命。

它源于过去，汇注于当代，又生生不息奔向未来。集王字圣教序——是怀仁带弟子二十多年的大工程，说圣教序不连贯、无章法是无知！我更偏激！

朱回复：看来，你和马局观点一致。

林回复：文笔是你的好，理是马局得。"饶"多也。学王到此堪通神。

朱回复：你这判官，各打五十大板。行。

次日早，林回复：昨天早睡了。判官写不了

诗，也拍三十。

朱回复：哈、哈、哈。

9月28日上午把好友王敬泽拉入，他的判词是：
马兄朱弟费平章，只缘怀仁一和尚。
《兰亭》气韵夺我魂，《圣教》集字更有样。

马9.28回复：上午在开会，迟复为歉。我以为，其一，兰亭、圣教可比性不强。其二，圣教序到底如何？我看了宋至清代多位书论家对圣教的评论，大多数对其评价较高，现代人亦如此。认为学王从此入手为宜。其三，书法的神韵是一个复杂的问题，在手写墨迹中存在，在集字中也存在。关键是为之者的高低。其四，我们的谈论是有意义的，给了我很多启示。下次见面再详谈。

朱回复：马兄大鉴：我不是否定圣教序。更多的是强调它的"启蒙"作用（或者说，作为它开启初学行书的入门之钥是非常好、非常必要的）。当然，这么说也是有偏激的。人们不是常说，要"矫枉过正"吗！针对你当前书法水平而言，我只是想说，现在有关王羲之的资料那么多，何必几百遍、死死苦临一个东西呢？蜜蜂采蜜是要去多个花上采，只盯在一朵花上，不仅花会枯萎，且很难酿出好的蜂蜜来。见笑见笑！得罪得罪！

敬泽又复：圣教本为怀仁集，兰亭真伪亦存疑。书人欲识逸少面，须从尺牍悟天机。又一首：马公弄笔札，圣教二百通。蜜成花不见，持此论英雄。急煞朱学兄，山阴有兰亭。天真烂漫意，形神古今穷。怀仁集逸少，圣教输兰亭。若临数百遍，丢韵又失情。两公皆书痴，论理角不同。肥姬厌平原，病马罪率更。锦鞲被鸳跋，俗学难速成。庖丁解全蹄，百家米煮粥。绳规脱尽后，使转见飞龙。

朱回复：这才是敬泽兄的风采！

我将把这次"游戏"写进下一本书里，做纪念。有你有我还有他。

2015.9.29

蒙山大佛

深山寂寂数百年，盛世逢缘回人间。
矗立凌云二百尺，结跏趺定一座山。
从容大度包尘怨，更有慈悲育人寰。
壮美晋阳名千载，蒙山佛祖天下传。

2017.1.3

自　嘲

羞与鸟争鸣，让蚁尔先行。
怎奈泔溅履，引来犬吠惊。
无名不怨天，甘咽糠皮茎。
常省三分过，祸兮避不及。

2016.4.30

附：

　　王敬泽兄读《自嘲》有感
　　鸟鸣何足论，谁人不识君。
　　书参鲁公意，诗韵夺我魂。
　　品操尊泰岱，高标叩天门。
　　驻足玉皇顶，一览小乾坤。

2016.4

　　马联社兄观《自嘲》后赠
　　自省莫自嘲，傲骨蔑群小。
　　天地正气在，人间妖氛少。

2016.4

致母亲

游子走天涯，暮尽日西斜。
冷暖凭自觉，悲欢去酒吧。
闲来愁独处，挥汗不见茶。
长夜忆童年，梦中仍喊妈。
光阴催人老，岁月易韶华。
在外千般好，有妈才有家。

2016.5.8

致教师

从来称谓是先生，孔孟为师求大成。
纵论明白天下事，居斋苦作千古文。
每闻门下出才俊，喜不烦言如酒翁。
正义敢与天作对，阿谀哪像读书人。

2017.9.20

注：征求马联社兄修改意见，他认为，第一句改为：传道授业是先生。第三句改为：杏坛纵论天下事。录此，以视尊重。

蝶恋花·九月九

又是一年九月九
饮水思源不忘万古流
未曾相约一处走
鞠躬再敬一杯酒

山河同悲生旧忧
天地迷茫百姓向何求
卧衙不听潇潇雨
直教人欲语还休

2016.9.10

医　颂

山高侧畔有千峰，万物陶然地无声。
不费春光求仕宦，仁心更乐济苍生。

2017.4.24

悼邵逸夫

百年影视一奇才，富甲天下独步开。
自古豪强争民利，惟独此翁乐疏财。
基金十亿设大奖，助学千间做书斋。
驾鹤从容西天去，人间回望没白来。

2016.11.8

注：由凤凰网闻：2014年1月7日邵逸夫先生以107岁仙逝。因过去在多地的大、中学校看到由逸夫先生捐款修建的建筑，深表钦佩。近来，又看了几集介绍逸夫先生的专题片，对逸夫先生有了进一步的了解。忽生悼念之意。

吊张居正

夺情有悖世人伦，匡君能臣亦招羞。
逝者如斯山河在，帝师相权勿效尤。

2020.12.25

吊杨思有（十六字令）

幸
当年共事纯偶然
气味投
促膝交心欢

痛
五十六岁撒人寰
子未继
匆匆难闭眼

恨
余生悲喜闲聊天
汝先去
老夫与谁言

2017.6.16

2018年元旦

又是一元始复至，屈指六秩鬓染丝。
回首步步苦含泪，来日天天睡与吃。
心高气傲不服老，畏寒怕热行动迟。
都言人生三万六，谁见英雄百岁时。

2018.1.1夜

秋　雨

昨日泥泞今日浆，长街伞艳人匆忙。
闲来品茗客未至，正是读书好时光。
午觉衣薄知秋凉，温来好酒嚼菜香。
隔窗灯下千丝落，惊梦原来雷电狂。

2018.9.19

除　夕

旧岁新年一夜间，除夕守夜待岁添。
儿孙满堂人丁旺，天下幸福数团圆。
微信拜年成常态，红包送出压岁钱。
东方既白生肖替，忙忙碌碌又一年。

2018.2.15晚

还　乡

（一）

昨天风光昨天忧，今日还乡今天休。
一觉睡到自然醒，铅华落尽笑对秋。

（二）

时光荏苒集小成，转眼甲子又归根。
有国有家精神在，无名无份后杞人。

2018.3.24

致先跃兄亦还乡

聪慧灵枢张氏根，诗书满腹谁与争。
年逢十五文及第，无意青名乐樵翁。

2018.8

注：先跃，全名为张先跃。1973年，所在的晋祠中学，组织学生开展文学作品比赛，先跃以小说创作类（忘了小说的名字了）获全校第一名。那一年，他15岁。

参加工作后，人各有志，各奔东西。2018年他也退休了。

采桑子·重阳

少年赏秋登高处，我爱重阳，难忘重阳，
满目红枫菊正香。
如今甲子鬓染霜，又见重阳，走进重阳，
叶疏风寒话天凉。

2018.10.18

咏 春

大地回暖又阳春，枝头小绿一望中。
玉兰难得寻常见，阡陌桃花点点红。

2019.4.1

梅

风寒百木凋，地冻久未消。
傲雪花独放，天香唤春潮。

2019.12.8

读西晋史有感

四马立国八马伤，永嘉又中石勒枪。
士人只道清谈好，五十二年西晋亡。

2019.3.11

注：四马：司马懿、司马师、司马昭、司马
炎；八马：八司马之乱。永嘉：年号，永嘉之乱；
石勒：人名。

英雄悲歌

虽历万人险，未敢三分懒。

全心做人事，秋来枕悲眠。

尽忠难敬孝，亲情亦茫然。

风雨何所惧，生当一座山。

2019.1.19

注：前两天，耿彦波辞去太原市长职务。回想他走过的路、他的政绩、百姓的口碑，颇有几分感想。于是想到比干掏心、屈原拦马、岳飞风波亭。有道是惺惺相惜。遂想到"自古英雄多悲歌"。原本想学李白《将进酒》写一篇很豪气的长短句，然真的是自愧弗如。几天来，日思夜想，终难成篇，只好以五言苟就。也总算是一吐胸中郁气吧。

也评曹操

雄才大略实秕糠，次比能臣也栖遑。

文词乐府唯可赞，谥奸一字最为当。

2020.3.20

原韵和马友部长

耳顺之年自加鞭，传文授技谈笑间。

挥毫无心争高处，独好书斋续闲篇。

2019.6.24

附：

马友部长原诗并序

（参观书展，小诗为贺。）

沉酣笔颖奋策鞭，热心教授白发间。

笔力坚劲纵横处，神驰情骋洒脱篇。

辛亥革命祭

清朝气数一线悬，辛亥武昌反了天。

袁贼窃国遭众叛，共和君主势两难。

会团党派争己利，军伐列强斗又残。

四亿同胞如看客，可怜中国苦未完。

2020.2.1

吊东方朔

旷世奇才隐于朝，得赏如山一待诏。

时逢彼此开新论，鼠虎凭王来自嘲。

执戟干预当朝错，封侯终究付尔曹。

古今多少不平事，《答客难》后笑声高。

2019.9.25

注：彼此：取自《东方朔·答客难》中：彼一时也，此一时也。鼠虎：取自《东方朔·答客难》中：用之则为虎，不用则为鼠。执戟：指执戟侍从的官。

吊李隆基

何等英明何等强，开元中兴胜初唐。

农丰商兴文繁荣，政俭开明多友邦。

祸起红颜泯斗志，贼臣安史敢逞狂。

马嵬西窜遭人唾，盛世百年近夕阳。

2019.12.9

叶嘉莹先生

半生坎坷漂泊中，叶落南开继初衷。
问道不计天涯路，修德何需万人从。
古稀九秩讲台站，千万薪酬化长虹。
教人读诗启心智，堪称华夏一世宗。

2019.9.12

注：叶嘉莹先生，久闻其名。一生热爱中国古典诗词，致力其吟诵教育。近闻，先生将其一生积蓄3568万元捐出，支持古典文化研究。先生不被身外之物羁绊，实乃高尚之人也！崇敬之心由然而生。口占一诗颂之。

观长征纪录片有感

万里长征古今罕，天惊鬼泣史无前。
围追堵截九重死，草地雪山再涅槃。
正义能成天下事，民心所向得江山。
高擎红旗传万代，勿忘先烈为换天。

2020.1.29

龟兔赛跑

孰快孰慢何需争，一灵一钝史前分。

输赢皆为他人意，做好自己学龟翁。

2020.2.4

注：龟兔赛跑的故事可谓没有人不知道。随着年龄的增长，阅历的增加，自己对自己越来越有了一个较客观的认识，那就是愚笨迟钝。生活工作中，在与许多朋友、书友相处中，更印证了这一点。但偶尔，有时又对自己的一些奇怪想法引以自豪。为什么呢？于是想到龟兔赛跑中的龟和兔。

自嘲，可能自己就是那只龟吧，先天不足吧，但还能坚持。

午睡起来，又想起龟兔赛跑的事，随口占之。

附：

王泽民赠朱光：

元宵佳节中，万民乐融融。值此良宵刻，来把祝福送。祝你携全家，福寿常伴驻。

前番与君唔，历历在心目。别离三十载，相逢仍如故。嘘寒问旧故，问暖多劝助。

频添茶水注，殷殷情谊重。与君一席言，胜读诸多书。兄之人生路，堪作弟楷模。

忆及兄当初，才华未出众。而今有成就，令弟多感触。兄之一比喻，恰当有分寸。

龟兔争第一，输赢本自明。结果意外处，皆因态度殊。兔虽身矫健，怎奈高枕卧。

龟行似蜗牛，虽缓脚不辍。所以得殊荣，全凭坚持功。兄之仕途顺，机缘似很冲。

看似多偶然，其实有必然。拜读文五著，兼赏六辞赋。感觉兄进步，尽在积累功。

尤喜兄条幅，令弟多羡慕。笔走龙蛇处，绝非一日功。此番精神处，让我汗颜注。

愿听君劝助，检讨不足处。重新振作动，不再多退步。不为名和禄，只不甘堕落。

弟若有难处，还望兄相助。

2015.3.5

注：王泽民，儿时的邻居，小吾几岁。阔别三十载，偶来聊天。几日后寄来上文。

人民无敌

古之疫起，祭天祈地。

十室九破，逃避不及。

斯于今世，文明少迷。

白衣反顾，万众心一。

尔等孽障，绝灭可期。

乾坤正大，人民无敌。

2020.2.14

为纪念抗美援朝胜利七十周年作

才掀身上三座山，又有硝烟烧门前。

三月过江胜五役，雄师百万敌胆寒。

上甘岭下留梦魇，长津湖边恨腿残。

自古炎黄多血性，威名世代有人传。

2020.10.24

楚汉相争

枭雄乱世逞英狂，相争三年剩两王。

小儿只赖气盖世，老沛全凭萧韩张。

一败乌江别虞姬，逃生屡败战荥阳。

才时运全能成事，天地人和可称皇。

2020.3.18

注：两王：项羽，西楚霸王；刘邦，汉中王。小儿，指项羽。老沛，指刘邦。从年龄上说，刘邦大项羽二十余岁。萧，萧何。韩，韩信。张，张良。

无 题

人生短也长，世态多炎凉。

品酒知五味，读书晓天常。

2020.8.7

题司马光

从小生长游宦家，砸缸救友显才华。
三朝谏官唯道德，宰相一时效子牙。
有胆至公争皇理，无私独怀宋天下。
名标青史谥文正，《通鉴》尤得后人夸。

2020.12.1

吊司马迁

寒窗苦读喜春秋，效法先人续史修。
素无城府书生气，闲言惹来一世羞。

2020.12.8

附：

牛爱科同学和诗《司马迁颂》
身受酷刑著巨篇，中华史圣一家言。
名标双璧谁超越，无韵离骚千古传。

368

战友兄弟情

千里赴戎机，男儿无归心。
百战同生死，人间兄弟情。

2021.1.3

念　想

人间历沉浮，世事已淡出。
每忆与君饮，常觉岁不孤。

2021.1.5

柳　赞

春日争花红，岁寒慕老松。
浮名累生年，问柳得从容。

2021.1.10

《史记》赞

父作留遗子继述，五十万言负辱出。
文奇百代人皆叹，史实历来当鉴珠。
纪传新编启后世，重评善恶千载殊。
究天通古平夙愿，《史记》应作枕边书。

2021.1.12

文人情怀

青丝月伴白，济世恨不才。
惜命书妄语，留存启后来。

2021.1.22

时光曲

春来花似锦，一瞥鸿无影。
欲意成一事，光阴贵如金。

2021.1.26

吊屈原

联齐抗秦不思量，怎奈昏君弃良方。
忧国情遭两朝贬，忠君梦断汨罗江。
休言良禽常择木，哪胜独吊一树亡。
千载儒家尊孔子，岂知屈原开山王。

2021.2.16

元宵节

新年月初圆，鼓乐长街喧。
灯火龙狮舞，忘情天地间。

2021.2.26草修改至3.9

戏作十二生肖组诗

子鼠

十二首生肖，常年任逍遥。
儿孙遍天下，畏敌只怕猫。

丑牛

从来下地早，伴月上树梢。
诚实不惜力，口碑一路高。

寅虎

自带三分威，偏爱山林美。
长啸驱百兽，王者还有谁。

卯兔

三窟誉为狡，独爱青山好。
奔跳常为戏，一生无烦恼。

辰龙

真身谁得见，俯仰在云端。
雷电驱邪恶，甘霖降人间。

巳蛇

无足行天下，克敌有尖牙。
志大敢吞象，出没日西斜。

午马

生来爱草原，放眼望青天。
历险大无畏，千里只等闲。

未羊

无意苦攀岩，虎狼在眼前。
生来多薄命，温顺有人怜。

申猴

灵活有人型，顽皮闹不停。
常遭他人恨，好学亦聪明。

酉鸡

五德赖天酬，昂首大地走。
任凭乾坤大，听我启白昼。

戌狗

人类好朋友，无欲也无求。
忠诚不惜命，嫉恶恨如仇。

亥猪

肚大能容事，心宽又爱吃。

饱来就地睡，但愿醒来迟。

2021.2.7

和王兄《习书有感》诗韵

退笔如冢奈若何，湿柴冷灶效东坡。

钟王神笔得天造，再拜兰亭第一佛。

2021.3.2

附：

王敬泽《习书有感》

墨磨终日意如何，情若肘子慰东坡。

唐风晋韵心造化，书圣尺牍见真佛。

马联社《赞王老弟好诗好字》

日日临池不自夸，何曾粉黛去争家。

风流韵致二王出，转益多师积后发。

朱光《续马局赞王兄好诗好字》

嗜墨临池乐哈哈，只言书艺别无暇。

师承二王得欧劲，走遍河东第一家。

二月二龙抬头

二月冰雪融，天际见蛰龙。

春忙牛耕处，好景一望中。

2021.3.14

吊阳明先生

庭前受辱义冲天，诏狱劫后一命悬。

悟道龙场得心学，知行合一天下传。

雄才大略难入相，平叛剿匪讲学间。

良知洞达外无物，我心光明复何言。

2021.3.22

阳春三月

晨来入山中，飞鸟唱碧空。
叶翠风微暖，花红香正浓。

2021.3.18

自题小像

耕读立身一脉传，入仕清廉名节全。
难舍兴亡忧国是，容得炎凉乐民安。

2021.3.31

记者吟

无冕一身轻，红尘历久明。
甘贫启民智，鼓呼不亏心。

2021.6.7

满江红·中共成立100周年

红船起锚，信马列，名曰共产。历千险，舵手几易，拨正航线。土地革命可燎原，枪杆子里出政权。天地变，翻身做主人，工农欢。

业初成，防糖弹。狼在侧，剑常悬。前进中，风雨雷电如磐。先烈流血为后代，社会主义路长远。新百年，与人民同心。道依然。

2021.5.22

五月初七，好友邀去沟南村他的老家

仲夏偶闲暇，友邀回村家。

观雨敞棚坐，酒枣佐香茶。

闹市多烦耳，田园心境佳。

豪情忆旧事，天晴见碧霞。

2021.6.19

忆务农

出门看天气，作息追太阳。
春播夏浇灌，秋收冬入仓。
土里求生活，口中食新粮。
白天忙劳作，月下馋酒香。

2021.7.3

工 友

干活力气大，
双脚走天涯。
吃饭凭本事，
辛苦为养家。

2021.7.6

和　善

天地谁主宰，三尺有神明。
心善人长寿，家和万事兴。

2021.9.16

亲　情

是非何足奇，亲情胜万理。
家财难取暖，老来无人寂。

2021.9.16

致青年

生当志高远，苦乐学不闲。
忠孝千古事，名节百年传。

2021.10.1

读赵望进先生文存有感

河东家学素有承，立志终为大学生。
幸逢国师明大义，偏爱传统入书门。
艺林守正思隶变，宦海无私写忠诚。
八秩文存百万字，堪称三晋一文人。

2021.11.9

无　题

天地寿无疆，在劫谁能藏。
快意行自乐，从容对无常。

2021.11.21

荷

花叶亭亭立，出污不沾泥。
香清色净雅，再叹古今奇。

2021.11.9

茶

千年世人念，云雾三叶间。
涅槃汲醴水，清香色醇甘。

2021.11.24

敬题田树苌先生

一生大爱痴翰墨，未留余情给鸿文。
豪饮两壶晋中汉，如椽一笔北魏人。

2021.11.9

重　秋

叶落枝疏目自远，天高风动又秋寒。
功夫苦得未多用，解甲方知半世闲。

2021.11.25

蚕

世间一生灵，食叶苦甘心。
絮上加几缕，善小有温情。

2022.1.14

除　夕

竹爆耳不闲，心欢多笑颜。
万家灯火时，天下共团圆。

2022.1.15

弘一法师

一言放下不回头，再造律宗弟子稠。
因果佛曰三世报，悲欣交集驾鹤游。

2022.3.30

视频中又见董明珠

从来不让郎与俗，气势如虹亦当殊。
格力常青能成事，只因掌门是明珠。

2022.5.11

人　生

百年常虚度，好恶难重来。
功业如飞沫，声名俱尘埃。
心中有敬畏，知足能释怀。
得失若无计，一生笑颜开。

2022.8.5

吊辛弃疾

英气当年血染成，尔朝未识只用文。
中原策马终憾事，幸有豪词述平生。

2022.9.16

咏晋祠

剪桐封晋周有时，圣母众神共一祠。
人生如梦观水镜，天地难老望泉知。

2022.10.17

叹苏公

才高八斗骨铮铮，未见谁称比肩翁。
六任知州无遗憾，朝堂两度亦忠臣。
三遭贬谪虽困厄，一隅琼崖更绝尘。
最恨多情无济事，可怜天下读书人。

2022.10

注：苏公，苏轼是也。

咏山西

天下都知晋人狂，兴国赴难好文章。
黄河九曲门前过，表里山河美名扬。

2022.10.18

咏太原

汾河水畔一龙城，逐鹿中原首必争。
九月风光甲天下，四时分明也宜人。

2022.10.18

汉武大帝

未及弱冠承汉宗，力拒和亲敢击匈。
扩土开疆使西域，揽才尊儒万世功。
削侯平叛集权隆，罪己安民罢兵戎。
壮志雄心无意圣，长留伟业耀华中。

2022.11.21

凤箫吟·大疫已三年

公元二〇二〇初，谁料天纵魔出，忽然满全球，一觉醒来，闻袭鄂州。

死亡日日增，怕虽怕，幸有旧由。看白衣反顾，全民助力加油。

新冠、奥密克戎，变又变，三年不走。国库日亏虚，荷包已近空，市场贫收。

日久人心变，众生像，有喜有忧。问苍天，今日之难，意欲何求。

2022.11.29

敬题赵国柱先生

从来万事明，公正重亲情。
翰墨成佳趣，益人也怡心。

2022.12.10

好友赵国柱斋号为：怡心斋。

读《三国演义》

往事千年理愈真，是非不与有权争。
名节忠孝比天大，为政仁德防佞臣。
进退穷达顺天意，聪明无忌命绝尘。
三国百年成史鉴，唤醒世间有心人。

2022.12.16

武　曌

武氏二七入宫闱，两朝侍皇还有谁。
夫妻登殿理国是，一代女皇有虎威。
驭识臣人胜须眉，谋国治民应天垂。
回归李唐废武周，独立人间无字碑。

2022.12.27

汉光武帝

顺天承汉起义兵，慎厚长隐帝王心。
大勇昆阳冠项羽，失兄忍辱胜淮阴。
四十又四天下平，君臣遇合民相亲。
自信人生善若道，开国中兴真英明。

2023.1.5

游子吟

四季无闲暇，打拼走天涯。
他乡怕岁末，年近更想家。

2023.1.18

随　缘

偶入尘世间，惜时报天怜。
为人要努力，万事应随缘。

2023.1.28

颂母（组诗）

过年了，又想母亲了。每每此时，心绪如麻。

从失去母亲的那一天起，就知道，从此，自己就是一个没娘的孩子了。谁曾想，没娘的感觉，并没有随着时间的推移变得淡去，反而，随着年龄的增长，无论在任何场合，只要看到与当年母亲年龄相仿、慈眉善目、一头白发的老大娘时，总会想到自己的母亲。会驻足，会失神。一种难以言说的情绪，会情不自禁地涌上自己的心头。

为表达对母亲的思念，又想到，该写点文字了，于是有了下面的小诗。

同时，也献给天下那些伟大的母亲。

母　艰

十月日忧担，后知养育难。

四时要呵护，防暑又怕寒。

教子忠孝兼，传女善俭贤。

人前先责己，为母一世艰。

母 慈

全心在儿女，早起晚不闲。
缝补勤换洗，进门饭可餐。
平安挂嘴边，无意财与钱。
日月轮回转，苦乐又一年。

母 嘱

男大出乡关，母嘱在耳边。
吃亏不惜力，忍让可当先。
任性惹祸端，小心一世安。
平安比天大，为善是福缘。

母 忧

儿是心头肉，天天把母牵。
夫妻可和睦，孙幼靠谁怜？
盛夏怎消暑，天凉衣尚单？
心忧生白发，风雨夜难眠。

母 劳

才解工作套，又入家务辕。
父母要照顾，儿累需分担。

小病日又加，腰弯步蹒跚。

一生操心命，油尽心始安。

母　亲

岁长近甲年，闲来忆当年。

推门先喊妈，有应心自安。

再享儿时懒，逃得一时闲。

有妈才有家，天下同一般。

2023.1.23

癸卯年正月初二

缓则圆

欲断神自安，情迷是非偏。

心急多生乱，凡事缓则圆。

2023.1.31

吊岳飞

徽钦靖康遭大辱，国破仇深向天冲。
僭越抗金明大义，精忠报国真英雄。

高宗梦断安一隅，武穆功箕十年功。
陷害难逃莫须有，炎黄百代招岳魂。

2023.4.4

吊文天祥

一木难撑国运休，身经百战终为囚。
零丁洋上再明志，义尽至仁向首丘。

2023.4.5

松

傲雪不畏寒，吟啸如龙鼾。
常青惟我志，独立天地间。

2023.4.16

吊傅山

恨不驱车战满戎，清门礼待何须从。
怀明借道终蓄发，独步书坛傲群雄。
2023.5.1

二十四节气组诗

立　春
春打六九头，冬歇日迟收。
乾坤初还阳，寒意数月稠。

雨　水
日见河水湍，冰融雪亦残。
天寒风尤在，冬去唤不还。

惊　蛰
南雁一望归，东风大地吹。
吃梨祛冬火，侧耳听春雷。

春　分

春分向暖行，杨柳枝头青。
田野牛耕处，鸟欢忘归林。

清　明

雨后山气佳，草青不让花。
春寒随风去，约友品新茶。

谷　雨

燕雀戏柳长，花开小溪旁。
田间伴日落，月下晚炊香。

立　夏

惠风拂翠微，日暖人迟归。
绿海掩花世，晴空纸鸢飞。

小　满

麦浪接山冈，青秧下水塘。
天长日初热，早起晚还忙。

394

芒　种

种豆除草忙，间苗浇青秧。
祈天多晴日，助我收夏粮。

夏　至

天长热浪堆，日炎叶低垂。
心系田园事，荷锄戴月归。

小　暑

夏雨忽雷电，青纱笼山川。
田园果蔬盛，纳凉再品鲜。

大　暑

酷暑三伏到，日出烤欲焦。
汗流如蒸浴，蒲扇不停摇。

立秋

绿海青纱帐，枝头多红黄。
云高日渐远，早晚天已凉。

处　暑

夏热几徘徊，桃梨第次摘。
禾熟待它日，月伴清凉来。

白　露

暑消日清爽，风起叶初黄。
雨去草含露，登高数秋粮。

秋　分

夏雷声已偏，秋虫忙休眠。
阴阳均昼夜，早晚再添衫。

寒　露

天高月下凉，丹桂晨来香。
霜重秋果艳，山川穗正黄。

霜　降

大地日枯荒，霜来叶飞扬。
风寒知秋尽，惟有红枫狂。

立　冬

粟菽尽归仓，炊台新谷香。

铲菜收土豆，田野有人忙。

小　雪

昼短夜漫长，凌花爬满窗。

天寒风刺骨，欲暖晒太阳。

大　雪

湖泊见冰凌，地冻人少行。

万木凋零后，方知柏松青。

冬　至

数九冰封江，隆冬赏雪妆。

悄然夜减寸，白昼逐日长。

小　寒

入夜找热炕，清晨愁起床。

水滴立成冰，哈气结为霜。

大　寒

天寒山愈小，原野风如刀。

树冷唯鸦在，残冬续柴熬。

2018.11 至 2021.11

中秋月夜

灯火代黄昏，晚风侵衣空。

今夕逢满月，一年又秋中。

团圆人间重，思亲古今同。

欲言凡尘事，已是逍遥公。

2023.9.29

五一有感

富贵安得公，天生命不同。

为人心不昧，劳动最光荣。

2023.10.12

后　记

随着"婴儿"的一声啼哭，我的第二个"孩子"出生了。这一年，我已经66岁了。

第一本《闲来别谈》出版后，总觉得有点意犹未尽。于是这几年，又将想说的话，记录了下来。当然，这里面仍不涉及政治、民族、宗教等。仍然是茶余饭后的一些闲话。

给第二本书起名字，也想了若干个。最后考虑到，大部分文字都是自己在解甲归田后、又大都在自己的"丹砚书屋"中所写，而自己曾为小小的书屋写了一篇"书屋断想"的小品文。故久而思之，觉得起名为《书屋断想》就很妥帖。并还是旧做法，不邀人或自己写"序"了，将"书屋断想"做为本书的序，是为引领。

几年来，因花在书法上的时间较多、思考也较多，所以，本书中对书法的心得也较多，且更深入了一步。虽在我如"骨鲠在喉，不吐不快"，但可能在同道看来，很难说，是端上来了一杯清水。甚至，谬误百出也未可知。

时光不曾一刻停下来，生活也还在继续。中国传统的观念，总是希望一个家庭"人丁兴旺"。我自然也不例外，生育第三个"孩子"已成为我的下一个目标。只是，他是一个同前两个"孩子"在文学形式上不一样、体裁上不一样、内容上也不一样的"孩子"。它将是一个"系统工程"。大约又是一个需要花费十年的劳作。

有了方向、目标，努力不一定就能成功，但不努力，则肯定不可能成功。假以时日，努力在我，成功在天。

在此，对给予我鼓励、支持、帮助、分享的好友们，一并表示衷心的感谢！

朱光

2023.7